小情歌
XIAOQINGGE
-03-

如果 总会 在一起，晚点没关系

冷亦蓝 / 著

贵州出版集团
贵州人民出版社

图书在版编目（ＣＩＰ）数据

如果总会在一起，晚点没关系 / 冷亦蓝著. —— 贵
阳:贵州人民出版社, 2016.5（2020.3重印）
ISBN 978-7-221-13231-4

Ⅰ.①如… Ⅱ.①冷… Ⅲ.①长篇小说 – 中国 – 当代
Ⅳ.①I247.5

中国版本图书馆CIP数据核字(2016)第116775号

如果总会在一起，晚点没关系

冷亦蓝著

出 版 人	苏　桦
出版统筹	陈继光
选题策划	大鱼文化
责任编辑	潘　媛
流程编辑	潘　媛
特约编辑	伍　利
装帧设计	刘　艳昆　词
出版发行	贵州人民出版社（贵阳市观山湖区会展东路SOHO办公区A座，邮编：550081）
印　　刷	三河市华东印刷有限公司
开　　本	889×1194毫米　1/32
字　　数	190千字
印　　张	8
版　　次	2016年7月第1版
印　　次	2016年7月第1次印刷 2020年3月第2次印刷
书　　号	ISBN 978-7-221-13231-4
定　　价	42.00元

|自序|

这本书是我第一本都市言情小说。

我曾经想过，写作于我而言，是什么呢？是本就圆满生活中锦上的花，还是愁苦生活中雪中的炭？或许对我而言，这二者都不是。

写作是一种记录，一种本能表达自己的方式。

平心而论，我不是一个足够社会化的人。喧闹狂欢的人群中，我是躲在角落静静观看的那个；人头攒动的公开场合，我是低下头隐藏于众人之间毫无特色的那个。

除写作之外的场合，我不喜表达自己，不喜为人所知所理解，你有你的观点，我有我的意见，你无需了解，我不必坚持。

包括我写作这件事，在我所工作的地方，除了十分密切的朋友，其他人都不知道我已经写了那么多本书，虽然我曾经将很多身边人以各种方式写进我的世界，演绎了不同的爱恨情仇，但有时，当事人自己并不知情。

我是一位冷眼旁观者，书写着我所认知的这个世界。

写作是一件非常孤独的事情，大多数时候，我无法跟其他人过多交流，书只有在写完之后才会得到读者的反馈，每一条点评每一个意见对我来说都十分珍贵，我很想知道，我所见证的故事和感情，是否有好好地传达给我的读者。

写着写着，也融入了圈子。我身边有一群与我志同道合、特长类似的朋友，我们起初因为文字走到一起，再渐渐了解对方的生活和真性情，我们是彼此的读者和作者，我们是无话不谈的闺蜜，在与她们的交流中，更会有对我作品启发碰撞而出的脑洞源头。

感谢我的闺蜜冷青裳、尤妮妮和苏缠绵。

文字起初的灵感是冷青裳买房,她与邻居间的互动和邂逅让我有了这样一个故事的开头,只是冷青裳的对门并不是解煜凡,但我想,但她的解煜凡终究会来,如果今生今世注定了会在一起,那么,晚一点也没关系。

尤妮妮的性格是我最为欣赏的,她坚韧、勤劳、善良、孝顺,"生女当生尤妮妮",她的毅力和坚强让我敬佩让我喜爱,这本小说里的有些经历是她的,逆境中的女主无论遇到什么挫折都不会被打败,如她那般保留初心且感恩。小说里,我让那些亏欠过、伤害过女主的人都得到了应有惩罚,我给了女主一个最完美的男主收藏她的全部伤口,妮妮,你值得这世上最好的港湾温柔以待。

苏缠绵是圈内女写手中的颜值担当,她是令人羡慕的天之骄女,名校、名企加身的她,从小到大就没受过什么委屈,她顺风顺水地工作、恋爱,拥有了让人羡慕的一切,我喜欢她的外形,是那种清纯甜美的相貌,她就是这本小说里,女主角的外形原型,因此女主的穿衣风格,打扮方式,容貌细节,都是苏缠绵美人的模样。

于是这本书的故事和人物成型了,加上我从事旅游行业,以对这个行业的了解,写了其实不是那么现实的领队的生活。我做过领队,想说,真实的领队并非我们想象中的那么光鲜,千千万万带客人跋涉万水千山的你们,辛苦了。

感谢我身边的所有人,感谢看这本书的你,愿这本书能够予你生活中最美的祝福和对纯爱的向往。

这世界本就美好,寻一人相携到老,有你的每天,阳光都很闪耀。

冷亦蓝

2016 年 4 月

如果总会在一起，晚点没关系

如果总会在一起，晚点没关系

楔子

下了飞机，潮湿的气息扑面而来，连呼吸到的空气都带着股咸味，赵佳晴有点紧张，慌乱地举起手中的小红旗："逍遥游的游客，在这里，在这里！"

赵佳晴一边举着旗喊着话，一边伸手去掏兜里的护照，小手一抖，护照"啪啦"掉在地上，她蹙紧眉头，气哼哼地跺脚。

她是逍遥游的实习生，逍遥游是本地数一数二的旅行社，这是她领队生涯的第一次带团，如果能接待好这批客人，转正自然不在话下。

一个多小时的转机、五个小时的等待再加上五个半小时的飞行已经让她憋闷到极点。初次旅行的亢奋让她在飞机上一夜未睡，好不容易昏沉沉地要陷入睡眠却发现飞机已经要落地，她跟空姐要了一杯咖啡灌下，瞪着充血的眼睛，看起来像是饿了三天的小兽。

这点小问题可难不倒她！她是谁？她赵佳晴是赫赫有名的"马里奥小姐"！她踩怪兽，顶金币，吃蘑菇，打 boss 无所不能！世上困难千千万，没有她"马里奥小姐"闯不过的关！

　　她一只手高高地举着旗，弯下身子，吃力地伸出另一只手去够那本护照。

　　谁想到那本护照被从天而降的一只手先一步捞在手里，她的视线循着那修长的手指和匀称的骨节看过去，洁白整洁的袖口、一丝不苟的领口，一位西装革履的男子正眯起一双眼睛似笑非笑地看着她："赵佳晴，好久不见。"

　　那是一双略带慵懒的凤目，微微闪着戏谑的目光。这双熟悉的眼睛好像瞬间接通了另外一个时空，与这双眼睛有关的过往撼动了她大脑的柏林墙，好像是触到了高墙上的电波一样，她的头晕了一阵，便自动放弃搜索与对方的回忆。

　　切断回忆电路的赵佳晴完全没时间跟他叙旧，她条件反射地上前一步欲抢男子手中的护照，没想到男子笑意更深，向后退了一步。

　　她扑了个空。

　　游客都聚集齐了，身边都是冲过去过关的人群，她可不想排在长长的队伍后面焦急如焚。

　　"少废话，快给我。"她语气中有马上要按捺不住的火气。

　　他"扑哧"一声笑出来，唇边一只调皮的酒窝与他庄正的装束十分不符，男子用那本红色的护照轻轻地敲着她的额头："是不是把我忘了？能说出我的名字，就还给你。"

　　她哪有心情跟他玩！她在心里把对方骂了一万次，要不是看在那张脸秀色可餐的份上，她一定一拳抡上去，打得他连他妈都记不起来！

　　下一刻，她十分自然地一步蹿到对方面前，踮起脚尖，动作利落地用举着小旗的那只手钩住了对方的脖子。这个动作让那男子愣了一下，趁着这个空当，她跳起来拿回了对方手里的护照，还不忘用手拍了拍他的肩膀："哥们儿，谢谢。"

然后她完全无视石化的男子，挥着小旗扯着嗓子在前面喊："大家跟我来，往前走过关啦……"

身边有穿着制服的工作人员巡查，想想也是，塞班岛怎么也算是美属领土，这些年管理也严格了起来，前阵子还听说有人被遣送回国了呢。不过临出来前，赵佳晴早就跟线控经理打听门清了，只要不是孕妇想要在塞班为孩子取得美国国籍，一般过关不会有太大问题。

除了前面团里那位腿脚不大灵光的大妈。她这排还有一个人在等，马上看到曙光了，她的心都要飞到碧海蓝天的美景中去了。

正想得出神，身边有人撞过来，她毫无防备地跌了个趔趄，正好撞在走来走去巡视的工作人员身上。赵佳晴涨得满脸通红，连连说着"sorry"。

身后一人冲出来抱住了她，用英文说了几句什么，那几句英文令工作人员瞪圆了眼睛，回复了些什么，她转过头看着身边的帅哥——

这不是刚才逗她的那位吗？！

"你刚才说什么？"对于身边这位"熟人"和工作人员的对话，她只能依稀听懂几个单词，但语速太快，她根本抓不住要领。

随团有一位英语专业的帅哥，他忽然惊讶地回过头，问了赵佳晴一句："你怀孕了？"

她愣住："什么？"

帅哥伸手指向她旁边正在跟工作人员侃侃而谈的男子："他说他是你老公，你怀孕了，让那帮人小心点，否则流产了他一定会走法律程序……"

"我没有！"她彻底搞不清楚状况了，刚想对那群外国人解释，却被一群工作人员拦住，终于，他们说了一句她听得懂的话：

"I'm sorry."

随后，这群人押着他们两人就朝另外一个方向走，她看着身边的团友大喊："这人不是我老公！我没怀孕！我……我没有 baby！我是领队啊！没我这些客人怎么办啊？"

根本没人理她，她就这样被一路押着，走进一间小黑屋，门从外面被锁上了，咔嚓。

锁上了……

锁上了！

就这么锁上了？

"开门啊！"她为了这次塞班岛之行争取了一个月，一个月都没怎么吃饭！好不容易让肚子上的赘肉减少了一些，这就给她关小黑屋了？

"赵佳晴，你不是见神杀神的马里奥小姐吗？"身后，熟悉的嘲讽语气响起，"今天我倒要看看，你有没有本事不被遣送回国。"

"你……"她恨得牙齿咬得咯吱咯吱直响，"你为什么跟他们说我怀孕了？"

他笑得眉眼中都好像沐浴着春风："是啊，为什么呢？"

为什么你个亲娘四舅姥爷咧！她扬起手，一个大耳刮子扇在他脸上。

"老同学，六年不见，你这脾气倒是见长。"这一耳光完全没对他造成任何影响，他的皮肤明明那么白皙细嫩，却连个红印子都没留下。

男子欺身过来举起了手，赵佳晴本能地启动防卫机制，用手紧紧地抱住了头。

"放心，我不会还手。"他的声音颇有磁性，如同鹅毛一般挠着她的耳朵，她感觉裤兜被人摸了摸，下一刻，手机已经被对方顺在手里。

他优哉游哉地摆弄起她的手机："哟，还开通了国际漫游呢，看来你也不像以前那么小气了嘛。"

说着，他在手机屏幕上输入了一串号码，紧接着一阵铃声从他的衣兜里响起。他取出手机，按下了接通键，笑吟吟地说道："喂。"

喂你个大头鬼啊喂！国际漫游话费分分钟都像在凌迟着她的小心肝好吗！

他又把她的手机送回到她裤兜里，还不忘在她耳边揶揄几句："不让你割肉心疼，你肯定还是记不住我啊。"

"你要是送我十万块钱，我肯定记你一辈子你信不信？"她哼了一声。

男子低下头，胳膊撑在她头顶的墙壁上，两人之间的距离一瞬间变得很近，他精致帅气的面容瞬间放大："现在你想起我的名字了吗？"

赵佳晴抬头，对上那双似曾相识的眸子。

那一瞬间，她有片刻的失神。

故人重逢带来的欣喜，在那双深黑的双眸之中渐渐淡去。时光之河此时如同摩西用手杖劈成两半的红海，一半是温暖满满的回忆，一半是永远不想被提起的片段，在两边垂直而立，中间一道绝缘的沟壑，一直通向昔日年华中最深的隐蔽之处。

如果总会在一起，晚点没关系

校园篇

我们就这样，散落在天涯

第一章
开学典礼上的初见
RUGUO ZONGHUIZAIYIQI
WANDIAN MEIGUANXI

那年妈妈下了血本把赵佳晴送进盛阳市数一数二的英华私立高中,就是希望她能争气,在众多精英要员的子弟之中勾搭到几个有后台能依赖的朋友。

"佳佳,妈妈实话告诉你,让你上英华,我起码花了十万。"何舒萍实在是个太财迷的女人。在外人眼中,她是妇婴医院的护士长,白衣天使一般的存在啊,所有她照顾过的病患没有不夸赞她的;但在家里,她是一分钱能掰成十八瓣分配的吝啬鬼,每个月给赵佳晴的零用钱不超过三十块钱。

可是何舒萍竟然为赵佳晴上学花了十万!十万!

"妈,铺张浪费不可取,勤俭治家是美德。"赵佳晴咽了一口唾沫,总觉得自己像是被亲娘卖了似的。

"这叫投资,闺女。"何舒萍为她把头发绑好,还不忘缀了一朵花在发尾,"以后你嫁了大户人家,这十万块钱得还我。找个家境好的呢就一次性给我;你要是找个穷鬼,也行,你们小两口分期付款慢慢还。"

这一席话说得赵佳晴幼小的心灵上硬是像被砸了一个哑铃,对于还钱这事，她认为赚钱要趁早，现在在心里已经开始筹划起明年情人节卖花的事宜了。

倒是赵振霆在一边干笑："得啦得啦，你看你把闺女吓得。"他从桌上拿了个苹果塞进赵佳晴手里，"别当真，你妈跟你开玩笑呢。"

何舒萍哼了一声，这让赵佳晴更加深信了妈妈是认真的。

赵振霆似乎也看出了自己老婆的意思，继续打圆场："你妈也是希望你过得好，每一步都让你走得稳妥……"

话未说完，何舒萍不知道从哪儿弄来一张皱巴巴的纸铺在赵佳晴眼前："你的班级是我精挑细选的，班上一共 20 人，个个都是富贵人家！同学们如果问你家里是做什么的，你就说是开酒窖的！免得被人瞧不起……"

赵佳晴看到爸爸脸上一掠而过的窘态。

赵振霆不过是个酒水经销商，搞批发的，做的都是低端酒水，供应路边摊小吃部什么的，物不美但是价廉，利润极薄，走的就是个量，其实挺上不得台面。

人没法选择自己的父母，但赵佳晴一直觉得爸爸做的是很伟大的职业。因为爸爸对她说过，人难免有穷困潦倒的时候，在他们最困顿的时刻也能买得起酒，给他们安慰，这对他来说，也是一件很有成就感的事情。

但妈妈却觉得爸爸的工作不值一哂，她整天抱怨老公赚得少，总是唠叨着谁谁家的谁做了什么买卖赚了一大笔，房子车子全都换啦之类的。

所以赵佳晴去上学的每一天都觉得压力很大，英华私立高中开学第一天，她的一双眼睛骨碌碌地转，来来回回地把同学们看了许多遍。全班 20 个同学，12 个男生 8 个女生，妈妈煞费苦心，特意给她挑了一个男生众多的班级，但是她一点也没有鲜花的感觉。

她编的双马尾和发梢的大红花,总让她觉得……怎么说呢,在这一群娴静美好的大家闺秀里面,有点格格不入的感觉……

烧火丫头非要跻身名媛的违和感让她觉得自己的存在很特别。其实跟这些大户人家的小姐相比,她更觉得自己根本就是个丫鬟。

高中的入学典礼上,她见到了自己青葱少女岁月中的第一位偶像,就是在台上代表新生发言的那一位。

他是她崇拜多年的偶像男神,她从妈妈那里听了无数次说他是本市首富之子叫陈慕白。讲话之前她只能看见陈慕白的后脑勺,待校长在上面喊了陈慕白的名字,她看见前面那个身影惊鸿般地动了,眼前掠过他的侧脸。

侧脸很帅,鼻梁高挺,嘴唇紧抿,当他登上演讲台上之后,台下的女生们不由得轻呼一声。

因为正脸,更帅!

虽然赵佳晴有心理准备,但还是被那双长睫毛眼睛电了一下。她早就知道陈慕白是中法混血,她曾经见过他妈妈的照片,那真是国际名模的相貌和身材啊!陈慕白继承了她优良的基因,那双大眼睛带着点让人沉迷其中的棕色,长长的睫毛可以放两根牙签在上面。

她正看得出神,身边有人碰了她一下,她望过去,看见了一只伸过来的手,手上放着一张面巾纸。

"你是……"她抬眼去看手的主人,结果又被狠狠地惊艳到了。

和陈慕白的国际范不一样,面前这位帅哥是很中式的长相,皮肤白嫩,狭长的双眸秋水纵横,闪着清冷的光辉,虽然是十五六岁的年纪,但眉眼气质之中,颇有点颠倒众生的意思。

帅哥的表情很是冷淡:"擦一擦,你口水都要掉下来了。"

这位冷漠毒舌的帅哥，就是跟她结下梁子的解煜凡。

开学典礼上她彻底沦为陈慕白的粉丝，也对解煜凡留下了有些招人烦的第一印象，这个印象在上学第一天之后更加深刻起来。

开学第一天分座位，赵佳晴原本十分期待的男女同桌的事情没有发生，老师实施的是同性同桌政策，她的同桌是一位特别漂亮的女孩，叫凌雯。凌雯温温柔柔的，说话细声细气，整个人跟林妹妹似的，即使是笑也不会露齿，眼睛弯成两道月牙，看起来格外可爱。

老师安排每个同学上讲台做自我介绍，轮到赵佳晴的时候，她很大方地走上前去，腰杆挺得笔直："大家好，我叫赵佳晴，赵钱孙李的赵，佳偶天成的佳，晴天霹雳的晴。我这个人没什么特长，非常希望跟你们成为好朋友！"

下面竟然有个人笑了起来："哈哈哈……佳偶天成……晴天霹雳……哈哈哈……"

她看过去，心想这人不是之前递给她纸巾的那位吗！她蹙着眉头走下了讲台，经过那人身边的时候，还不忘狠狠地瞪了他一眼。

那人懒洋洋地回视她一眼，表情中有无限慵懒，好像她的不爽根本奈何自己不得似的。

她刚坐下，那人就走了上去，拿着粉笔在黑板上唰唰写下"解煜凡"三个工整遒劲的大字，神情中还带着几分倨傲，双手随意地搭在讲台上，慢条斯理地说道："我叫解煜凡，我相信，我存在于这世上注定卓尔不凡。"

"噗——"赵佳晴没忍住，拍着桌子笑了一声，"广告语啊这么顺溜儿……"

同桌凌雯看了她一眼，一闪而过的责备让她不由得一愣。

班花凌雯……难道说……

班花的品位也不怎么样嘛!

事后赵佳晴曾经和凌雯探讨过班草的事情，凌雯表示，班草非解煜凡莫属，赵佳晴表示不能接受，这不唐突了国际范大美男陈慕白嘛。但凌雯义正词严地表示，她初中就跟他俩是同学，无论是智商才艺还是个人魅力，解煜凡都甩陈慕白几条大街不止。

赵佳晴不服: "人家陈慕白是盛阳市首富之子，跟他比起来，解煜凡家就未免小门小户了。"

凌雯一句话险些没噎死她: "首富? 呵呵。他爸也就只能花钱给他买个班长当。三十年河东三十年河西，那几个钱谁知道守得了多久? 不就是钱嘛，谁没有钱啊? "

谁没有钱啊……

赵佳晴打了个哈哈就结束了这段不算和谐的对话。

在班上，凌雯是数一数二的美人，她不仅仅是班花级别，更是校花级的风云人物。凌雯最吸引人的不仅仅是美貌，更是因为身上那股冰山气质——冷艳高贵，好像这世上谁都入不得她的眼似的。她养成这样的公主习气是因为从小到大家境优越，长得又好看，无论亲戚还是同学，要么因为她的家世，要么因为她的外貌，大多让着她宠着她，一切以她为中心。她的生活里，一切都来得太容易，别的女孩日思夜想的，她拿到手里玩不到两天就腻了。

凌雯从小到大，没有受过一丁半点的委屈，没有经历过一丝一毫的风浪，她的人生，一直顺风顺水，如意顺遂。

而解煜凡，是她人生中的一个例外。

解煜凡是凌雯的初中同学，一直是名声在外的校草人物。凌雯起初也没太把他放在眼里，后来几次学校活动，解煜凡的艺术才华备受关注，凌雯也注意到了这个男孩。一次班级举办手工活动，她想了想，跟解煜凡一组不但可以做出被老师表扬的作品，更因为对方是男孩，一定会怜香惜玉，她可以全程什么都不用做，轻轻松松地就得到了美誉。

所以当她傲慢地跟对方椰出这个要求时，完全是报以施舍的态度——我主动邀你一组，是本宫看得起你。

谁知解煜凡这家伙竟然当场翻了一个白眼"我不需要，你找别人吧。"

她凌雯，从小到大，第一次被拒绝！

凌雯的好胜心被挑起来了，起初她还以为这是什么欲擒故纵的把戏，后来她发现，解煜凡这家伙根本就不懂变通不谙人情世故，他从来不给任何人面子！

就这样，她屡屡邀请，却屡屡被拒。

越是如此，解煜凡就越显得高洁神圣不可攀登，他像是凌雯此生的珠穆朗玛，让她始终咽不下这口气，她屡屡出招，却屡屡挫败。

最终，他成为她的执念。

如果说赵佳晴对陈慕白的崇拜是如同粉丝对偶像的仰慕，那么凌雯看解煜凡，就好像是陡峭山崖上的那朵摇曳多姿、只可远观不可亵玩的雪莲花。

两个女生对于同班的两个男生，都有类似于偶像崇拜的情谊，而赵佳晴就没什么执念，她简单得很，一汪清泉似的，一眼就能看透了。

傻大姐似的赵佳晴在班上属于活跃分子，什么活动都要插一脚，不管擅长不擅长，她就是这种闲不住的性格。她也不算是个花痴的人，虽然陈慕白是她偶像，她也最多跟他要个签名而已，这种欣赏远观就好，不图朝夕相对——如果真是朝夕相对，她还指不定紧张成啥样呢。

因为她单纯肯干，又十分热情，老师给她安排了生活委员一职，这样，她更有干劲了。

最近各班举办板报大赛，赵佳晴理所应当地加入，绘制板报和书写的工作由大才子解煜凡主笔。对于解才子的指使，她任劳任怨，凌雯以陪伴好友为借口站在旁边，盯着解煜凡好看的侧脸出神。

解煜凡是班上的学习委员，他确实有几把刷子，他的书法功力很高，虽然赵佳晴不懂，但好坏还是能分得清的。她也接触过一些可供临摹的字帖，解煜凡的字跟那些都不一样，好像自成一派似的。

他画画的水平也很厉害，经过他手描摹的花朵栩栩如生，没上颜色的时候就已经十分精美了。

凌雯在一旁看得简直痴了。

赵佳晴觉得能为班级做点贡献就很开心了，于是从买纸到买颜料到清扫全都由她一力承担，其他同学懒得做这些没有技术含量的事情，她却干得津津有味。

眼瞅就到了板报上交的最后一天，解煜凡却不知道去了哪里，几个同学描了描花边就撤了，剩下满地狼藉堆在走廊，人都跑得精光。

全班就只剩下赵佳晴一个人，她二话不说，撸起袖子就干起来，不出一会儿就把教室收拾整洁，她还特意拖了地，把地面弄得光洁如新。

最后只剩下一桶垃圾了，她擦了擦额头上的汗，一鼓作气拎起来，又把没涮的拖布一起扛着，幸好解煜凡不在，不然谁知道他又要说出什么难听的评价来呢。

垃圾桶在校园外面，她习惯于从校园西北角的后门出去。后门虽然一直上着锁，但门上的铁条有破损，她轻易地就能从间隙的地方钻出来，就是把垃圾桶弄出去稍微费些力气。她先爬上后门，把桶用拖布吊下去，然后再从缝隙的地方挤出来。

垃圾桶在东边大概300米的地方，她突然听到西边有人说话的声音。

其中有一个声音很耳熟，应该是她认识的人，虽然一时间想不起来，但好奇心驱使着她走了过去。

在拐角的地方，她看见三个人把一个男生围住，男生的后背抵在学校的围墙上，已经退无可退。

她定睛一看这不是解煜凡吗？！

解煜凡脸上挂了彩，嘴角破了，而那几个人仍没有放过他的意思。

"听说你在学校里挺有名气？我们倒是想看看如果废了你的手，你还牛得起来吗！"

解煜凡擦了擦嘴角轻描淡写地说："一群人渣。"

为首的那人恼怒了："把他的手给我撅折了！我看他还牛不牛！"

赵佳晴再也看不下去，扯着嗓子大吼一声："住手！"

八双眼睛都朝她看过来，这让她有点紧张。咽下一口唾沫，她拎着垃圾桶背着拖布就走过来，把解煜凡拎出来："大扫除呢你偷跑出来什么意思？再不回去我们整个小组的人都来找你了！逃避劳动啊你无不无耻？"

趁那三个人愣神的工夫，她拉着他快速离开："你别想跑！一大堆活等着你去干呢！"

走了没几步，身后那几个人似乎是回过神来了，一个少年清了清嗓子："给我站住！"

她扯着解煜凡跑得飞快：站住才是傻子呢！

只是没跑几步就被其中两个人超过了，两个身高超过一米八的少年拦住了他们的去路。赵佳晴大吼一声，将手里满满的垃圾桶顺势丢出，天女散花似的垃圾纷纷扬扬地撒下来，一个少年被桶砸中了额头，蹲下来捂住脸，暂时失去了战斗力。

剩下那一个，赵佳晴想也不想就把拖布朝着对方面门捣过去，似乎是浓烈的气味让对方止住了脚步。那人躲了几下闪出一条路，他们刚要跑过去，身后那个为首的男生拦了上来，那样子，一看就不好对付。

赵佳晴不知哪儿来的胆子，扑过去死死地抱住了对方，对解煜凡大吼：“快跑！去找人！”

解煜凡愣了一下，紧接着，他头也不回一路狂奔，五秒钟后就看不见他的身影。

赵佳晴有点恍惚：虽然是她让他跑的……但这毫不犹豫地跑得也太顺溜太快了点吧。电视里主角不都会说：“不！我不走！我要跟你并肩作战！”然后二人一起力量爆棚打退敌人的吗……

身后那两人逼近了，被桶砸到的那个少年恨恨地说：“死丫头，今天我非让你把那一桶垃圾都吃掉不可。”

赵佳晴早没了刚才的斗志，可怜兮兮地蹲坐在地上，抬起满是泪水的小脸说道：“那……能给我弄点佐料不？比如，番茄酱啥的……”

正当她一把鼻涕一把眼泪地把满地垃圾都装回桶里的时候，只听见身后一声断喝：“就是他们！”

身边三个小混混脸上一惊，相视一眼便夺路而逃。

速度不比刚才逃走的解煜凡慢多少。

而解煜凡身边的保安立即追过去了，解煜凡没有追，他慢慢地走到赵佳晴身边，沉默地蹲在她身边。

赵佳晴哭得梨花带雨，一掌拍在他的肩头：“你招惹的都是一群什么人啊！这仨人……肯定是变态啊……正常人谁会随身带着番茄酱啊……”

说着，她把手上的半瓶番茄酱塞进他怀里。

解煜凡忍不住"扑哧"一声笑了出来。

笑！他还有脸笑！都是他害的！他再晚来一步她就要就着番茄酱吃垃圾了！

他摸了摸她的头，有点像主人摸宠物狗的方式："回去吧。"

她语气中还是带着哭腔："谁不想回去啊……我只是……腿软了动不了了啊！"

最后是解煜凡把她背回教室去的。

偌大的教室只有他们两个人，赵佳晴坚持不许开灯，她哭得眼睛都肿成柿子了，不断地倒苦水说自己如何如何害怕。解煜凡沉默地听了很久，终于开口道："你为什么帮我？"

她擤了一把鼻涕，说道："他们不是说要废掉你的手吗？"

他没接话，她继续说道："你的手废了，这期板报怎么办？"

她听见解煜凡笑了一下。

她继续絮叨下去："刚开学的时候你还给了我一张纸巾，那天中午我闹肚子，你的纸巾可帮了大忙了，不然我就得脱袜子……呃，不提了，往事不堪回首……"

等她唠叨完了，解煜凡又开口了："今天的事，你别跟任何人说。欠你的情，我会记得的。"

他说完这些话就走了。

而赵佳晴把脏拖布涮干净了才走的。

第二天她到学校的时候，板报已经高高地挂在走廊上，上好色的图画特别美，每个经过教室的同学都要停下来看一看才舍得走。比赛结果下来，毫无悬念地，他们班得了第一名。

解煜凡被老师在课堂上好生表扬了一番，轮到他说话的时候，他站起身来，视线从赵佳晴脸上淡淡地扫过，她以为他要说什么感谢的话语呢，结果他开口说道："谢谢大家的认可，这是我应得的。"

说完，他就一屁股坐下了。

赵佳晴嘀嘀嘀地在心里啐了一口：呸！什么是你应得的！这个人根本就不懂得团队合作嘛！这么多人忙活敢情都是你一个人的功劳了？不要脸也没这么个不要脸法！

她气得直翻白眼，攥紧的拳头故意在桌子上重重地敲了一记。

解煜凡头都没有回一下。

第二章
来自男神的诚意
RUGUO ZONGHUIZAIYIQI
WANDIAN MEIGUANXI

在那次"路见不平仗义相救"事件之后，赵佳晴跟解煜凡的关系没有半点改善。解煜凡该揶揄她的时候一点都不嘴软，他们的关系还是势同水火，可两人又都是班上活动的积极分子，低头不见抬头见，于是所过之处，一片硝烟弥漫。

比如这次篮球比赛，赵佳晴照例是"万年跑腿王"，也拜这次比赛所赐，她一口气搬矿泉水上四楼的事迹让她得到了"马里奥小姐"的美名。而她能独立一人换桶装饮用水的技能也传播开来，这个称呼传到解煜凡耳中的时候他没有表示出丝毫意外，反而还蛮赞同地点头："她确实是能匹配上这个称号的。"

这话怎么听起来比骂她更难听呢？

篮球比赛，班上个子高一些的男生都参加了，海拔超过一米八的陈慕白和解煜凡自然成为主力队员。班上的女生都很兴奋，当赵佳晴把矿泉水搬到篮球场的时候，女生们一哄而上，各自捧水送给自己偶像，其中外貌出众的陈慕白和解煜凡粉丝最多。

凌雯此时正一手拿毛巾一手拿矿泉水围着解煜凡，温柔浅笑的模样简直跟天仙一样；陈慕白身边聚拢了不下十个女生——本班的、其他班的，女生们挤得水泄不通，即便赵佳晴有力拔山兮气盖世的风范，也挤不进这眼花缭乱的桃花阵里分一杯羹。

她就只在外围不时地捡粉丝们丢的矿泉水瓶子和其他垃圾，像保洁大婶一样，把塑料瓶子都装进一个编织袋堆在场外，打算比赛结束了卖点钱充当班费。

她的这些行为都是背着班上同学进行的，不然被那些富家子弟知道了，又难免好一顿嘲笑，但如果就那么丢了，她是真的觉得挺心疼的。

比赛开始了，平时练习时看起来吊儿郎当的解煜凡忽然变得厉害起来，抢篮板投篮积极得很；反倒是陈慕白的打法有些保守了，屡屡发挥失常，平时拿手的三分球一个都没投进去。

因为配合得不太好，解煜凡整个比赛中都是在秀球技，虽然他一个人拿了不少分，他们班却仍是输了。

比赛结束，队员们都去更衣室换衣服，解煜凡好像并不在乎输赢似的，用得了冠军的气势，挺高傲地招呼全班同学："一会儿大家别走，去兰景轩吃饭，我请客。"

兰景轩是学校旁边最好的饭店，装潢高端大气上档次，美食低调奢华有内涵，即便是最寻常的菜色也能做出令人惊艳的味道。但人均500元的消费档次即便是贵族学校的学生也不能天天去吃，今天听说解煜凡放血，大家乐得跟赢了比赛没两样。

这里面数凌雯尤其高兴，一群人呼啦啦地离开场地，解煜凡无意似的把擦汗的手巾甩给了赵佳晴，看都不看她一眼："一会儿吃饭别迟到。"

她白了他一眼，没有回复。

大家如潮水般地退去，操场上只剩下满地垃圾，赵佳晴皱起眉头，先是捡了矿泉水瓶子，然后溜到后门去废品收购站卖了两块钱，之后回到操场上用扫帚扫起垃圾来，她足足扫了两大堆垃圾，才稍微休息了一下子。

"怎么不去吃饭？"身后一个温和的声音响起，她回过头去，来人竟是陈慕白。

陈慕白早已换上了校服。因为是贵族学校的关系，他们的校服设计得十分别致，男生校服是白色衬衫，领口滚着黑色格子的花边，黑色长裤，外面加一件米色的西装外套。平心而论，这身衣服就算是长得很丑的男生穿起来都不会难看到哪里去，更别提长得好看的男生了。

陈慕白穿上这身校服根本就是偶像剧里走出来的男主角好吗？

她不自觉地心跳加快："我……收拾一下……"

陈慕白笑了笑，坐在篮球架后的石板上，把自己的外套垫在身边，拍了拍："过来坐吧。"

赵佳晴只觉得一阵天旋地转：自己这是走了什么狗屎运了？心中的男神竟然主动要求和自己谈心？

她紧张地走过去挨着他坐下，心跳快速得简直要蹦出来了，还好夕阳下一切景物都被镀上一层金灿灿的光，他根本不会看到她此时的脸已经红成了番茄。

"今天的比赛有点遗憾，"陈慕白挠了挠后脑勺，"都怪我发挥失常，让大家输了比赛。我……真是对不起你们的辛苦。"

看看她男神这境界！谦逊、和蔼、温柔、善良！怎么是解煜凡那家伙能比拟的？

"别这么说！都怪解煜凡那个笨蛋显摆自己！有几次他如果把球传给你就好了！"她把心底的怨言直白地说了出来。

"是我……不在状态。"陈慕白微笑了一下，深邃的轮廓立体的五官在夕阳下美得如同雕像似的。

"别自责啦，这不是你一个人的事情。"她好言宽解对方，伸出手打算拍拍他的肩膀，手抬到半空停了一下，想想这个动作还是太轻浮，于是生生地收了回来。

"你同桌凌雯……"似乎是想了许久，他才说出这样的措辞，"你跟她好像……挺要好？"

"呃……还好……"怎么说呢，她这个人朋友很少，家境没什么值得炫耀的，跟班上其他喜欢名牌的女生话题太少，也就只有凌雯不嫌弃她这个内心粗糙的妹子了。平心而论，她只有凌雯这么一个朋友，但是性格很好的凌雯，除了她之外，还有很多其他朋友。

"凌雯她，对解煜凡好像有一股执念。"陈慕白有点结巴的语气让她一下子顿悟了。

他好像很在意凌雯？

心底酸溜溜地生出一丝挫败感来。

"这个……我不方便说……"虽然对方是她的偶像她的男神，但出卖朋友泄露心事的事情，她还是做不出来。

"我们三个是初中同学，大概从初二开始，凌雯她就对解煜凡有些不同……我本来以为她只是咽不下被拒绝的那口气，但没想到她越来越……"

"我觉得你很好，真的很好。"她鼓起勇气对陈慕白说，"凌雯她估计是眼神不太好……"

"凌雯是凌氏集团未来的继承人，而我们家族与他们即将联姻，等我们大学毕业之后，她将是我未婚妻。"他干脆利落地打断了她的话。

"啥？"赵佳晴大脑一时转不过来：刚才好像听到……什么很了不得的话语？

"我们上幼儿园的时候家长就定下了这门亲事。"陈慕白的语气很平缓，没什么波澜起伏，好像在叙述跟吃饭睡觉一样平常的事情似的，"这是家人的意思，虽然我自己并没有什么感觉，但亲事就是亲事，无论我同意也好，反对也罢，于最终结果，并没有影响。"

"原来是包办婚姻，那现在这个局势对你可是大大的不利呢。"赵佳晴嘴快，说笑话的时候完全不经大脑。她忽然觉得身边多了点封建糟粕残留，什么青梅竹马指腹为婚只有在小说里才见得到，像这样摆在明面上的媒妁之言，她还真是第一次听说。

他也被她逗乐了："你这语气……听起来好像是这方面的专家啊？大师，能帮我破解一下吗？"

"既然你诚心诚意地发问了……"赵佳晴觉得她的男神根本没有想象中的冷艳高贵嘛，明明是这么风趣健谈的人，凌雯是脑子进了水才会觉得解煜凡是白莲花。她在胸脯上拍了拍，"本座最见不得小人作祟，你若是诚心就来捐点香火钱，本座自然替你分忧解难。"

就这么没正形起来了，她和陈慕白的角色顿时转换成禅师与提问青年，赵佳晴就差没捋着胡子说禅语了。她就这么跟陈慕白你一言我一语地瞎聊，说起"香火钱"，陈慕白好像想起来什么似的，从书包里掏出一盒巧克力来，干脆利落地打开放在她面前："大师请笑纳。"

男神你太有诚意了！她一看见吃的眼睛就放光，完全不管耳边他说的话："反正也是别人送我的，我借花献佛你别介意，如果你真能帮我让凌雯对解煜凡断了那份心，我肯定好好谢谢你……"

她最喜欢吃费列罗巧克力了！咬破酥脆的威化层之后，细腻的巧克力滑满口腔，再咬碎榛子仁，让巧克力和榛子香气巧妙融合，她开心得都要笑出声来了。她偏过头，用还充斥着感动泪水的眼睛望着陈慕白："亲，我还能再吃一个吗？"

陈慕白被她看得一愣，连忙把盒子塞进她怀里："都是你的！"

实在是太幸福了！

她如仓鼠似的一边往嘴里塞巧克力，一边囫囵不清地说道："没问题，你的事包在我身上了……"

陈慕白看着她笑，不知怎的就抬起手来在她脑袋上摸了摸，很轻很温柔的样子，让她心里生出一瞬间的错觉。

不过不管怎么样，她跟陈慕白算是正式接上了头，平日在班上，他们还是跟普通的同学没两样，但是每个周三的晚自习活动间隙，他们都会聚在学校后门大树后面商量对策。

她会在这段时间里把凌雯的一切活动对他报告。

其实陈慕白的要求并不高，他认为他和凌雯都还是学生，这段时间还是以学习为重，不应该有什么不该有的执念。

陈慕白建议她接近一下解煜凡，因为一个巴掌拍不响，解煜凡怎么想的也很重要，如果两边她都能掌握及时动向，就可以遏制凌雯的执念了。

说起解煜凡，赵佳晴颇有点头疼。

那天比赛之后的饭局她没去，第二天上学她本想找解煜凡好好解释一下，谁想到这家伙完全不搭理她，态度生硬冷淡，就连毒舌吐槽也懒得吐了，一副"你这种渣滓不配跟我说话"的样子，傲娇气息暴露无遗，根本无法接近。

这种冷战持续了一个礼拜，就算是一起参加班级活动的时候他也不理她，他做书法展示的时候，赵佳晴有意去搭把手，解煜凡看也不看她一眼就说："有凌雯帮我就够了。"

凌雯乐得跟狗腿子似的，又给他磨墨又给他涮笔，体贴得好像在伺候一位残障人士。

回想了这　周的碰壁，赵佳晴气得脑瓜仁突突地跳，跟陈慕白抱怨道："大哥你放过我吧，解煜凡那家伙油盐不进，我再也不要跟他一起玩耍了。"

"如果你能跟他成为好朋友，我请你去兰景轩，随便吃，吃不了的带回家放着发霉也没问题！"陈慕白神情严肃地拍了拍她的肩膀，好像领导交代工作一般。

"不……他那人……唉不要……"一想起解煜凡那张臭脸，她就想退缩：她又不是他妈，凭什么这样低声下气地哄着他啊！

她正在摇头叹气，忽然抬头看见面前的陈慕白转过头去，眼睛在看着什么，她也循着他的视线望去，然后就发现了站在对面不远处的解煜凡。

解煜凡脸上没什么表情，只是站在那里对她勾了勾手指："赵佳晴，你过来。"

明明是正常的表情和语气，可她怎么觉得有点瘆得慌呢？

而身边陈慕白的手在她肩膀上的力量又加重了两分，她怯怯地望向他的眼睛，那双带着点褐色的大眼中满是"机会来了！快去！兰景轩在等着你"的鼓励。

男神的命令，她不得不遵从。赵佳晴硬着头皮迈着沉重的脚步朝解煜凡走过去，好像一头走向屠宰场的猪。

解煜凡转过身就走，在前面带着路，脚步不徐不疾。她想开口问这是去哪儿啊，又有点不敢说话，谁知道又会挨他什么训斥？

两人就这么一直走到学校东南角的小树林里，这里一向是学生们晨读晨练的好去处，但在晚自习时间段却少有人来往。夕阳马上就要落山，满地是萧瑟的金黄，一片树叶落在前面解煜凡的肩膀上，她想帮他拂掉，却又不敢。

他在前面站定了，慢慢转过头来，狭长的双眸目光锋利，似乎能把她看穿一般："赵佳晴，身为学习委员的我发觉你最近成绩退步了，你从实招来，是不是早恋了？"

"啥？"想不到他一开口竟然是这样的官腔，她被他说得一头雾水，却本能地摇头，"没有啊！"

"那你是不是有类似于……像明星那样崇拜的偶像？"他眯起眼睛继续逼问。

赵佳晴呆呆的，有点木然地点了点头。

"那个人是……"解煜凡好像憋着一口气似的，"是陈慕白吗？"

她没回复，脸瞬间红了起来。

"我要报告老师。"解煜凡义正词严，说着就要走。

"别！"她连忙拉住他，"别告诉别人啊！就跟崇拜明星没两样嘛！"

"还好你有点自知之明。"解煜凡停下脚步，居高临下地看着她，"他可不会多看你一眼的。"

她当然知道啊！男神找她当然不是为了多看她啊，而是希望凌雯少看你一眼！

赵佳晴心中灵机一动：陈慕白不是让她接近解煜凡以防万一吗？现在是他们握手言和的绝佳机会！

"解……煜凡，你现在……不生我气了吧？"她小心翼翼地对着手指说道。

他回过头来看她一眼，笑了，那一泓秋水简直温柔得能把她溺死在里面："没有。我跟一个傻子较什么劲啊。"

傻子……好吧，为了那顿兰景轩，傻子就傻子！

"那我们还是好朋友吗？"她笑嘻嘻地看着他。

解煜凡仍是笑："不要脸，我们俩什么时候是朋友了？"

赵佳晴气结："解煜凡你这么不够义气可没朋友的！下回再遇到有人堵你我可不管了！"

"抱歉，我记性不太好。"解煜凡一边走一边说。她也只能狗腿地跟上去，一心一意地要跟这个招人烦的大少爷做朋友。

明明他不是土豪，她还非得觍着脸贴着他做朋友！

班上同学的家世，她妈妈早已经查得八九不离十，最有钱的非陈慕白莫属，其次就是凌雯，两家联姻更多是家世上的考量。跟他们相比解煜凡的家境就有点寒酸了，他爸爸是开连锁饭店的，在盛阳市里有三家饭店，虽然比她家酒水批发商强那么一点，但实在是差别不大。

虽然解煜凡不是土豪，但真心是个学霸。从小到大，他从来没花心思做什么东西，但智体美劳都全面发展，反正他除了德，没有拿不出手的特长。

所谓天才，就是这样的吧。

"解煜凡，我知道你看不起我。"赵佳晴一边跟在他身边，一边低着头嘟囔，"你学习好，我脑子笨；你细腻，我粗糙。你身边的朋友都是贵少爷娇小姐，我就是一个修水管子的马里奥。我知道咱俩做朋友也是你亏，我能跟你借作业抄，问你各种问题，你从我这里什么好处都捞不到……最多……给你家饭店批发点便宜酒水啥的……"

他蹙了蹙眉头："你说这个干吗？"

她也索性把话说开了："你要是觉得我不配做你的朋友，咱俩就拉倒。我也不想总热脸贴冷屁股，挺没劲的。"

解煜凡走着走着突然就站定了，眉头几乎拧成一个结，他偏过头看着她："你刚才说的那些，怎么不像是说普通朋友呢……倒像是……"

她迷茫了："像啥？"

他摇摇头，脸上带了点红晕："没什么，我……从来没有瞧不起你……身为学习委员，我有义务先进带动落后。这礼拜六我带你去书店吧，你这勾芡的脑子该充充电了。"

"你脑子才进水了呢！"她听到前半句话还高兴了起来，最后一句话却让她气得跺脚。

"你这智商……勾芡懂不懂？"

"你家不就是开饭店的吗！有啥好炫耀的！"

夕阳收起了最后一抹余晖，西边只剩下一点殷红的痕迹，渐渐升起的星辉照着并肩而行的两个人，雪一样纯洁的星光洒在他们身后的小路上。

那时年少，单纯的心，好像没有烦扰。

第三章
我爸挺喜欢你的

RUGUO ZONGHUIZAIYIQI
WANDIAN MEIGUANXI

赵佳晴又重新获得解煜凡这个朋友了，虽然他还是不肯借她抄作业，但每次她去请教问题，他都很有耐心地解答，逻辑清晰明白，每次她都有醍醐灌顶之感。

然而过不了几天她又忘了，她再厚着脸皮回来问他，解煜凡就会用那双锐利的凤眼白她："你这脑子里装的都是素烩汤？"

赵佳晴更加确定他爸是伙夫出身，嘴硬得很："我问你问题而已，凭什么人身攻击！"

他用笔敲了敲书本："这一题你前天问过了。"

"没有！你就是小气！不告诉我拉倒！我找别人去！"她脸上气鼓鼓的，心想这个人怎么这么招人烦呢。

解煜凡扶额头痛："大姐，前天午休的时候，你明明问过的。"

"胡扯！没有的事！"她对自己的记忆力相当自信。

解煜凡这回可真是明白秀才遇上兵的苦处了，他跟她根本就拎不清嘛。这位大姐根本没有举一反三的能力，题目稍微变了一点设定，她就完全认不出了。

于是，他也不跟她较真，反正只要是她拿来的题，就全都解答了，赵佳晴高兴不说，他也轻松不少。

这一幕被陈慕白看在眼里，他悄悄地给赵佳晴传了个字条：干得漂亮！这周六我请你吃饭！

时间定好了周六上午九点，正好她不必吃早饭，直接清空肚子去兰景轩吃就好了。她决定周五晚上那顿也可以省了。

偏偏周五午休时间解煜凡来找她，交给她一张字条就走了，她打开一看：

周六上午十点恒宇书城门口，不见不散。

她心里盘算着一个小时根本不够吃完，更别提赶到书城啊，于是又给解煜凡递了一张字条：

下午两点吧，不见不散。

解煜凡看了看，不动声色地团了字条塞进兜里。

赵佳晴在心底暗暗比画了个胜利的手势：简直是两全其美。

周六这天早上风和日丽，天蓝得跟在颜料里洗过似的，蓝得透亮。她准时来到兰景轩，发现陈慕白正在那里研究菜单呢。

"来啦来啦！快点餐吧！我饿死了！"

她刚一坐下就拍着桌子闹情绪。

"可以做了。"陈慕白动作优雅地对服务员做了个手势，原来菜早就已经点好了啊。

"不知道你喜欢吃什么，我就点了所有的招牌菜。"他把菜单递给她，"你再点几道喜欢的。"

不愧是土豪！出手就是阔绰！感动之余她就跟陈慕白聊起最近跟踪

的心得，最终结论就是：解煜凡不近女色，一心只读圣贤书。

陈慕白觉得宽慰很多，不停地给她夹菜，害得她吃了很多，觉得今天吃了这顿连晚饭都省下了。

吃饱喝足，她就踏上了去书城的路，坐了半个多小时的公交车之后，她在书城门口看见一脸愤恨的解煜凡。

今天她身上的这身衣服是特意搭配过的，英伦系的小夹克配上带蕾丝花边的衬衣，黑色打底裤搭着红色格子短裙，脚上踩着小羊皮短靴，更显得整个人高挑纤细。这身行头妈妈放血花了 2000 大洋，说她穿上格外有大户人家贵小姐的味道，就连凌雯也说，明明知道她是一条汉子，但这身衣服穿上身，竟然有点小鸟依人的感觉。

但这身装扮依然不能打动解煜凡的冰山脸，他在看见她的那一刻哼了一声别过脸，径直向书城里走去。

她连忙几步跟过去，他走得很快，周围人还很多，眼瞅着就要走散了，她在后面大喊一声："解煜凡！"

他停下了脚步，转过头来，精致的狭长双眸平淡不惊地望着她。

汹涌的人群之中，人流在他们之间来来往往地走过，两个人就那么僵直地站着不动。

她刚想走上前，身边一个壮汉走过，肩膀撞在她后背，她猝不及防被撞倒在地，两个膝盖重重地磕在地砖上，疼得眼泪都掉出来了。

解煜凡愣了一下，脸上第一次露出惊慌失措的表情，忙不迭地跑过来扶住她的肩膀，低声问道："疼吗？"

她凭什么这么贱被他如此刻薄！她到底是哪里欠这个少爷的！想着想着她气得不行，心底所有辛酸一股脑儿都涌出来，膝盖上的疼也都算在他头上。

　　她的眼泪汹涌地滚下来，哭得泣不成声，一边哭一边把拳头狠狠砸在他身上："都怪你！都怪你！你这个大浑蛋！我再也不跟你做朋友了！"

　　解煜凡似乎很欠缺安慰人这方面的技能，他一边承受她的怒火一边试图把她抱起来转移到人少的地方。她刚刚被他公主抱起来一点，忽然觉得害羞死了，这家伙凭什么抱她？！

　　她一拳捣在他脸上，整个人不停挣扎："别碰我！谁让你抱我了！"

　　解煜凡被她正好打中了眼睛，一时间眼冒金光，手上力气一软，她的身子从半空中掉下去，"扑通"一声，屁股重重地摔在坚硬的大理石地砖上，她"哎哟"一声，坐在地上半晌没起来。

　　他好像做错事的孩子，紧张兮兮地凑过来，还是万年不变的那一句话："疼吗？"

　　她咬紧牙关站起身来，膝盖和屁股上的疼痛让她的步履有点蹒跚，她就这么一瘸一拐地走到电梯口，毫不犹豫地上了电梯，到了二楼教辅书区，她找了个角落蹲了下来。

　　赵佳晴一转头发现解煜凡不知道什么时候也蹲在了她身边，整个人好像被拔了牙的小狼一样，低着头一副认错的态度。

　　"解煜凡。"她忽然有了翻身农奴把歌唱的爽快感，用老佛爷对小太监说话的语气，特意拉了点长音。

　　本以为他能配合地说一声"喳"呢，没想到他抬起头，颇有点抱怨似的开口了："凭什么你把跟陈慕白吃饭的时间定得比我早啊？"

　　她被他呛得一时间说不出话来：这家伙是怎么知道的？

　　"明明是先跟我约的，凭什么把我定的时间改在下午……"

　　"其实他老早就欠我一顿饭了……"赵佳晴有点不好意思，毕竟是她改了跟解煜凡的约定。

"你那么想吃兰景轩，我请客那天怎么不来？"他漂亮的凤眼直直地看着她，口气有点像怨妇。

"那天我本来是打算先收拾场地再过去的，那么多矿泉水瓶子卖了不少钱……后来就耽搁了……"她本来是特别想去的，谁叫那天男神找她谈话交代工作呢？

"赵佳晴你这脑子……"解煜凡咬了咬牙，似乎是想说几句难听的话，但看了看她脸上的泪痕表情就微妙地缓和了，最后他叹一口气，从兜里取出一块手绢递到她面前，"擦擦。"

她这才意识到她腮帮子上还挂着泪珠儿呢。

刚才的委屈又涌上来了，她瘪着嘴不开心地说道："解煜凡，你以后要是再这么对我，咱俩绝对绝交。我又不是你的跟班……"

他被她认真又委屈的表情逗得笑了一下，指着自己脸上的红印子说道："你见过谁家跟班打主人这么不留情啊？赵佳晴你实话告诉我你是不是男扮女装？"

"别惹我，我练过跆拳道的，"她对他恶狠狠地比画了一下拳头，"小学就开始学了，防狼。"

他吸了吸鼻子："我又不是狼。"

"以后惹我，把你鼻梁骨打断。"她恐吓着他，立着胳膊做了一个健美的动作，秀了一下她聊胜于无的肱二头肌，装作很洒脱的样子拍拍他的肩膀，"小弟，以后跟我混吧，姐姐罩着你，保证以后没人敢欺负你。"

他笑了一下："马里奥小姐的战斗力我见识过了，我就是游戏里的公主，等着你过关斩将打 boss 来营救我呢。"

这……算是他解大少第一次拍她马屁？反正不管他是真心还是实意，他的恭维让她颇为受用，她忍不住得意地说道："以后再有人欺负你，我就跟他们拼了！"

解煜凡像是被她这句话戳到了什么似的，狭长的双眸中掠过一丝淡淡的杀气："不会有下次的，我保证。"

他的表情让她心中一凛，很快就转移话题打起了哈哈："行啦，学习委员你快点帮我挑书吧！"

他们在书城里待了两个多小时，最后解煜凡为赵佳晴选了五本参考书，自己也买了两本。

结账的时候，他很自然地把书都摞在一起交了钱，之后又跟收银员要了两个口袋，把她那份整整齐齐地装好之后交在她手上。

她刚要核算价格把钱给他，谁知他摆了摆手："请我去兰景轩吃一顿抵书款好了！"

赵佳晴差点没把书袋子丢在地上："吃饭的钱比书款贵多了有没有！"

解煜凡却笑得一脸欠揍："你不是爱吃吗？走吧，去吃吧。"

她就这么被押到了兰景轩的大门，刚一进门，迎宾员看见他们的时候愣了一下，接着就笑了："少爷今天不是有约吗？"

少爷？谁是少爷？她身边这位？

迎宾员的视线从赵佳晴脸上掠过，会心一笑："这位就是少爷的朋友吧？来，里面请！"

她有点不好意思起来，低着头跟在解煜凡身后，一路跟着他走进窗边的雅座边。解煜凡此时竟然绅士起来，撩起大红的流苏软隔断，示意赵佳晴走进去坐下。

她走进去坐在酒红色绸缎软座里，看见摇曳不止的红色流苏在眼前晃悠，不一会儿解煜凡也坐进来，两人面对面的时候，她忍不住"扑哧"

笑出声来："这个雅座怎么跟入洞房似的？"

解煜凡蹙了眉瞪着她，不自觉地捂了捂白衬衫的领口："你想得美！"那神态跟她好像占了他多大便宜似的。

这不经大脑的话刚说出口她就后悔了，她的一张小脸瞬间诵红，也不知道是不是因为旁边红色流苏映衬的关系。

"我才没这想法！"说完之后发现这句话更有此地无银三百两的意思，她只能叹息一声，索性转移了话题，"这里……你很熟啊？服务员们都认识你？"

解煜凡对服务员打了个手势："一号。"

一号？什么一号？

服务员端上来两杯热腾腾的橙汁，赵佳晴超爱他家的橙汁，酸甜可口，不会太甜，又非常解渴好喝，不知不觉就会喝掉一扎。

解煜凡喝了一口，说道："是很熟啊。"

"你经常来？"她吃着面前赠送的小菜拼盘，裙带菜晶莹翠绿的，吃在嘴里酸甜可口，一小碟很快见了底。

"天天来。"

"哎，你还挺有钱的？"

"一般吧。"

"每天都吃这些？"

"一日三餐，厨师也会做点不一样的，总吃菜谱这些受不了。"

"吹牛的人鼻子会变长哦。"

"红姐裙带菜再来一盘，大盘。"

"你这也太熟了吧……那位看起来是大堂经理啊。"

"是啊，我远房表姐。"

　　赵佳晴整理了一下思路,想了想,做出了一个大胆的猜测:"解煜凡,这家死贵又坑人的黑店不会是你家开的吧?"

　　"你才发现?红姐,橙汁再来一杯……啊不,一扎吧。"

　　"这家饭店楼上有客房,你不会住这里吧?"

　　"这上学多近啊,不然你以为我爸为什么在学校旁边开店?"

　　"……解煜凡,之前你是不是说这顿饭要我请。"

　　"废话!不都说好你掏钱了吗?"

　　"上你家吃饭你好意思让我掏钱?!"赵佳晴气得拍案而起,"太过分了吧!"

　　"大不了给你打个九折。"他气定神闲地吃着面前碟子里的花生米。

　　她决定不跟这朵奇葩讨论在他家吃饭她是要付现金还是刷卡这种问题,反正她身上只有 300 块钱,手上倒是有一张妈妈信用卡的附属卡,但她哪怕是刷一下买块口香糖,妈妈 30 秒内必然会打电话过来仔细询问盘查。

　　思来想去,她决定留下来洗盘子抵消债务。

　　菜不一会儿就端上来了,竟然跟她上午和陈慕白吃的没有一道重复的,她试探地尝一尝:"太好吃了!"

　　在其他饭店吃饭,总会或多或少有"千菜一面"的感觉,可能是厨师做菜的习惯和风格一样,导致即便是不同的菜色和食材,口味也颇一致,但兰景轩却不同!每一道菜都有每一道的风味,好像是被人特意小心炮制出来的,食材尽情张扬的是自己本真的味道,而不是人为硬生生赋予它的。

　　"这桌菜跟上午那桌是一个人做的吗?"赵佳晴不由得放下筷子,看着面前的解煜凡。

　　她看见他笑了,那笑容中有几分得意,他道:"你这个人干别的不行,吃这方面还很讲究的嘛。"

说完，他对红姐耳语了几句，不一会儿，一个不苟言笑的中年男子从后厨走出来。

中年男子看赵佳晴的时候略微多打量了一下，然后对她轻轻颔首："这位就是小凡的同学吧？以后常来。"

说完这句话，他又一头扎进了厨房。

她有点愣愣的："这是谁？"

解煜凡一边慢条斯理地吃菜一边头也不抬地说道："我爸。"

她一口橙汁差点没喷出来。

他继续说道："我爸挺喜欢你的。"

他是哪只眼睛看出来的？他爸明明是看了一眼就回去了，不知道的还以为是被她吓的呢！

"他说让你常来，以后你都来这里吃午饭吧。我匀你一口就得了。你也不必太客气，饭钱我都给你记着，年后一起结就行。"

"你爸是客套话你不会当真了吧？"她一想起这里的消费金额就浑身颤抖。

解煜凡抬起头来看她，哼了一声："我爸从来不讲客套话。"

"我真没钱。"她把食物塞得满嘴，囫囵不清地说道。

"等你上班之后慢慢还，我都给你记着。"解煜凡想了想，补充了一句，"我看你功夫挺好，好好练，给我当保镖吧，菜给你打五折。"

五折？

好像挺优惠呢……不不不……即使是五折她也消费不起啊！

"我的午饭跟店里客人们吃的不一样，一周不带重样的。哦对了，前天新进了几只澳洲龙虾，特别肥……"解煜凡慢悠悠地说着。

"老大在上,受小弟一拜!"赵佳晴一秒钟变身为狗腿小弟,"以后老大的安危就是小弟的安危!"

背上新债务又怎样?反正虱子多了不痒!她还欠着她妈十万块呢,大不了以后找个有钱的老公让他来还!

如果她以后能嫁得出去的话……

第四章
调教解成轩小朋友

RUGUO ZONGHUIZAIYIQI
WANDIAN MEIGUANXI

在赵佳晴担当了解煜凡跟班保镖没过多久，一天吃中饭的时候，红姐发现了饭店外有两个形迹可疑的男生。他们衣着略邋遢，每当饭店门口有客人走出，他们就伸头伸脑地对着手机看一下，然后又躲在电线杆后鬼祟地张望。

看年纪像比上次的三个男生要小一些，身材也偏瘦弱一点。赵佳晴觉得自己的战斗力忽然燃烧起来了，吃完饭就拉着解煜凡往外走。

那两个男生看见他们，又比对了一下手机，然后蹑手蹑脚地跟踪在他们身后。

她故意跟解煜凡往人少的学校后门走，果不然那两人追上来，其中一个结结巴巴地开口："小、小子！你是不是……是、不是……解煜、煜、煜……"

他说话太累人了，赵佳晴觉得实在心疼，于是补充一句："他是解煜凡。"

另外一个男生也开口了："我们不打女人。你走，我们就收拾他。"说着，指了指她身边的解煜凡。

报效主子的时刻到了！赵佳晴跃跃欲试，当场就压起了腿，热身运动做起来！

结巴的那人看着这一幕有点心虚："你、你、你……"

"你"后面的话还没说出来，他的脸就已经被赵佳晴飞起的一脚端歪了。

好像武打片里似的，那人被她这么一端硬是飞到了墙上，软绵绵地倒在地上，捂着嘴直哼哼。剩下那一个吓得连连后退，似乎也有点结巴了起来："你……你别过来……我好男不跟女、女……"

剩下那一个还在结巴的时候就被从天而降的脚后跟砸中了肩膀，当时就一边哼哼一边跪在了地上，顺势磕起头来："女侠，放过我吧……我就收了二十块钱而已，实在不值得把小命赔上啊……"

她一听有幕后黑手，顺势拿起身边的一块木板，另一只手五指并拢，化为手刀恶狠狠地劈下来——

木板应声断为两节，那人吓得屁滚尿流自己就把指使者的名字报出来了："解成轩！是他！他把解煜凡的照片给我们，让我们给解煜凡颜色看的！"

随手捡的木板果然比不过练习的木板。赵佳晴刚才那一下打得眼泪都出来了，幸好对方只是害怕，根本没察觉她的异样。

倒是一旁的解煜凡笑了起来："那小子还是不死心啊，是不是把午饭钱都挤出来了？找来的人实力降了很多啊。"

赵佳晴擦了擦眼角的泪水："你认识？"

他并不接腔，淡淡地对地上瑟瑟发抖的二人说道："走。"

那两人如蒙大赦，连滚带爬地跑掉了。

待那两人走远了，解煜凡才低低地说了一声："解成轩，是我弟弟。"

怎么回事？这哥俩在闹哪样啊！

"他是我继母的儿子。他一直觉得我父亲对他关爱不够，之前那几个人也是他找的。"解煜凡脸上没什么表情，"前阵子我将这件事告诉父亲，他一怒之下断了解成轩的零用钱。"

怪不得这两个人的战斗力一看就不行！简直弱爆了嘛！

"你弟弟多大？"她真想找这孩子好好谈谈！

"小我四岁，小学还没毕业呢。"

"哪所小学？"

解煜凡的表情变得微妙起来："你是要……"

她点了点头。

是的！她要让那个小恶魔知道，不是只有他能找人教训手足的！

帝豪小学是盛阳市数一数二的私立小学，据说择校费跟英华高中的学费不遑多让，刚一放学，校门口一水儿的豪车就把附近街道堵得严严实实。赵佳晴在门口等了一会儿，便迈开犹疑的脚步走过去："小弟弟，这附近有个'曦和杂货店'吗？我有很重要的事要去那里……"

她正在询问的这个孩子长得很漂亮，如果不是穿着男生的长裤校服一定会被认为是女孩子。赵佳晴觉得自己的眼睛已经很大了，没想到这个孩子眼睛比她更大，汪着水一般，看得她心生忌妒。

或许是她人畜无害的样子让他放松了警惕，也可能是觉得这个漂亮的姐姐长得跟自己挺相像，他抬眼看了她五秒钟之后，道："我知道，我带你过去。"

他在前面带路，她在后面跟着，小小的背影被夕阳拉长了，忽然那影子如游蛇般动了一下，便消失在了十字路口。

　　小巷深处，赵佳晴腋下夹着一个男孩健步如飞。男孩很冷静，他不喊不闹也不挣扎，只是说道："你是要绑架我吗？如果是求财的话，我给你一个电话，他会送很多钱过来。"

　　她把他放在自己膝盖上，毫不犹豫地褪下他的裤了，露出半截光洁圆润的小屁股。

　　"你要干什么！"男孩的脸瞬间就红了，声音拔高了三度。

　　"解成轩，你知道你做错了什么吗？"她的手高高抬起，等那男孩的回话。

　　"你是谁？难道……"解成轩脑子转得很快，"你就是解煜凡那家伙的女保镖？"

　　"啪！"她一掌不轻不重地打在他屁股上。

　　"叫哥哥！"赵佳晴说道，"怎么能这么称呼你哥？"

　　"他才不是我亲哥，他不认我妈妈！"解成轩咬牙说道。

　　"那也是你哥！"赵佳晴的手掌又抬起来，"你为什么花钱雇人收拾他？"

　　"他活该。"解成轩回答得言简意赅。

　　"啪！"又是一巴掌。

　　赵佳晴朗声说道："不管你哥怎么不好，你也不能找人欺负他！你们才是一家人，无论发生什么事，血缘都是改变不了的！"

　　赵佳晴打得并不重，但解成轩深深觉得自己受到了羞辱，他气得吼起来："你这个疯婆娘别以为收了我哥几个钱就了不得了！他对自己弟弟都这样，何况是你这只走狗！"

　　"啪！"这一掌的力气稍微大了一些。赵佳晴也吼了他一声："少没礼貌！叫姐姐！"

解成轩咬着牙，眼泪在眼眶里打转，但就是不肯哭出来。

收拾得差不多了，赵佳晴放下他。

解成轩马上提上了裤子，满眼提防地看着她。

"你哥就算再不好，他终究是你哥，你不能跟他作对。你看你现在零用钱都被缴了，用午饭钱雇人收拾他，遭罪的人只有你而已。而你除了伤害你们之间的感情之外，什么都得不到。"

赵佳晴都佩服自己竟然能说出这么一番正义凛然的话来。

解成轩低着头不看她，也没对她说的话有任何回复。

"别再找你哥麻烦。"她从书包里拿出一只菠萝包，塞进他手里，"午饭要好好吃，不然你长大了也会被你哥欺负！"

她刚才打他屁股的时候有点被硌到了，这孩子看起来脸上圆圆的有点婴儿肥，但其实身上瘦得很呢。

她背好书包就离开了小巷，还没走远呢就听见拆包装的声音，她走出巷子后躲在外面偷偷地看，发现解成轩正狼吞虎咽地啃面包呢。

这孩子到底是有多饿啊……

她忽然觉得他也挺可怜的，试想一下，他如果在家里地位比较高的话，也不会因为哥哥一句话就彻底没了零用钱，他的爸爸会在哥哥就读的高中旁边开一家饭店，而他上下学的时候，连个接送的人都没有。

解成轩是不是真的听进去了她的话她也说不准，反正从那之后，她再也没听说这孩子有过什么小动作，是不是改过自新了她拿不准，但能够帮朋友解决点问题，让她觉得自己挺有价值的。

反正从那次之后，她跟那个不可一世的解煜凡的友好邦交算是建立起来了，之后解煜凡再称呼她的时候不再是"这傻瓜"，而是"我兄弟"，虽然毒舌属性一直都在，但她觉得已经算是质的飞越。

　　眼看期末要临近了，赵佳晴天天复习得日月无光，晚自习下课就回到寝室继续开灯苦学，反正英华高中寝室是单人间，就算她看书看到凌晨也不怕耽误别人。周六周日连回家的工夫都没有，有时候何舒萍担心她在学校吃得不好，也曾经拎着饭盒给她送过几回饭，后来她发现赵佳晴的常驻食堂是兰景轩，絮絮叨叨一顿之后，就再也不过来了。

　　这天中午午休，赵佳晴在学校门口看到了等她的爸爸。

　　赵振霆看见她就笑得满脸灿烂，使劲跟她招手。

　　她一看见是爸爸，就蹦蹦跳跳地跑过去在他身边站定，他摸摸她的脑袋：“你好久没回家啦。”

　　“不就两个礼拜嘛。”她不以为意，“你来干吗？”

　　赵振霆脸上露出宠溺的笑：“没什么，就是有点想你了。”顿了顿，他又从兜里拿出五百块钱放在她手里，“不够再跟爸爸要。你学习忙，多吃点好的。”

　　她本想不要，但拗不过爸爸的坚持只得收下，视线转了一圈，发现爸爸的微型车在挺远的小巷子里停着，里面坐着的是他的助手月姨。

　　来英华高中的家长开来的车子动辄百万，赵振霆拉货用的小微型车连人家一台车的保险杠价格都不如，他怕女儿丢脸，特意远远停在巷子里，再走路过来。

　　“爸，我带你去吃饭，”她拉着赵振霆的手朝兰景轩走过去，“把月姨也叫上吧。”

　　赵振霆的脚步滞了一下，笑了笑：“不了，就咱们爷俩好好吃个饭。”

　　身后的解大少爷已经等得快不耐烦了，但当赵佳晴介绍的时候，他还是很有礼貌地对赵振霆轻轻鞠了一躬：“叔叔好。”

　　赵振霆笑了，很热情地拥着解煜凡的肩膀："啊，是佳佳的朋友啊，来来来，叔叔请吃饭！"

　　赵佳晴挽住爸爸的胳膊："他是我兄弟，别跟他客气！"

　　解煜凡目光阴郁地看了她一眼，很有礼貌地说道："叔叔，没关系，难得你来一回，我请你们。"

　　赵振霆当然不会把一个孩子的话放在心上，只是觉得这孩子真有礼貌啊，但单还是得他买的。

　　进了饭店，解煜凡熟练地点好一桌菜，在等上菜的工夫，赵振霆看着菜谱呆了一阵，然后压低声音问服务员："你们这里能刷卡吗？"

　　服务员笑了笑，看了一眼解煜凡没回话。这笑让赵振霆心里没底起来，倒是旁边的赵佳晴开口了："没事，爸。解少爷都说他请客了。"

　　"没事，叔叔有钱。"赵振霆虽然笑了笑，但心里已经开始后悔钱带少了。

　　"叔叔，现在饭店正好搞新菜试吃活动，刚才点的这些都是新菜，你只要提出意见就可以全额免单。"解煜凡不知道从哪儿搞来一张评价表，附上黑色水性笔交给赵振霆。

　　赵振霆如蒙大赦，上菜之后还真的蛮认真地写出了点评，写完之后不好意思地挠挠头："这里的菜太好吃了，根本挑不出来毛病啊。"

　　解煜凡把评价表交给服务员，服务员会意："先生，这张表就算是账单了，欢迎下次再来。"

　　赵佳晴一路送赵振霆到车子旁边，他看着她身边的解煜凡十分不好意思："今天出来着急，就把拉货的车开出来了……"

　　赵佳晴在心里想，除了这辆拉货的微型车，家里也只有一台旧捷达而已。爸，你该不会以为你这样说，我同学就会以为你还有台宝马吧？

　　赵振霆上了副驾驶位置，坐在驾驶位的月姨朝他们笑了一下发动车子，绝尘而去。

　　解大少爷今天真是给足了面子，一路等她请客吃饭不说，还陪她一起送爸爸出来，根本看不出一点平时傲慢无礼的臭脾气。

　　"我爸挺喜欢你的。"她往回走的时候说道。

　　结果解煜凡一副理所应当的表情说："这世上有不喜欢我的人吗？"

　　赵佳晴觉得在自恋不要脸这方面，她跟这家伙没什么共同话题，她从刚才就一直想着调查表的事情："话说那个新菜试吃，我还可以再试几次吗？"

　　他毫不客气地丢给她一个卫生球眼："滚。你知道我是编的。"

　　唉，果然是编的啊。她还在心里抱着期望是真的呢。

　　那天吃完饭，饭店门口来了个长得挺漂亮的女人，大眼睛，瓜子脸，很有风韵，只是那张脸上露出一副总舒展不开的怒气。她站在解煜凡面前横眉冷对，不时伸手推搡他几下，解煜凡低着头一动不动，就任她有一下没一下的暴力相向。

　　赵佳晴看不下去了，推开门就走出去，一把拉过解煜凡，瞪着眼睛看那女人："你谁啊？你干吗推解煜凡？"

　　那女人没想到有人来阻止，愣了一下，然后轻蔑地笑了一下："哟，我推我儿子，你算哪根葱？"

　　赵佳晴想起之前解煜凡说过的家里情况，想来这女人就是他的后妈了。她马上就明白了，一定是因为解成轩受了欺负被她知道，这就来找解煜凡兴师问罪了。

　　"阿姨您好，您现在做的事情是家庭暴力，虽然是家庭内部问题，但我一样可以报警，您有什么事可以找警察叔叔讲。"

那女人不屑地哼了一声，上下打量她一番："哟，小妮子还挺厉害的？你跟这小子是什么关系？"

"我跟他什么关系，跟您没关系。"赵佳晴不卑不亢，"您别转移话题，我问一下阿姨您在哪里上班？除了报告警察叔叔，我觉得您单位的领导也有必要知道您的家庭情况和习惯呢。"

"小小年纪你懂的还不少！"女人恨恨地低吼一声，伸出手指朝着解煜凡的方向点了点，"解煜凡，我把话撂这儿，你再敢找人为难成轩，别怪我对你不客气！"

赵佳晴掏出手机拨了个号码，对着听筒说道："喂，110吗？我在英华中学门口呢，有人要打我同学，救命呀！"

女人握紧了拳头跺脚："你狠！等着瞧！"

女人愤愤不甘地离开了，赵佳晴朝着她的背影做鬼脸，对身边的解煜凡说："别怕这个老女人，她再敢欺负你，我就不客气了！我跟你说她未必是我对手……"

她的话还没说完，解煜凡转身就走了。

赵佳晴愣了愣，跟在他身后，小心翼翼道："是我刚才说错话了吗？我不该那样跟她说话的对不对？给你添麻烦了对不起啊……"

解煜凡背对着她，声音闷闷的："不，谢谢你。"说完这句话他就进了饭店，只留下她站在原地发愣。

距离期末考试越来越近了，赵佳晴每天都铆足了劲学习，但考前她最引以为傲的英语小测试却考得惨不忍睹，她木然地看着不及格的分数，大脑一片空白。

她的成绩真是按下葫芦浮起瓢啊，这边数学还没复习好呢，这边擅长的科目也不行了。

再看看解煜凡，这次测试他居然考了满分！满分！他每天做了些什么？凭什么可以考到满分？

她简直没有再拼死学习下去的动力了。

凌雯的成绩还是很稳定，当她听见赵佳晴的抱怨之后，嘴角露出一抹微微的笑意："你最近是不是有什么分心的事情呢？"

赵佳晴一时间抓不住她话里的重点："啥？"

凌雯索性把话说得直接一些："你最近跟解煜凡走得很近。是不是每天中午都跟他去兰景轩吃饭？"

"有付钱的……"赵佳晴愣愣地说道。

凌雯轻轻哼了一声："你当然要付钱，我认识他那么久，他也就上次篮球比赛请了一回客而已。他不是吝惜钱，只是觉得没有必要。"

赵佳晴决定把解煜凡之前请过她和爸爸吃饭的事情压在心底坚决不告诉凌雯。

凌雯似乎是在想什么，咬着嘴唇问道："你心中的偶像……是不是换成解煜凡了？"

赵佳晴被她问得差点被口水呛到："怎么可能！他是我兄弟！我对他绝没有其他想法！"

对于赵佳晴跟解煜凡越走越近这件事，凌雯老早就察觉了。她一直没有表露出来，很大一个原因是她觉得赵佳晴这个女生对她来说没什么竞争力。平心而论，赵佳晴大眼睛长睫毛，身材高挑纤瘦，拼先天外形，虽然跟漂亮还有一段差距，但也算尚可。而她其他方面实在不怎么样——风风火火的性格首先就不是解煜凡的菜，还有那满身市井的小家子气和笨头笨脑的气质，再过二十年肯定活脱脱出落成菜市场里为一毛钱跟商贩大打出手的广场舞大妈，这种满身烟火气的女生，怎么可能入得了解煜凡的法眼？

以她对解煜凡的了解，他喜欢的女生就算不是和他一样优秀出众，也得在某一方面有过人之处，性格一定要娴静优雅，才情一定要有，琴棋书画即便不是样样精通也得有能拿得出手的技能，而且一定是那种能技压众人一枝独秀的。解煜凡是个非常爱面子的家伙，有精神洁癖加完美主义强迫症，没什么特长的女生，他是看都不会看一眼的。

虽然凌雯心中对此十分笃定，但最近赵佳晴跟解煜凡的关系也未免亲密了一些，她的印象中，解煜凡是没什么朋友的，忽然杀出来的赵佳晴，是怎么一路突破他的重重筛选跟他成为朋友的？

心里忽然也有点不踏实起来，抱着这些疑问，她就投石问路套一套赵佳晴的话，不过似乎看起来，这丫头……完全不在状态嘛。

这么蠢的女孩子是怎么跟解煜凡成为朋友的……

赵佳晴哪里知道凌雯的纠结，她这时候心底正在愧疚着呢，好像抢了好朋友最喜欢的玩具熊一样。

赵佳晴生怕凌雯有什么误会的地方。

"我啊，就是他的一个狗腿子。"

凌雯听了这话就乐了："他这个人从小就不缺狗腿子，不过因为脾气不好，每次他的跟班坚持不了多久就被他挑剔跑了，你能坚持多久，我挺好奇呢。"

赵佳晴没察觉到她话里的刺儿，看到她笑了自己也笑了："你没误会就好啦。"

凌雯笑笑没说话，继续翻开书本复习起来。这么多年，她用课余时间学习琴棋书画，连一点玩耍的时间都没有，付出了这么多若是还不如这个烧火丫头受人关注，可真是要笑掉所有人的大牙了……

　　怎么可能呢？想到这里，凌雯又笑了笑。

　　就算她无法接近解煜凡，那也轮不到赵佳晴。凌雯眉眼中带着几许轻蔑朝同桌身上瞥过去，不期然与一道目光相撞，撞上视线的那刻对方愣了愣，然后若无其事似的转过头，翻起手边的书来。

　　凌雯心底一动：

　　解煜凡为什么会回头看赵佳晴？

　　为什么？！

第五章
卖玫瑰花的少年
RUGUO ZONGHUIZAIYIQI
WANWAN MEICHANYI

距离期末考试还有一周，赵佳晴越发像热锅上的蚂蚁，她的焦躁让解煜凡都看不过去了。

"我说你能别一边写作业一边咬指甲吗？这都短了三公分了。"

"一想到考试我就紧张！我什么都不会！"难得的中午休息时间，她吃完了饭，在餐桌上做题目，写得乱七八糟。

"我受够你了。"解煜凡的脸冷得跟三九天露天的金属似的，"你影响得我都紧张了。"

"抱歉啊，但我也没办法。"

他叹了一口气靠在舒适的沙发靠背上："这样吧，我牺牲一点，以后晚自习放学之后你来饭店，我给你安排学习计划。"

果断答应啊！虽然不知道学习计划具体是怎样的，但是这种时刻也只能死马当活马医啊！

说做就做，这天晚自习下课后赵佳晴和解煜凡坐在饭店包厢里，她看见他把四大页 A4 纸摊平在桌上："今天你先把这些计划都梳理一遍，先从你最擅长的英语开始吧，今天先做单词训练，明天自习课上你把语法梳理好，明天晚上我们开始攻语文，这一周你只有塞满了行程才没时间紧张！"

单词这一项任务量实在太大，她一路按照他定的计划来梳理，全部弄好之后觉得确实清晰很多，略微有一点胸有成竹的感觉了。她刚想抬头对他表示感谢，却发现解大少爷已经伏在桌上睡着了。

他的侧脸刚好对着她。在闭眼的时候，他的睫毛变得非常长，毛茸茸地垂在眼帘上，安静得人畜无害。

虽然赵佳晴对他的外貌不太感冒，但平心而论，他的外形的确是十分出众，别说在他们班，就算放眼整个学校，也算是校草级别的，更何况他比陈慕白多了才艺和脑子，难怪凌雯那样挑剔的女生会对他死心塌地。

她看了看表，这都十二点了！寝室早关门了！她太投入忘记时间了怎么办！

赵佳晴欲哭无泪地抱住头，无声地在心里呐喊着。

好像是她动作太大撞到了桌子，解煜凡忽然睁开眼睛，左边的眼睛变成双眼皮，显得眼睛又大又亮，他看着她蹙眉："几点了？"

"哎，双眼皮！"她惊奇地指着他的脸叫了一声。

他伸手揉了揉左眼，双眼皮瞬间消失无踪："我本来就是双眼皮。"

"才不是咧！你平时是单眼皮！"她坚持道。

解煜凡有点不高兴了，他最不喜欢听别人说他眼睛小，于是靠近过去，用手指将眼皮提了起来，把隐藏在里面的另外一层眼皮秀给她看："看见了吗？我这是内双！"

确实是内双，只是平时睁开眼睛的时候不容易看见里面那层，但也因为是内双，让这双眼睛看起来更加有神。

"好好好，你是双眼皮……解大少爷，这么晚了，能不能麻烦你送我回寝室？我让值班大婶帮我开门。"赵佳晴觉得这个时间无家可归才是最惨的。

"你是引火烧身吧？"解煜凡用眼睛斜了她一眼，"本来大婶只是抽查，你还有可能不被发现，这么自投罗网肯定会被处分的。"

赵佳晴看着他满脸刚睡醒的慵懒样，眼神慢慢严厉起来。

"解煜凡。"

"嗯。"

"你说实话！"

"啥？"

"你是不是……懒得送我回去？"

他看着她停滞了半分钟，然后露出一丝"这都被你发现了"的表情，略有点尴尬地挪开视线干笑道："没有，我是个为兄弟两肋插刀的人……"

你是懒到谁打扰你休息你插谁两刀的人！

见她有点愠色，他忙开始收拾东西："在这里你还愁没地方住吗？楼上全是客房啊！来来来，跟我上楼，我随便叫人给你开一间，明天你早点去上学不就得了？"

此时她真的挺羡慕不住校的解煜凡的。

解煜凡和赵佳晴坐电梯上到三楼，他到前台拿了一间房的钥匙，刚要走的时候，却被服务员叫住了："少爷，请您在这里签个字。"

"签什么字？"他的语气有点不爽。

"老板说了，就算是少爷，有朋友来也得签字，这样便于管理。"服务员的语气十分客气。

"我请朋友住自己家，还用签什么字啊？"

"没办法的少爷，这是规定，别让我们难做啊。"

　　他气呼呼地把钥匙拍在柜台上："那不用了！"说着，他拎了赵佳晴的书包带就走进了电梯。

　　电梯里，解煜凡的表情实在是太臭。赵佳晴想问我住哪儿啊，张了几次口始终没说出来。

　　电梯到了顶层十一楼，门开的时候，他气呼呼地往前走，向左拐一直走到尽头的地方，掏出钥匙打开房门："喏，进来！"

　　赵佳晴在门口犹豫了一下："这……这是……"

　　解煜凡有点不耐烦："是我住的地方啦！"

　　她向后退了一步，随时找机会开溜。

　　他被她的防备态度刺了一下，想了一会儿才意识到什么似的，脸红了起来："赵佳晴……你该不会乱想什么了吧！"

　　她一边向后退一边提防地看着他："我妈说了……这种事都是……熟人作案……"

　　解煜凡的脸瞬间跟煮熟的波士顿龙虾没两样。

　　"呸呸呸！你想得美！"

　　她已经后退到了楼梯口："谁知道你想什么呢，谢谢，再见！"

　　刚要转身下楼的时候，她的书包带又被扯住了。

　　赵佳晴转过头，撞上解煜凡又红又气的脸："赵佳晴，你别瞧不起人！不带这么泼人脏水的！我是那种人吗？"

　　"谁说自己是坏人啊……"

　　"你是我兄弟啊！我要是对你有想法我就是禽兽！不，我是禽兽不如！"

　　"我妈说男人都是禽兽不如的。"

　　"你！"解煜凡气得半天说不出话来，他怒了一会儿，想到什么似的，

"你等着，你在这儿等会儿！我马上回来！"

不消片刻，他从屋子里拿出一把明晃晃的菜刀来，不容分说地塞进她手里："这个你拿着，要是我有半点不轨，你剁了我成吗！"

赵佳晴又仔细地分析了一下敌我战斗力，想了想自己有技能加分，力量跟对方相当，就算动起手来也是她占上风，经过缜密分析之后她终于点了头。

解煜凡其实倒不是多想让她进屋，他只是受不了赵佳晴跟防狼一样防他的表情——拜托！他解煜凡从小到大哪里受过这种羞辱？多少女生哭着喊着抱他大腿他看都不看一眼！哪个女生不比她漂亮有女人味？

退一万步讲，就算他鬼迷心窍禽兽不如……也不会挑一个战斗力指数比自己高的家伙吧！

赵佳晴别别扭扭地进门之后发现自己有点想多了，这屋子大得可以住下十个人。三十多平方米的客厅对于独居的人有点大，除了主卧室外还有两间客房和一间书房，装修虽然不算豪华，但布置得很舒适，每个角落都宽敞明亮。

解煜凡把她领到客房前，推开门，宽敞的房间里有单人床和书桌，还有独立的卫浴间，他指着门锁说："锁上门就行，我在外面打不开的。"

她漫不经心地应了一句："哦。"

解煜凡看她那副"你说了我也不会信"的表情差点没气吐血了：他自认为是个时时刻刻防着女流氓的安静美男子，可今天却被人当成了流氓！好吧，女孩子谨慎一点是正常的，他强压着怒火为她关上了门。

传来门上锁的声音之后，他听见她抬起重物缓慢走路的声音，然后"咚"的一声，什么东西撞在了门上。

赵佳晴抬了什么堵住了门？难道是房里那张在送货时要两个成年男

子抬进来的超重书桌?

　　她一个人就能抬、抬起来吗……

　　他已经欲哭无泪了：大姐你如此武功盖世至于吗……

　　托那张超重书桌的福，这一晚赵佳晴睡得很安稳。

　　第二天她早早地就起来了，收拾利落后挪了书桌走出门去，本以为这个时间解大少爷还赖在床上，没想到会看见他坐在餐桌边喝咖啡呢。看到她出来，他很淡定地放下咖啡杯，幽幽地说了一句话："收我为徒吧。你教教我，是怎么抬动那书桌的?"

　　好嘛，她的实力得到了认可，地位一下子从狗腿子保镖变成高人师父了。

　　"我就是个粗人……"她有点为难。

　　解煜凡把咖啡杯往桌上一顿："大小姐! 你有这种功夫，昨晚还让我送你回寝室! 你需要吗? 你不劫别人就不错了!"

　　"妈妈说，女孩子一定要有危机意识。"她背上书包，"我要去食堂买五个包子吃，你要几个? 我帮你带。"

　　他愣了愣："你是说学校食堂的包子? 你能吃五个?"

　　她眨眨眼睛："是啊……"

　　他扶额叹息一声："我早上吃得少，一般一碗粥就够了。"

　　空气之中有短暂的沉默，似乎有什么裂缝在二人之间咔嚓作响。

　　"你真是我兄弟。"最后，解煜凡如此总结道。

　　两个人一起走在上学的路上，清晨的校园笼着一层薄雾，赵佳晴背着书包先在操场跑了两圈，又去操场边练了一会儿单杠双杠。看着她灵巧地在杠上翻飞，解煜凡有点明白她为什么早上能吃下五个包子了。

在食堂吃包子的时候，赵佳晴咬了一口包子，看着对面喝粥的解煜凡，犹豫了一下，说道："解煜凡，其实我也不是不相信你，我就是比较防备而已。"

"没事，我也是第一次被人这么防着，挺有意思的。"

"我妈在妇婴医院工作，她说曾经有一个挺优秀的女孩子，打算高考的，后来被同班关系不错的男生给……后来男生进了监狱，本来未来应该一片光明的两个人，因为这事毁了。"

"说得好像谁肯毁你似的。"

"我真没别的意思。我本来不想说，但我看你不太高兴。你应该理解我，因为医院的工作环境我妈总能见到这种事，她天天唠叨我，你要是有这样一个妈你也就理解了。"

解煜凡垂下眼帘，一手用羹匙挑出粥里的皮蛋，他的视线就落在那块皮蛋上，轻声说道："我妈早就死了。"

她自觉失言："啊，我不是那个意思……"

他继续盯着那块皮蛋出神："我跟我后妈一年见不了几面，她来找我不是要收拾我就是威胁我。我弟见我跟仇人似的。我现在就住在饭店里，能不回家就不回家。"

赵佳晴沉默了一会儿，说道："你这么优秀，你妈要是知道，也会引以为傲的。"

他低了头，闭上了眼睛，长长的睫毛扑闪了几下，冷嗤了一声捂住了脸。

赵佳晴感觉到他哭了，她十分后悔提起这个话题，想来想去也想不出怎么能让他开心起来，于是低声说了一句实话："解煜凡，粥你如果不喝的话，能送给我吗？"

他用袖子蹭了一下脸,眼睛红红地瞪着她笑了,用羹匙敲着碗:"赵佳晴,你能不能有点出息!"

她委屈极了,她说的明明就挺出息的……

接下来的一周,赵佳晴按照解煜凡拟定的学习计划开始进行周密复习,她其实不抱太大期望,尽人事听天命,她已经尽了力就好。

考试的那两天她索性把自己全都清空,不再想乱七八糟的结果,考不好就考不好呗,又能怎样?大不了就是妈妈唠叨几句而已。

结果成绩出来,她竟然考了第六名。平时她的测试成绩都在二十名开外,前十的名次想都不敢想,这次成绩如此斐然,难道是解煜凡那个天才的计划帮了大忙?

她向解煜凡委婉地表达了谢意,谁曾想他哼了一声:"真是教会徒弟饿死师父,你进步这么大,看来我也要留几手才行。"

你明明是第一名啊喂!这种危机感从哪儿来的啊?

开家长会那天,何舒萍走路的姿势都趾高气扬的,她特意穿上借来的雪白貂绒,恨不能把家里所有首饰全挂在身上,在班上社会名流名媛的家长们中间,显得格外显眼,活脱脱一位暴发户的样子。

解煜凡小声地在赵佳晴耳边说道:"你和你妈不太像啊。"

她瞪他一眼:"我像我爸不行吗?!"

他想了想,对她竖起了大拇指:"你比你爸还要阳刚几分。"

她气得在他后背上狠狠地拧了一记。

因为考试成绩还算理想,何舒萍也没有逼赵佳晴上补习班,在家待着比较省钱。寒假就那么一天天过去,眼看到了情人节,每年情人节,盛阳市大街小巷都有不少卖花的少女，盯准了情侣就去兜售，收入大多不菲。赵佳晴觉得这是个极大的商机，但她总觉得一个人去做没意思，找个伴儿一起就好多了。

赵佳晴打电话给凌雯，她一听是卖花，鼻子里哼出不屑："就算不能跟解煜凡出去，我也不要做走街串巷的卖花姑娘！"

也是，有钱人家的大小姐，谁在乎这点小钱呢。

也就她这个平时看到饮料瓶子都两眼放光的财迷才会在意吧。

思来想去，赵佳晴给解煜凡打了电话："那个……解少爷……"

"少废话，是不是有事求我？"

"明天不是情人节了嘛……"

"……"

"你有空吗？"

"赵佳晴，我当你是兄弟，你别跟其他女生一样庸俗好吗？你要是这样，咱俩就做不成朋友了。"

"……"

"怎么，不说话了？不过你这人意志也真不坚定，虽然我知道我比陈慕白好太多，但你也不能见异思迁得这么快嘛，你好歹挣扎一下。唉，算了，这也怨不得你，是我太有魅力了。"

"解煜凡，你听我说……"

"我知道，任何女生跟我在一起没有不动心的道理。虽然我十分理解你的心情，但我真的不能接受。你好好调整一个寒假吧，要是摆正心态，咱俩还是兄弟；要是仍对我有非分之想，那就只能断交了。"

"解煜凡，我见过不要脸的，还没见过你这么不要脸的！我脑子坏掉了也不会看上你，你这自信从哪儿来的？呸！"

　　说着，她气呼呼地挂了电话。好吧，她是脑子坏了才会给他打电话让他帮忙卖花！

　　气头还没过呢，解煜凡的电话贱兮兮地打回来了："赵佳晴，你这个泼妇，你骂我。"

　　"谁让你自作多情。不就问了一句你有没有时间，你跟我叨叨那些废话干什么？"

　　"赵佳晴，你牛！你还欠我饭钱呢。"

　　"……"

　　"你说，找我到底什么事？"

　　"我……想……找你……帮我……算了，当我没说，没事了，挂了啊。"

　　"你想死？"

　　"……"

　　"快说，你还欠我饭钱呢。"

　　这个欠饭钱的事他会不会跟她叨咕到毕业啊！她深吸一口气："解少爷，明天我想去卖花，你跟我一起去好吗？本钱我出，利润咱俩五五分成。"

　　解煜凡在电话那端愣了五秒钟。

　　"赵佳晴，明天卖一天花，能赚多少？"

　　她喜滋滋地算账："凭我的经验，在太平商业街上卖，怎么也得赚五百块啊。"

　　他在电话里的声音平静得瘆人："赵佳晴，咱俩五五分成就是二百五。大冷天的，我放着被窝不躺、电脑不玩、好书不看，我跟你去卖花，我就是二百五。"

　　说完他就挂了电话。

赵佳晴气得直跺脚：这货就是报她骂他的仇的！他家饭店明天一道菜就能有这个赚头，谁跟她去卖花不是傻吗！不，傻的是她，她怎么会给他打电话求帮忙！

还说什么兄弟呢，呸！

第二天四点半，赵佳晴就跑到花卉市场批发了五百枝玫瑰，批发价两元一枝，她卖十元，一枝净赚八元，算上损耗的风险，这样的利润空间也让她很满意了。

她先把大部分玫瑰花放在爸爸的批发部仓库里，用自行车驮着一百枝到商业街路口，然后停下车，手里拿着五六枝玫瑰四处兜售，十元一枝，买十枝送一枝，叫作一心一意。

无论买几枝她都有一堆吉祥话背好了，专挑情侣中的男性下手，所谓同性相斥，异性相吸，一般女生向男生推销什么，大多男生都不会拒绝。玫瑰花又不是特别贵的东西，爱面子的男生，一般都会买几枝，所以她的生意还算不错。

不过也有意外。比如刚刚那一对情侣，女的不算太好看，男的倒是挺顺眼，她刚刚迎上去请男生买花给女生，就被他身旁的女朋友一记眼刀丢过来。赵佳晴只感觉到汹涌的杀气扑过来，男生刚刚要掏钱买，就被女牛气呼呼地拉走，一边走一边还说："你想买，是不是觉得人家小姑娘长得漂亮？！"

赵佳晴看着溜走的客户，后悔不迭。

确实，她今天出门是费心打扮了一番的，她用妈妈的化妆品化了个裸妆，嘴唇上涂了亮晶晶的粉嫩唇膏。上衣是毛茸茸的熊猫外套，为了显得腿细，棉质格子短裙里的打底裤略薄，在外面站久了有点冷飕飕的，粉色的翻毛靴子也很可爱，她整个人就是一副超级无敌青春少女的模样，走来走去的人们，总有人会回头看她一眼。

她一心想给人留下好印象，却忽略了女人的忌妒心！

她这边哆哆嗦嗦地正在后悔呢，身后传来慵懒的声音。

"你，多少钱？"

"十块！"她兴冲冲地转过身去，表情一下子凝固住了。

解煜凡笑得眼睛都眯起来了："真是良心价……"

她听出他话中有话，脸瞬间就红起来了，抬起腿一脚踢在他膝盖上："不买就滚！"

他笑嘻嘻地凑近了一些，低声说："就算我想买，十块钱你肯卖吗？"

分明故意逗她呢！不来帮忙也就算了，还在这里说风凉话占她便宜！赵佳晴恨死眼前这个家伙了："卖也不找你，我找陈慕白去！"

解煜凡脸上的笑容就这么僵住了，她也没料到他这么开不起玩笑，两人尴尬地面对面站了一会儿，她扭过脸又蹦蹦跳跳地拦住一对情侣：

"先生，给这位漂亮的女士买枝花吧，看这位女士多美……"

顺手又卖出了三枝花。

她正要回到自行车这边取花，却不想解煜凡抢先一步拿了一束。

"喂，你……"

他也不理她，捧着花径直走向一对情侣，赵佳晴看见那两人手上已经有花了，心想解少爷首战必输，却没想到他说了什么之后，情侣中的女子拍了拍身边的男朋友，男的笑了笑，很自然地掏出钱包，把他手上所有的花都买下来了。

然后，解煜凡很潇洒地走过来，面无表情地把刚刚收的一张红色毛爷爷塞进她手里。

大手笔啊！

接下来，解煜凡又轻松地卖出去几束花，她实在好奇他说了什么，于是凑在旁边听，发觉他每次的话都是一样的："你好，这位女士，玫瑰花十元钱一枝。"

就这么一句话，他就坐等收钱了。

几乎全部的女人，无论多大年纪，看着他一本正经捧着花的样子都会抿嘴一笑，然后催促身边的男子掏钱。

赵佳晴忽然就对这个看脸的世界绝望了。

就连她也不得不承认，解煜凡捧着一束花站在人来人往的闹市街头上，带着颠倒众生的美貌，清冷又孤傲，令无数美女尽折腰，也给她带来一张一张的钞票。

又恨又感激又忌妒，她心中此时充满了矛盾：他能给她赚钱，这当然极好，但从另一方面也显露了她的无能——她用了大半天的时间才卖出一百枝，而解煜凡用了不到两个小时，就把剩下的四百枝全都卖出去了。

她赚了整整四千块！四千块！

此时已经是夜幕降临，商业街里华灯初上，鲜亮的霓虹灯将四处绘制成浪漫的画卷，身边到处都是情侣，有的人手里捧着花，有的人手上牵着气球，有的人头上顶着闪着亮光的恶魔犄角……只是一个照面，解煜凡就不见了。赵佳晴四处找了一大圈，正垂头丧气打算放弃回去的时候，解煜凡气喘吁吁地从远处跑过来，手里拿着一个闪着亮光的恶魔犄角。

走到近前，他不容分说地把犄角戴在她头顶，然后就笑了起来。

这个动作让她有点不自然，她低下头，脸偷偷地红了。

"果然很适合你，"解煜凡对自己的眼光十分得意，"再配个尾巴和叉子就更贴切了。"

她拉起他的袖子就走："跟我来。"

解煜凡被她拉着走了几步，有点怯怯地停下脚步："赵……佳晴，你要带我去、去哪儿……"

"这边人太多，不方便，跟我走。"扯着他的袖子总是使不上劲，她干脆抓住他的手——反正都戴着手套，也没关系。

"干……干吗？"广告牌下解煜凡的脸有点红红的。

"当然是分钱啊。"赵佳晴一脸理所应当，"你帮我这么大忙，我一定要给你提成的。"

他似乎是长舒了一口气，便放松下来任由她拉着自己一路到了赵佳晴爸爸的酒水批发部。

批发部这个时间早就下班了，但店里灯还亮着，里面赵振霆和秦月在盘点，秦月手脚利落地将算盘拨得咔嚓响，不时在纸上写着什么。

赵佳晴和解煜凡就面对面坐在写字台上开始数钱，事实上，虽然五百枝花全都卖出去了，但他们的收入只有三千七百四十三。怎么会有这么多零头，她也搞不清楚：是找错钱了还是丢了钱？

反正不管怎么说，她的本钱已经回来了，扣除她的成本一千块，纯利润两千多块，她和解煜凡一人一半，还剩下三块钱不好分的，她买了两个甜筒，跟他一人一个面对面吃。

"大冬天的，你就请我吃这个？"解少爷明显对这种冷冰冰的待遇表示不满。

她想了想，于是说道"今天出去吃饭很贵的，不然……你来我家吃？"

赵佳晴是个说到做到的人，她根本不给解煜凡反对的时间，跨上自行车摆出一副准备就绪的姿势。

解煜凡呆呆地站在她旁边，跟她大眼瞪小眼。

"干吗呢？上来啊！"她指了指车后座。

"啊？"他的凤眼瞪圆了，"我坐这儿？你让我一个大男生坐这儿？！"

赵佳晴像一只哈士奇似的，不耐烦地眯起了眼睛："不然咧？解少爷你会骑自行车吗？"

下一刻，解煜凡乖乖地坐上了她的自行车后座。

她骑车快得很，在大街小巷横冲直撞，他吓得险些从后座掉下去。犹豫了几次，他终于小心翼翼地从后面揽住她的腰，手臂很轻松地几乎可以把她的腰整个围起来，他看着她纤弱的后背，忍不住笑了一下。

有时候他常会被她的性格所迷惑，很多次都几乎忘记她的性别，大部分时间他都是当她是男孩子一样看待。在班级里，她是生活委员，别人不干的脏活，她干；别人不做的累活，她揽；别人都回寝室睡大觉看小说的时候，她吭哧吭哧像个保洁大妈一样收拾劳动，没人觉得这样有什么不对，好像她天生就应该如此。有一次凌雯小心翼翼地拎着拖布作势去洗，生怕脏水弄脏了衣裙，她的爱慕者心疼了，一把夺过拖布就塞给旁边的赵佳晴："这种事让她做就好了嘛！"

赵佳晴脸上有片刻的迷糊，之后就笑着接过来："你弄别的去吧，这个交给我就行。"

他那时冷冷地看了凌雯一眼，凌雯对上他的视线，娇羞地偏过头，露出自己最好看的那一边侧脸。

平心而论，凌雯的美貌是公认的，她是那种非常清纯美丽的类型，五官精美得几乎挑不出瑕疵，一双杏眼含情脉脉，只是看着你而已，就好像要把你的魂魄都夺走了。

美则美矣，但他真心对她没感觉。他不喜欢那样横扫千军、恨不能让全天下的男人都臣服在她美貌之下的浓烈气场。她好像是穿着一副皮囊,整个人似乎是在扮演着别人的角色,美得不真实。

而赵佳晴却正好相反,她明明生得一副萌妹子的样貌,却把自己定位成"什么关都能闯得过的马里奥"。即便她长得还算漂亮,但那种不修边幅的邋遢和缺少优雅气质的缺点实在跟他的意中人相差太远。这样的女孩,做兄弟做朋友都可以,但是若要想成为其他的,他敬谢不敏。

所以赵佳晴不喜欢他这件事,他其实是挺庆幸的。如果这样的女汉子喜欢上他,真若占了他什么便宜,他连反抗的能力都没有,说出去多丢人?

"到啦。"赵佳晴停在一幢住宅楼单元门口,长腿支在地上,另一只脚还踩在脚蹬上。

解煜凡还在想事情,一时间没回过神。

赵佳晴狠狠地拍掉他放在自己腰上的手:"到地方了!你还想占便宜到什么时候?"

他如梦初醒,被她说得脸红了起来。

"谁占你便宜啊!两块腹肌跟冻豆腐似的谁稀罕碰!"

赵佳晴气得挥起拳头就要打他。解煜凡好汉不吃眼前亏,于是拿出撒手锏:"赵佳晴!你还欠我饭钱呢!"

她生生地压住了火,瞪他一眼:"今天还你两顿!"

解煜凡跟她上了楼,赵佳晴进了门扯开嗓子就喊:"妈!我带了朋友回来吃饭!"

何舒萍从厨房探出半个脑袋,在看到红着脸的解煜凡的时候,脸上露出几分欣慰之色:"不愧是我闺女!很有效率嘛!妈给你们做好吃的!"

　　赵佳晴连连摆手："不，这是我兄弟，你别想那些乱七八糟的。"

　　何舒萍从鼻子里哼了一声："你兄弟跟你一起过情人节？你可别想蒙我。"

　　赵佳晴决定暂时不提这个话题，坐到客厅打开电视，鼓捣了一番游戏机，电视屏幕上蹦出了《超级马里奥》的游戏界面。

　　"来玩吧！"她把游戏千柄丢给他一只，按了开始键。

　　"你怎么知道我会玩？"两个马里奥小人一前一后蹦蹦跳跳地消灭小怪兽，解煜凡明显比她玩得更好。

　　"男生哪有不会玩的……啊呀我死了！"

　　赵佳晴哀号了几次之后就安静了，她看着屏幕指指点点："那边那边！小心！有怪兽！这边这边！跳过去！对对对！"

　　赵佳晴在第二关就死了，解煜凡过关斩将眼看到了最后一关，何舒萍在餐厅喊道："别玩了！吃饭！"

　　菜色都是她拿手的家常菜，最开始赵佳晴还担心每天山珍海味吃惯了的解煜凡嘴刁，没想到解大少爷一声不吭地吃了三大碗饭才罢休，吃完了饭，两只手乖乖地放在膝盖上，后背挺得笔直。

　　何舒萍也看出来这孩子有点紧张，于是说道："你……家住在哪儿？家里做什么买卖？家庭年收入多少？未来有什么创业计划？"

　　"妈！你问这些干什么？"

　　"你第一次带男生回家，我不问仔细行吗？"

　　"妈！"

　　解煜凡发觉自己沉默比说话好，只能低下头一个劲儿地喝水。

　　"走吧，我送你回去。"赵佳晴抻着解煜凡的衣服就走。

　　"还没谈妥呢！"何舒萍在后面急得跳脚。

　　赵佳晴把解煜凡送到楼下，一边走一边有点抱歉地跟他聊着："我妈那人就这个性格，你别往心里去啊。"

　　"没事。"嘴上虽然这么说，但他心里想的是：怪不得教出了这么另类的女儿，这么看来也没什么不能理解的了。

　　"其实她那个样子，我知道她是不满意你。"赵佳晴对他笑了笑，"她嫌你家穷，哈哈。"

　　解煜凡无奈地笑了："你家还嫌我家穷？你妈该真不会以为你能找个陈慕白那样的吧？"

　　"其实我妈不喜欢陈慕白，"她抬头看了看头顶的夜空，"她不喜欢长得好看的男生。"

　　"怪不得她不喜欢我。"解煜凡露出如梦初醒的表情。

　　"你够了！"

　　不知不觉两个人走出了一站地那么远，他们在公交车站停下，赵佳晴想了一会儿，问道："解少爷，你昨天明明没答应我出来，怎么自己又跑来了？"

　　"想来想去觉得你挺可怜的。"

　　"说实话。"

　　"有二百五赚。"

　　"解少爷，实话我替你说了吧。"赵佳晴叹息一声，"你是不是懒得起早？懒得大冬天的从被窝起来动弹？"

　　解煜凡有点尴尬地咳了一声："你话说得这么直，还能不能当兄弟了？"

　　纵观解煜凡这个人，在大多数女生眼里是完美得无懈可击的男神，但他最大的缺点不为人所知，那就是——懒。

　　讨厌起早，痛恨熬夜，认为睡觉比世上任何事都重要，不喜欢劳动，厌恶能让自己感到疲劳或者流汗的运动，如果可以，解煜凡愿意做一只树懒，每天只需要懒洋洋地挂在树上睡大觉，晒着太阳在风中微笑，就很好。

　　作为解大少爷的资深跟班，赵佳晴不幸发现了他的这个致命弱点，在她看来，解少爷就属于那种脖子上套块大饼都能饿死的懒人。

　　"别拿兄弟当挡箭牌。算了，你毕竟还是来了，反正钱我也分你了，饭我也请了，回去你把饭钱给我抹去五顿。"

　　"你打得一手如意算盘哦。抹五顿也行，以后饭钱的折扣我少给你打一折。"他微微一笑，风情万种的凤目中满是狡黠。

　　赵佳晴嘿嘿一笑，拍了拍他肩膀："我跟你开玩笑呢，一顿饭而已，都是自家兄弟还客气什么？"

　　解煜凡也连连点头："可不，我刚才也是开玩笑呢。"

　　两人各怀鬼胎地站了一会儿，一辆出租车正好闪着空车灯停在两人面前，赵佳晴指着车："你路上小心啊。"

　　解煜凡看了她一眼，有点怏怏不乐："主动撵人了是不？"

　　她哪敢有这个想法，忙连连留人："没事，再唠十块钱也行。"

　　谁知解大少爷鼻子里哼了一声："我可没那个闲工夫陪你聊天！"说着有点气呼呼地打开车门坐进去，看也不看她就走了。

　　赵佳晴一个人站在风中，除了长发，她的一颗心也有点凌乱……

　　回到家里，何舒苹早已收拾好了桌子，跷着二郎腿在沙发上看台湾综艺节目，脸上却没有一丝笑意："佳佳啊，以后离那个小伙子远一点。"

　　"妈，他只是我的普通朋友而已。放心，不会影响学习的啦。"她换上毛茸茸的猩猩拖鞋坐在母亲身边。

　　"不是普通朋友不朋友的问题，这个男孩不行，你别再跟他接触。"
何舒萍没有看自己女儿，眼睛仍是目不转睛地看着面前的电视，主持人夸
张的逗笑让全场嘉宾大笑出声，可妈妈仍是没有任何表情。

　　"嗯？怎么个不行法呢？"她忽然好奇起来，想打破砂锅问到底。

　　"妈是过来人，这个男孩绝对不是一盏省油的灯，信妈的，别再跟
他来往了，普通朋友也不要做。你这个傻丫头，被人卖了还帮着数钱呢。"

　　说完这一席话，何舒萍伸手按下遥控器关了电视，径直走向卧室的
电脑前面。不一会儿，斗地主的悠扬乐曲传来，几轮交锋之后，里面传来
低沉的落败音。

　　赵佳晴在客厅里数钱的这段时间，何舒萍就没赢过一局。

　　钱数来数去也是那样，她懒懒地打了个哈欠，就这么睡在了沙发上。
半夜的时候她感觉门响了，揉揉眼睛，推开身上盖着的厚被子，看见在玄
关轻手轻脚脱鞋子的爸爸。

　　"打扰你了是不？"爸爸脸上有几分歉意，"跟客户应酬去了。"

　　她给爸爸倒了一杯水，爸爸就这么捧着杯子看着她，目光慈爱，伸
出手轻轻摸摸她的头："真快，你都这么大了。以前……"他放下杯子比
画了一个好短的长度，"那么小，跟没毛的小猫崽子似的。"

　　"我是没毛小猫你是有毛的老猫吗！"她有点气呼呼地随口说了一
句，依仗着爸爸的宠爱她时常口不择言，反正说了爸爸也不会生气。

　　果然，爸爸没说什么，只是笑了笑："很晚了，快回去睡吧。"

　　她躺下睡着了，不知道怎么的，梦见自己很小时候的样子，爸爸笨
拙地端着奶瓶喂她，口中喃喃自语"好佳佳，乖佳佳，吃得饱饱快长大……"

　　好佳佳，乖佳佳，吃得饱饱快长大。

　　她曾经以为，自己会一直像童年里那般无忧无虑地生活；她曾经以为，

那些握在手中的幸福不会消散，世间没有什么，比爱更长久。

很多年以后，她靠着一腔热血在社会上打拼时，她拼尽全力赚钱时，回想起那年有父亲疼爱的自己，还是忍不住会泪盈于睫。

曾经那样深沉似海的爱，竟然如此脆弱无常，只是一个寻常的转身，就轻易离开。

从那之后，她不再相信这世上，有什么可以永恒，有什么可以不朽。

人心易变，自古亦然。

第六章
最后一场舞会
RUGUO　ZONGHUIZAIYIQI
WANDIAN　MEIGUANXI

假期总是过得飞快，再回到学校已经快春暖花开，赵佳晴跟解煜凡见面的第一句话就是："少爷，借我作业抄抄！"

解煜凡白她一眼："滚！"

赵佳晴只得求助于新同桌。说起同桌，班上所有人都换了位置，凌雯如愿以偿地坐在了解煜凡后座，赵佳晴的新同桌是个圆润的女孩子，一笑眼睛就眯成缝，活脱脱像是一只招财猫成精。她的数学作业还差一点没完成，解煜凡的见死不救让她更急了，眼瞅着就要交作业，可她跟新同桌开学第一句话就说借作业来抄，这事儿好像不太合适。

结果不等她开口，新同桌就笑眯眯地把作业递给她："你是不是要借这个？"

同桌危难时刻的出手相救，造就了她们后来长久坚定的友情。

新同桌郑绮虹不像凌雯的高冷个性，整个人随和得跟一发面团子似的，这人太对赵佳晴的胃口，两人很快好成闺密，手拉手一起上厕所，短暂分开洗完手，还是要拉着一起回去的。

赵佳晴管发面团子似的郑绮虹叫"包子"，郑绮虹不但外形像，性格也挺像，她对自己人像包子，怎么揉捏都不生气，但对外人，硬得像石头。

　　和郑绮虹成了闺密后，赵佳晴曾经也想把自己两个好朋友放一起玩耍，奈何解煜凡实在难以相处，跟她们待在一起的时候满脸不乐意，连带着和赵佳晴都没话说了。这样两人渐渐疏远，起初中午赵佳晴还去他那边吃饭，后来郑绮虹连她的那份饭也带过来了，加上郑妈妈的手艺不错，赵佳晴就彻底不去兰景轩了。

　　对于两人友情冷淡下去这事解煜凡似乎也不甚上心，平日里在班级仍然高傲得二五八万似的，偶尔经过赵佳晴的座位，也是故作姿态地敲敲桌子要作业。

　　比起他，赵佳晴跟陈慕白的关系更近一些。新换了座位之后，陈慕白就坐在她后面，做物理实验和化学实验时，两人也因为离得近结成了小组，顺势把手工小组什么的都一起结成了。接触久了，赵佳晴发现陈慕白确实头脑远比不上解煜凡灵光，但为人风趣温和，性格好得一塌糊涂。头脑和他一样不大好用的赵佳晴可算是找到了组织领导者，和陈慕白热烈地打成一片，彻底拜倒在陈美男的运动裤下。陈慕白和郑绮虹也蛮合得来，三人顿时结成铁三角联盟，他们时常一起谈天说地吃饭玩耍，赵佳晴每日左拥右抱，几乎乐不思蜀。

　　解煜凡其实也没闲着，他最近跟同桌男生李程也很亲近。据说李程和凌雯两家有生意来往，家境也很殷实，他时常拉着凌雯和解煜凡一起活动，而解煜凡，仍是那副爱答不理的死样子。

　　偶尔赵佳晴看见他们三人组成一个活动小组的时候，解煜凡捧着书本和李程、凌雯讨论的时候，她心底竟然泛出几分酸楚的寂寞感来。

　　她也想去找解煜凡说说话，不过小圈子形成了，想再打破，有点困难。

　　正巧年级搞舞会，要求男生女生一组练习跳交谊舞，最终获胜者有惊喜大奖。赵佳晴觉得这是一个跟解少爷恢复邦交的绝佳机会，于是趁着下课时间搓着双手低眉顺眼地走到解煜凡座位边。刚好解煜凡好像跟身后的凌雯说了一句什么刚回头就看见她，他抬眼，犀利的内双凤眼爱理不理地从她脸上扫过："路过？"

"不，我特意来找你的。"她赔着笑脸，"煜凡……"

话刚说完，解煜凡露出嫌恶之色，打了个冷战，一只手不断地在胳膊上搓。

赵佳晴也被自己喊的这个称呼恶心到了，连忙改口："解少爷，那个舞会练习结伴，听说获胜者奖品挺丰厚，要是你还没……"

"哼。"不等她说完，解煜凡一脸轻蔑地开口了，"行啊。"

"那也没关系，还是兄弟……"看他那副表情，她都知道他要说什么了，被拒绝就拒绝呗，反正也习惯了。

等等。

他刚才说……行？

"你说行？"她有点不敢相信自己的耳朵。

"今天放学后来饭店找我吧，"上课铃响了，他打开了书本，"带着你这只笨鸟我得先飞。"

约得太顺利，赵佳晴始料未及。

赵佳晴乐滋滋地回了座位，不知道为什么，凌雯桌上一大摞书本哗啦啦地全都砸在了地上，发出很大声响。她旁边的男生连忙弯腰一本一本地捡起来整齐地码在她面前，而凌雯冷冷地抱着肩膀，一言不发，动也不动。

第三堂课是数学课，课代表凌雯在上课之前收齐了作业，捧着进了老师办公室。不多时，老师来上课，问好之后就把赵佳晴点名叫起来："怎么不交作业？"

"我交了啊。"赵佳晴颇觉委屈，自己刚才明明把作业放在一摞里面传到前排去的。

"班上所有同学的作业都有，唯独没有你的！"数学老师重重地敲了敲他面前的那一摞作业，"要不然你来找？"

"可是我真的交了。"说这话的时候，赵佳晴有点委屈地回头看了看凌雯。凌雯脸上没什么表情，大大方方地站起来说道："老师，我清点过了，确实没有赵佳晴同学的作业。"她很认真地看着赵佳晴的眼睛，"你再好好想一想，是不是忘在书包里了？"

"老师，我可以作证，"赵佳晴身边的郑绮虹忽然发言了，"我看见赵佳晴把作业放在一摞作业里面传到前排去的。"

"好了！"老师似乎有点不耐烦，对于纠结这个无意义的话题已经浪费了太多的时间，"赵佳晴，这作业不管交哪儿去了，想你也不是有心不交的，放学前再整理一份给我！"

不管怎么样，作业风波这件事算是告一段落。满腹疑惑的赵佳晴想破头也想不出其中缘由，而在下课时，有个女同学悄悄地走过来跟她耳语："你去女厕所水池看一下。"

她不解地去了女厕所，在平日保洁阿姨涮拖布的水池里，看见了熟悉却被脏水浸泡的作业本。

她的本子封皮上贴了一张韩版卡通贴纸，除此之外，她根本不能辨清被水洇湿了的自己的名字。

这一刻，再迟钝的她也似乎想到了什么。

作业本几乎全都湿透，她沉甸甸地捞在手里，黏糊糊的水滴滴答答地淌了一路。赵佳晴拎着本子走进教室，来到凌雯座位旁边，解煜凡不在，凌雯同桌也不在，凌雯一个人在座位上看书，抬起头就看见神情阴郁的赵佳晴。

"你怎么了？"凌雯看着她，不自觉的语气中有几分软弱。

"这是我的数学作业。"赵佳晴微微举起手中肮脏的本子，"我很清楚地记得把它交上去了，你知道它为什么会在厕所水池里吗？"

凌雯的表情有一丝不自然的松动，她耸耸肩膀："我怎么知道……"

"是你把作业本交到老师办公室去的，"她盯着凌雯看，"女厕所在老师办公室隔壁。"

"你这是怀疑我啰？有证据吗？"凌雯白了她一眼，冷嗤道。

"我只是想问问你，如果你是我，你会怎么想？"赵佳晴压着心中怒火问道。

凌雯不屑地白了她一眼："我怎么知道你怎么想？你爱怎么想就怎么想。"

忽然凌雯的视线投向了赵佳晴身后的某个人，忽然捂住了脸，低着头，肩膀不停地抽动起来，再把手拿开的时候，凌雯已经满脸是滂沱的泪水："佳佳……你别这样……我真的不知道……"

"哎？"赵佳晴被凌雯哭得一愣，事情发生得太突然，她完全不知道如何应对。

"我真的不知道……不关我的事……你是我最好的朋友……你怎、怎么能……怀疑我呢？"

凌雯哭得梨花带雨，娇弱的身子抖得像一株在风雨中飘摇得快折了的小树，旁边的同学都纷纷侧目，指责赵佳晴：

"赵佳晴你干什么啊？"

"凌雯这么温柔好脾气的女孩子都被你弄哭了，你这人怎么这么不讲道理。"

"你就是欺负凌雯太温柔了吗？果然人善被人欺啊。"

"赵佳晴，差不多就得了。"

这一刻赵佳晴忽然觉得天旋地转：这是怎么回事？前一分钟她还是受害人，现在怎么反倒变成坏人了？

身后有人拍了拍她的肩膀："上课了，先回座吧。"

来人是解煜凡，他的视线从她手上湿漉漉的本子上扫过，然后又看向她的眼睛："这边没你什么事了。"

她满腹委屈都说不出，随手将作业本丢进垃圾桶里，气呼呼地走回自己的座位。

那边解煜凡也不知道在凌雯耳边低声说了句什么，凌雯忽然就止住了哭声。她咬着嘴唇直哆嗦，似乎竭力在控制自己的哭泣，但因为身体的惯性仍不由自主地抽泣，她就那么辛苦地憋着，小脸涨得通红。

后来隔了一段时间，赵佳晴想起这件事，问解煜凡那时候说的啥，解煜凡爱答不理地不肯说，最后被她磨得没办法只好交代："我没说啥啊，不过就是一句话——'你哭起来难看死了'。"

这简直是凌雯的死穴。不得不承认，铁嘴解煜凡找死穴的功夫比他解题的能力还要高超。

赵佳晴这一上午的心情都很不好，中午吃饭的时候，她照例和郑绮虹一起吃饭，陈慕白端着从食堂打来的饭菜和她们一起吃。他笑了笑："佳佳，今天好像有点不开心啊。"然后他看了郑绮虹一眼，"你好像也有些消沉呢。"

赵佳晴抬起眼盯着陈慕白，愣是把他看得脸都有些红起来了。

"你怎么了？"

"慕白兄，你喜欢凌雯哪里？"

陈慕白仓促地咽下一口饭，并没有直接回答她的问题，而是询问道："你们俩都找好舞伴了吗？"

赵佳晴点头："解煜凡已经答应啦。"

郑包子摇头："我太胖，没人找我跳舞。"

陈慕白看了郑绮虹一眼："反正凌雯正抑郁着不肯理我，不如我们俩结一对？"

郑包子的脸顿时红成了圆圆的熟透的番茄，她低下头扭捏了好一会儿，才终于用力地点了两下头："嗯。"

郑绮虹曾经问过赵佳晴："你不是崇拜陈慕白吗？为什么不邀请他做你的舞伴？"

赵佳晴被她这么一说才惊拍大腿："你怎么不早说，我都没想到他！不过他是我偶像，怎能亵渎？"

郑包子就笑了："那么这么说解煜凡就能亵渎了？"

赵佳晴被她说得哑口无言。

从此以后，赵佳晴和郑绮虹彻底组成了"反凌联盟"，在全班 80% 的男生都是凌雯粉丝的不利条件下，和一群女生愣是开辟出了一片不同的天空。

中午吃完了饭，赵佳晴就赶赴兰景轩找解煜凡，进了饭店大门她才想起来解煜凡跟她约的是放学之后，而不是午休时间，但已经走进去了，她就寻思着可以跟他先聊几句，先练习一下也可以。

走到屏风后面，她听见里面有说话声，大概有四五个人，解煜凡和李程也在其中，其他几个声音听起来也十分熟悉，都是班上的男生。

"煜凡兄，听说你拒绝了凌雯的邀请答应了赵佳晴？"一个男生说。

"谁跟你说的？"解煜凡的声音冷冷的。

"全班都知道啦！"另一个男生说道。

李程似乎是笑了："肯定是凌雯散布的，她因为这个正上着火呢。"

"煜凡兄，她俩摆在面前，孰高孰低谁看不出来？我就想问……你为什么不邀请凌雯呢？"

"难不成赵佳晴给你塞钱走后门了？你不至于缺钱吧！"

"煜凡兄你的品位可真不咋样……凌雯哪里不比那十丫头好？"

里面你一言我一语地开始议论，解煜凡似乎是不耐烦似的，口气恶劣道："胡说什么！她根本就是个爷们儿！我只不过是可怜她！"

赵佳晴大脑一片空白，又有点想哭，却还是倔强地一脚踢倒了屏风，那巨大屏风正好把正在八卦的那三个男生压在下面，隔着圆桌对着她的，正是解煜凡。

四目相对，解煜凡脸上有被抓现行的尴尬和讶异。他摸摸鼻子，干笑道："你怎么来了？不是说好放学再练？"

"既然这么讨厌我，也不必练了。"赵佳晴冷冷地看着他，从倒下的屏风上踩过去，下面几人哀号不止她也不在意。她一拳打在桌子上，一道裂痕赫然出现，"解煜凡，绝交。"

临走时，她还不忘在屏风上使劲踩几脚，底下的人连连道歉求饶，她冷然道："你们三个大男生，有时间替你们主子凌雯散播八卦，不如找个舞伴。嘀，当然，如果有人瞎了眼肯做你们的舞伴的话。"

赵佳晴潇洒地拂袖而去，可刚刚出了饭店门口，她就哭了起来。

手因为刚才用力地击打而肿胀了，解煜凡家的桌子质量太好了，疼得她哭了一路。

从那之后，她和解煜凡再也没有说过一句话，解煜凡收作业的时候，两个人的目光都故意转向一旁没有交集。有对方的场合，另一方都会故意躲开避免见面，即使迎面撞上也坚决不看对方，赵佳晴发觉自己只要用余光就能看见解煜凡，而很明显，解煜凡对她也是如此。

陈慕白在那儿感慨："你们两个是要多熟悉对方才能避得如此彻底啊……是要对对方感觉多敏感才能不需要直视就能走开啊……"

"慕白兄！"赵佳晴恶狠狠地拍桌子，桌上的水杯都倒了，水洒了满桌，"我和此人恩断义绝！你再说我们，别怪我对你不客气！"

陈慕白很识时务地闭上了嘴。

所以大部分时间里，赵佳晴都是看着郑绮虹和陈慕白练习舞步，她听说凌雯和解煜凡结成了舞伴，还听说凌雯每天晚上都去兰景轩和解煜凡练习跳舞一直到很晚。即使只是听说，但只是想想，赵佳晴的火气就很大，有一股冲动想在某一天晚上抓住这对狗男女一顿狠揍。

她在生什么气啊！她气什么！解煜凡不过是她的哥们儿而已，只是凌雯令人讨厌罢了！如果不是凌雯，她应该也不会这么生气吧？

呃，好像还是会生气……

舞会前几天，赵佳晴都是在郁闷中度过的。舞会的前一天，她在走廊里遇到迎面走来的解煜凡，便将脸转向一边，远远地躲开，谁想竟然撞上了对面的人。

她刚要抬头说对不起，却见到撞上的人正是解煜凡，她恨恨地瞪他一眼，刚转身要走，却被他抓住了手腕。

"赵佳晴，你这个无情无义的。"

他握住她的手不放，看起来是面无表情的，可眼中却有一抹失落："明天就是舞会了，你还不跟我和好吗？"

"谁要跟你和好！"她委屈得差点就要哭出来了，觉得自己好像是被抛弃的原配，"你不是有舞伴吗？找我这个爷们儿干什么？跟美女跳舞多有面子呀！"

"赵佳晴你打坏我家桌子还有理了是不？"解煜凡眼中也燃烧着怒意，"那天口不择言是我不对，可是你也太没教养了！"

"我就是没教养！谁有教养你找谁去啊！"她用力地挣脱了他，"滚！解煜凡，我再也不做你的狗腿子了！"

他脸色铁青，用手指着她，指尖颤了又颤，最后一句话都没说出来，咬咬牙转身就走了。

她看着他头也不回的背影，忽然就觉得后悔了。

晚上她快快地回了家，却看见何舒萍给她抖落出来一件崭新的礼服，粉嘟嘟的十分鲜嫩。何舒萍笑眯眯地说："闺女，我知道你们年级明天举办舞会，来来来，穿上这个，妈明天再给你按照电视里捣饬捣饬，保准你美美的！"

赵佳晴懒得理她，"嗯"了一声就回了自己的房间。

第二天早上是周六，学校的舞会定在下午一点钟，她没精打采地起来之后洗了个澡，坐在书桌前看书。何舒萍就在身后鼓捣她的头发，然后又把凳子转过来，在她脸上抹抹画画，她不得不放下了书，一会儿被母亲扒着眼皮画眼线，一会儿又被母亲夹睫毛，她懒得管，也就随母亲那么做了。

最后套上衣服，从后面拉上拉链，原来是昨天那件浅粉色的小礼服，抹胸精巧漂亮，上面还缀着一只大蝴蝶结，掩盖了她胸小的尴尬，层层叠叠的小短裙下穿着白色丝袜，配上羊皮小短靴，赵佳晴低下头自己瞧了一眼，觉得真幼稚啊。

妈妈您这是玩 cosplay 吗？扮的是巴啦巴啦小魔仙吗？

甜美可爱系风格，她小的时候妈妈给她经常这么穿，那时候总能得到亲戚的夸奖，可这么大岁数还这样，就有点说不过去了。

不过又能怎样？反正也没有舞伴，幼稚就幼稚，有什么关系？

赵佳晴连镜子都懒得照，抱着破罐子破摔的心理去了学校，舞会现场设在礼堂，她看了看表，已经下午一点半了。

她迟到了，于是她打算悄悄地推门进去找个角落躲起来，神不知鬼不觉地躲过这场舞会就算了。而当她推开门的时候，发觉大家并没有如她想象中的那样开始起舞，而是安静地停留在原地说着话，看到门被推开，所有目光全都集中到了她身上。

后来她才知道，那天组织舞会的老师迟到了，大家都在等老师所以一直都关注着门口，却没想到迟到的赵佳晴，阴错阳差地成为众人面前的焦点。

赵佳晴窘得恨不能钻进地缝里去，对在场的同学点了点头就走到了角落里，可是她发觉，大家的目光并没有因为她的离开而转移，大约一多半的人还在继续看着她。刚才在街上她就已经感到这种目光了，当时她以为是服装奇异而被路人注意，但现在看来……好像……不太对……

看着她的人几乎都是男生，有一个外班的男生见她躲在角落，便主动走过来邀请道："你好，你叫什么名字？一会儿可以赏脸跳个舞吗？"

还没等她回答，一个人已经站在赵佳晴和那男生之间，冷然道："她是我的舞伴。"

解煜凡今天穿着白色的西装，越发显得身材修长高大，帅气得简直不像话，童话里的白马王子也不过如此吧。他的眼睛亮晶晶地看着她，低下头轻轻在她耳边说道："和好吧。"

她刚想把他推开。

他又轻声吐出几个字："你还欠我饭钱和桌子钱呢。"

够了！解煜凡你这个小人！

"和好的话就一笔勾销吗？"她也学着他的模样在他耳边轻声说道。

"和好的话桌子钱就算了。"他的脸微微有些红，伸出手来，"我还没跟女生跳过舞呢，你是第一个。"

"你不是跟凌雯去练舞……"

"她散布的那些流言你也信？她每天晚上都去兰景轩吃饭吃到很晚，她有钱付，我理她呢？"

"那我原谅你了。"赵佳晴把小手放在他宽厚的掌心里，心里如释重负。这几日来的憋闷已经消失不见了，她此时特别高兴，高兴得想飞起来。

解煜凡轻轻地揽住了她的腰，两个人距离拉近的时候，音乐声也响起了。

他们两个人就这样跳了一个下午的舞，一边跳一边聊天，他无意中说："你穿这身小公主的衣服，真是很漂亮。明年的圣诞舞会你也穿这套衣服好吗？"

她的脸微微地红了，把头埋在他的肩头，嗅着他身上特有的气息，不肯答话。

他继续低语："明年的圣诞节舞会，你也要做我的舞伴哦。"

她微微地点了点头。

然而那却是他们在英华参加的最后一场舞会，那年之后，他们匆匆忙忙地升上了高三，繁忙的学业让大家来不及顾及很多事情，赵佳晴和解煜凡在各自的圈子里转着，偶尔交会，然后分开。

转眼间，高考就结束了。

第七章
那天繁花盛开又落下

RUGUO ZONGHUIZAIYIQI
WANDIAN MEIGUANXI

　　高考后的暑假大家终于可以喘一口气，班级组织同学们去郊游，凌雯作为统计人数的负责人，第一个就去问了解煜凡。解煜凡一听说是爬山，当机立断地拒绝了："爬山这种累活我不去，这种事别叫我。"

　　凌雯哭天抹泪地就要改去公园，被班主任好一顿吼："班级活动是你说改就改的？"

　　最后还是定了爬山，赵佳晴本来不想去，奈何郑包子和陈男神非要拉她一起，她几次推脱都不行。郑包子私下找她说："我为了和陈慕白一起爬山锻炼了一个月的长跑，他说我们仨是一起的，你不去他也不去了，所以赵佳晴，我命令你必须去！"

　　没办法，她被当成最大的电灯泡报了名。

　　郊游那天，她上车的时候，很意外地在最后一排的角落里看到了解煜凡的身影，而在他身边，坐着巧笑倩兮又面露羞涩的凌雯。这架势看得人迷糊，赵佳晴找了个离他们远的空座，刚把双肩包卸下来放在座位上，就听见解煜凡喊她："赵佳晴，别动！位置给我留着，我马上就来！"

　　然后他站起身，对脸色铁青的凌雯说道："不好意思，让一让。"

　　解大少轻轻松松地从角落里走过来，站在赵佳晴面前，指着座位里面：
"你坐里面。"

　　她坐了进去，把背包放在膝盖上，解煜凡坐在她身边，看她一眼，
从她手里拿过包，站起来放上了头顶的行李架。

　　他们俩肩并肩坐着，各自望向不同方向，一路无言。

　　一个小时后他们到了郊游地点，这里是盛阳市郊区的玉灵山，山不高，
一百米左右就到顶了，但即使如此，赵佳晴也懒得爬。

　　很明显解煜凡也是这样，两个懒人凑在一块，打算坐在山脚的凉亭
里喝水纳凉，然而好景不长，不知道是谁通知了班主任，他们两人硬是被
老师拎起来赶上了山。

　　不爬山的话就要给毕业鉴定差评。在班主任威慑的目光下，解煜凡
和赵佳晴好像被赶上架子的鸭子，慢慢悠悠地上了山。

　　爬到半山腰，解煜凡就不干了："累死了！我要回家！我为什么要
做这种事啊？"

　　赵佳晴坐在一块大石头上扇着风，忽然也想到了什么，问道："对啊，
为什么啊？你明明是请了病假说今天看牙不来了，怎么突然又来了？"

　　解煜凡看她一眼，有点不爽地转开视线："我的牙好得很。只是……
听说有人今天来，我反正没事就过来呗……"

　　"有人？"她不明所以，"谁啊？"这世上有谁能让解大少不惜受
累也要见上一面的？

　　"没谁。"他转过头不看她。

　　两个人坐在石头上歇了一阵，最后竟然是解煜凡红着脸站起来："原
路返回的话，会被老师发觉的。我好像知道有一条近路可以从另一个方
向下山，那样就不用继续爬上去了。"

赵佳晴怀疑地看着他："少爷，这应该是你第一次来玉灵山吧？你怎么知道近路！"

"我听说的！而且一座山怎么可能只有一条上山的路和一条下山的路呢？"

"说的也是……"

"那走吧！"他忽然很有精神地拉住了她的手，带着她朝另外一个方向寻觅起来。

她的手被他握着，赵佳晴觉得肌肤贴合之处都是灼热的，而他却好像完全没有察觉到自己的逾越。

思想斗争了一阵，她还是把手抽了回来。他回头看了她一眼，有点不爽："这边山路有点险，我又不是想占你便宜！"

"不……少爷，我总有种占你便宜的感觉。"她低了头。

"你爱怎样就怎样吧！"他白了她一眼，自顾自地在前面走。

解煜凡果然找到了一条僻静的小路，这条路人迹罕至，满地落叶，他们走在窄小的石阶上，在遮天蔽日的树林中沿着弯曲的小路前行，四处安静得只能听到鸟鸣声。

解煜凡头也不回地一路向下，走得离她有些远了。赵佳晴毕竟体力不及男生，想要跟上却感觉腿脚乏力，但看他离自己越来越远心里着急，不由得加快了脚步，慌乱中踩中了一块扁扁溜滑的石头，一只脚就顺着那块石头向下一级台阶滑了下去，双腿大开地劈了下去，然后下身一疼，她的屁股摔在石阶上。

隐秘的地方传来撕裂的刺痛，疼得她一时间竟然动不了。解煜凡闻声慌慌忙忙地赶过来，看了她一眼，脸顿时红了："你……流血了！"

她今天穿的是短裙，刚才又是以劈开腿的姿势倒地，身体和地面接触的时候只隔着一层薄薄的内裤，也不知道是劈开的姿势不对还是被地面上锋利的石头刮伤，她的内裤被鲜红的血洇湿了一大块，而且那片血迹还在扩大。

"你是不是……是不是……"解煜凡红着脸从她的裙底风光挪开视线，轻声问道，"来了例假？"

"没有！姨妈走了一个星期了！"赵佳晴心底忽然升起一股浓浓的绝望：完了！她的清白……被摔没了！

解煜凡也愣了，很快他也想到了什么。

"赵佳晴……不会这么巧吧？"

她的心顿时跌入了冰冷的谷底，坐在地上捂着脸大哭"我的清白……以后有了男朋友我根本没法跟他解释……没人会相信的！我嫁不出去了！我要孤独一生了呜呜呜……"

解煜凡被她哭得有些慌手慌脚："不会的……男人不会太在意这种事情啦……"

"你会娶个非处女做老婆吗？"她抽泣着问。

"呃……我不知道……"

"你看！你都不会这么做，别的男人更不会！"赵佳晴哭得更伤心了，"我还不上我妈的钱了……"

解煜凡看着面前这个哭得梨花带雨的女生，忽然一股炽热的豪情从心底油然而生，他坐在她身边，掰开她捂脸哭泣的手，大吼道："哭什么哭啊！没人要我就娶你！听见了吗？我愿意娶你！"

赵佳晴愣住了，转过头看着他涨红的脸："解少爷……你是随便说说安慰我的吧？"

他的脸慢慢靠近过来，目光灼灼，满是认真，好像随时要亲吻她似的：

"要我证明给你看我的诚意吗？"

他的唇离她的只有一厘米，赵佳晴慌忙转过头避开。

他的吻滑过她的发丝，好像有什么温柔的情愫沿着青丝缓缓滴落，在心中溅起一圈涟漪。

一颗种子落入土中，悄然生出了根系。

赵佳晴深深地低着头："你会跟我一起还我妈的钱吗？"

解煜凡也低着头："我会努力赚钱的。"

"我只是出自兄弟道义……我这么义气，怎么能见死不救！要是有人肯要你我当然就不必牺牲了啊，你没人要咱俩就凑合过……毕竟我是这事唯一的目击者，我有义务对你负责的。"

"哦。谢谢你。"不知怎么，她心底竟然有点失落起来。

"不用谢，"他说，"是我应该做的。"

两人坐了一会儿，赵佳晴慢慢起身，解煜凡忙扶她起来，为她拍去身上的尘土，他在她屁股上拍了一会儿，她越发不好意思，躲着他似的："别碰这里了……"

"你都快是我老婆了，别扭捏。"他又很郑重地在后面观察了一会儿，接着把自己身上穿着的防晒服脱下来给她围在腰间，"这样就看不出血迹了。"

然后他又在她面前蹲下："上来。"

"你要背我？"

"你不是受伤了吗？快点上来，回去后我陪你去医院。"

她默默地趴在他背上，双手揽住他的脖子，他轻松地把她背起，不由得蹙了眉头："你怎么这么轻？太瘦了。是不是跟郑绮虹陈慕白混得不好掉分量了？要不以后你还是跟我吃吧，我可不喜欢太瘦的女孩。"

他现在就已经开始拿未来老婆的标准衡量她了吗？她万一有别人要可不会是他老婆！

"解煜凡，那我欠你的饭钱……"她嗫嚅。

"你都是我的人了，当然一笔勾销了。以后别练跆拳道了，万一咱俩婚后不合动起手来，我打不过你多丢人。赵佳晴，我可不许你对我家庭暴力啊，你敢打我，第一次我就跟你离，专家说有家庭暴力的人不会改的，我可不给你第二次机会……"

他一路絮絮叨叨地说了很多结婚后的事情，都是一些鸡毛蒜皮的小事情：

"赵佳晴你给我学做饭，我不能总给你做啊，女人怎么也得干点活吧，咱俩一人一半好了……

"你多买点漂亮衣服吧，没钱我借给你，不，你不用还，我给你买。像你舞会穿的那种公主裙就很好，你挺好看的，多注意打扮一下，也给我长脸不是？

"你学习不太好，我想报的那所大学你能考上够呛，反正高考完还没报志愿，不如我降一格按你标准来吧，上同一所学校相互也好照应，你想考哪所学校？也别太差了，不然以后工作不好找……

"你要是实在太笨找不到工作也没关系，反正我肯定会有好工作，大不了我养你呗。你在家做家务带孩子，我每天回来可以给你做个饭，你得洗碗啊，太懒可不行。

"你别在外面招蜂引蝶啊，你跟个傻子似的看不出来别人对你的险恶用心，对男人多提防一些，谁像我这么好啊？以后你身边的男人只有我就够了，别扯不相干的人，离陈慕白远一点。对了，你是我的人了，我可不许你再崇拜他了啊，我哪里不比他好？我又专一又有才又帅又聪明，绝对是个好老公，你以后努力喜欢我吧。"

　　不知道为什么，他絮絮叨叨自顾自地说这些话，赵佳晴竟然一点都不烦，心里反而有些甜丝丝的。她顺着他的话开始憧憬起和解煜凡的婚后生活来，脸红红的，竟然有点小期待。

　　他背着她在幽静的小路上慢慢走着，她在他耳边问道："我沉吗？累不累？"

　　解煜凡的耳朵被她吹得通红，他转过头来蹙眉斜她一眼："别在我耳边吹气，特别痒。"

　　"哦，对不起。"

　　"你不用起身，就像刚才那样趴好，脸贴在我脖子上，嗯，对，这样就行。"

　　她趴在他身上，鼻端钻入一阵香气，然后抬起头，看见头顶盛开了不知名的紫色小花，十分兴奋地拍着解煜凡："你看你看！多美啊！"

　　他停下了脚步，抬头看着满目的景色，挺拔的树木遮天蔽日，紫色的花朵一团团集结着，在盛夏的阳光下发酵出甜丝丝的香气，微风吹过，细碎的花瓣簌簌落下，慢悠悠地洒在满是绛紫色的台阶上。

　　"解煜凡，你头顶有花瓣。"

　　她从他头上拿下花瓣，在他面前炫耀晃过。

　　他笑了，托着她又向上背了背："可以走了吗？"

　　"哦，好吧。"

　　"得赶紧回去带你去医院呢。"

　　"嗯。"

　　她又把头靠在他后脖颈上，感受着他的呼吸和温暖，竟然慢慢地合上了眼睛，睡着了。

　　她做了个让她挺不好意思的梦，梦里，她和解煜凡站在落英缤纷的树下，他专注地看着她，然后脸慢慢靠近过来，轻轻地吻了她。

　　她睁开眼睛的时候，发觉自己躺在大巴车的最后一排，头枕着解煜凡的腿，身上还盖着解煜凡的衣服，衣服特别干净，上面有一股特属于他身上的味道，那味道好像是夕阳沉落时吹过的　丝微风，带着温柔的灼热和清凉。

　　解煜凡低着头，双臂交叉，阖着双眼，长长的睫毛轻轻颤动。他长得真是好看，五官立体，嘴唇微抿，看起来特别想在上面啄一口。

　　外面有些黑了，大巴车内没有开灯，同学们在车上睡得东倒西歪。她枕着解煜凡的腿，盖着解煜凡的衣服，感觉自己整个人都被这个叫解煜凡的人占据了。

　　好像……嫁给解煜凡，也挺好的？

　　她换了个姿势，可头刚刚动了一下，解煜凡就醒了，他缓缓地睁开眼，好像是黎明中第一缕耀眼的阳光，驱散了一切黑暗。

　　"醒了？"他慵懒地眨了眨眼睛，又抬头看了看外面，"快到了，一会儿我带你去医院。"

　　"我不想去。"她虽然仍然很不舒服，但一想到去医院被审视那么私密的地方，就觉得怕怕的。

　　"不去不行，"解煜凡态度很坚决，"万一影响以后我们俩的生活怎么办？"

　　他居然脸不红心不跳地说出这种话！

　　可最要命的是，她竟然无法反驳！

　　从大巴车下来之后，解煜凡带着她去了最近的医院挂了急诊，值班大夫是个五十多岁的女人，她看了看两人，脸上一副了然的样子。

　　解煜凡看了赵佳晴一眼，最终低下了头什么都没说。

　　女医生带着她去了屏风后面查看，又给她上了药："外阴有一点撕裂伤，没什么大问题。处女膜仍然完好，嗯，暂时完好。"

　　赵佳晴心中一阵轻松，但同时另一个问题也来了：如果她清白还在……那解煜凡的许诺……还有没有效？

　　和解煜凡离开医院的时候，医生塞了个东西给赵佳晴："女人要懂得保护自己。"然后意味深长地看着两个人离开。

　　出了门，解煜凡问她："医生给了你什么东西？"

　　赵佳晴摊开手，露出个薄薄的正方形袋子，摸着里面好像有个圆圆的圈。

　　两个人看了很久都没看出来这是什么，但直觉告诉他们这个肯定是成年人使用的东西。解煜凡好奇心发作，当场就拆开了，然后把里面的东西拉长了端详："原来这东西长这样。"

　　赵佳晴满脸通红："快扔了扔了！"

　　解煜凡看着她笑了笑，随手把避孕套扔进了垃圾箱，他擦了擦手。两个人在夜色之中走在大街上，他们走得很慢，解煜凡问："还疼吗？"

　　"好多了。"她想起医生的话，"刚才在里面医生跟我说的话你听见了吧？她说……还在。"

　　"嗯。"

　　"那咱们俩的约定……"

　　解煜凡停下脚步，眼睛在夜色中像是闪耀的繁星。

　　"还有效的，以后如果没男人肯要你，那咱们俩就凑合过。"

　　"谢谢你。"

　　"我觉得你这样的，根本不可能有男生喜欢，你挺可怜的。冲着咱俩的交情，我有责任先进带动落后。"

"解煜凡……"她咬牙切齿地吼着他的名字，抡起拳头打在他肩头，"我不需要！滚！"

"赵佳晴你怎么狗咬吕洞宾呢……"

"滚滚滚！就是因为遇上了你才会碰上这样的倒霉事！"

"过河拆桥了是不？刚才是谁背你下山，谁给你弄上车，谁陪你去医院……"

"要不是你提议走那条小道我至于受伤吗？"

"赖我？又不是我推的你……"

"滚蛋！"

赵佳晴气呼呼地拦下一台出租车，身后解煜凡也吼起来："泼妇赵佳晴！这还没结婚呢你就骂我！我……我……断交！你不跟我道歉我这辈子都不理你了！"

"这辈子别搭理我，我谢谢你！"她坐进了出租车，用力关上了门。

"无情无义的家伙！"解煜凡在后面对她大喊。

赵佳晴心事重重地回到家，却发现大门虚掩着。推开门，客厅里一片狼藉，花瓶砸碎在地上，到处都是碎片，客厅里能砸的东西几乎全在地上。而沙发上，坐着表情木然的何舒萍，她在疯狂地抽着烟，整个脸都隐在烟雾之中，只能看见忽明忽暗的烟光，却看不清她的表情。

"妈妈，有小偷吗？"她穿着鞋走进来。

"佳佳，爸爸和妈妈离婚了。下礼拜我们就搬出去。"何舒萍将烟头捻灭在桌子上，那里已经堆积了无数的烟灰烟头了。

"为什么？"她不敢相信自己的耳朵。

“就是离婚而已，又不是什么大事。”

“妈妈，你们不要离婚好不好？我要一家人都在一起……”赵佳晴说着就哭了起来，“爸爸妈妈我都要，求求你们不要离婚……”

何舒萍看了一眼抱着自己腿哭泣的赵佳晴，苦笑了一声：“好。不离婚。”

妈妈答应她了？可是离婚这件事，是妈妈一个人能够决定的吗？

第二天爸爸回家吃饭，做了一桌饭菜，赵佳晴这才意识到，爸爸已经很久没回家了。

“爸爸，你们不离婚了吧？”她小心翼翼地问道。

赵振霆只是笑了笑，并没有说话。

晚饭的气氛有点冷清，但是赵佳晴坚持认为过一段时间就会好的。

爸爸和妈妈不会离婚，他们会在一起，和大多数家庭的父母一样……

可是这个美梦不到一天就破灭了，第二天，她在学校里看到了贴得到处都是的八卦消息：

赵佳晴是强奸犯的孩子！生母把她生下就丢弃了！

赵佳晴的养母不能生育，养父在外面和小三怀了孩子，被她养母强制做了流产！

恶毒的标语贴得满学校都是，“强奸犯”三个字特别醒目，走在学校里，赵佳晴能感觉到身边人对她的指指点点，窃窃私语。

这天，解煜凡没有来。赵佳晴有些庆幸，她已经把所有张贴的标语都撕掉了，希望明天他来的时候，看不到这些东西。

这些事情，如果解煜凡永远都不知道就好了。

但她很清楚，这不过是她自欺欺人的一厢情愿。这件事情闹得这么大，解煜凡怎么可能不知道？

脑子有些木然，她从来没有想过，自己不是爸爸妈妈的亲生女儿。何舒萍虽然严厉，但终究是疼爱她的，爸爸也一直很疼她，自己怎么可能不是亲生的呢？

"佳佳，是真的吗？"课间时间，郑绮虹走到赵佳晴身边，压低声音问道。

"我不知道，我什么都不知道！"赵佳晴敲着桌子大喊一声，引得四处一阵安静。

"你们够了呀。"凌雯施施然地站了起来，脸上带着一丝淡淡的笑容，"不要总叫赵佳晴强奸犯，强奸犯是她亲爹，她有什么错呢？"

"凌雯，你闭嘴！"赵佳晴将怒火指向她，狠狠地瞪着她。

同学们又开始耳语起来，大家目光闪烁地看着热闹。

"啊，你吼我？我可是为你好啊！"凌雯冷笑一声捂住了脸，双手再从脸上拿开的时候，泪水已经夺眶而出，"佳晴，我只是关心你，如果这样让你觉得困扰的话，我真是没办法……"

顷刻间便泪如雨下。

郑绮虹冷冷地笑了，转身指着凌雯："一秒钟就能哭出来，你简直是奥斯卡影后！学校里贴的这些乱七八糟的话原本只是在门口贴了几张而已，怎么会被复印了贴得学校里都是？学校明明是不能让外人进入的！我早上看见你和几个人一起在学校里贴这些东西，现在还装什么大瓣蒜！"

凌雯眼中掠过一丝慌乱，哽咽道："连你也认为我是那种人吗……你空口无凭，有证据吗？"

"凌雯，我都拍下来了。你再狡辩，我们教导处见。"郑绮虹晃了晃手中的手机就要走出教室门。

"别！"凌雯喊了一声，几步走到郑绮虹身边，低声说道，"大家都是好朋友,何必造成这种误会呢,你想要什么就直说。"

"跟赵佳晴道歉,照片我会删掉。"

郑包子此时此刻一点都不包子。后来赵佳晴才从郑包子那里知道,她压根儿没看见是谁贴的那些东西,她只是凭着直觉瞎猜,诈凌雯的,没想到凌雯果然心虚认账,但没有确实的证据,她们也不能拿凌雯怎么样。

"说话算话。"凌雯咬牙,转过身哭得梨花带雨就抱住了赵佳晴,"佳晴,对不起!请你原谅我!"

赵佳晴木然地看着她,挣脱她的怀抱,摇摇晃晃地走出了教室门。

"佳佳!"郑绮虹在后面喊了她一声。

"让我一个人待一会儿。"赵佳晴摆摆手,面无表情地离开了教室。

赵佳晴在操场上漫无目的地游荡,学校里关于她的小招贴也都撕得干干净净了,看起来仍是如往常般祥和,可是她知道,大家对她的看法不一样了。

她在树下的阴影里走着,迎面突然走来一个人,那人一边打着哈欠一边伸着腰,竟然是解煜凡。

来得真够晚的!不过,晚点好。

若终究是这样的收场,晚一点又有什么关系呢?

很明显解煜凡也看见了她,好像是因为郊游那天两个人闹得不愉快,解煜凡撂下了"不跟我道歉我这辈子都不理你"的狠话,此时他看见她在外面闲逛,很明显有话想问她,但他盯着她,咬着嘴唇犹豫着,没有开口。

那天,她没心思理他,漠然地从他身边经过。

那天,他父亲刚刚去世,心情低落到了谷底,他没有叫住她,任她一个人走出了学校大门。

那天,曾经最熟悉的两个人交会之后,分道扬镳,从此再没有见面。

　　赵佳晴那年的高考分数没有达到国本，她选择了复读，在复读班昏天暗地学习了一年之后，她终于考上了一所外市国本大学的冷门专业。四年大学生涯匆匆过去，她又在社会上跌跌撞撞工作了一年。

　　本以为，她这辈子可能都不会再见到解煜凡了。只是没想到，他们终究还是相遇了。

　　即使这相遇，晚了一些。

　　但即使晚，也没关系。

　　她和解煜凡那一别之后，再次重逢就是在六年后的异域土地上，潮湿的海风，凉凉的冷气，以及寂静的小黑屋。

　　她曾经设想过一万次的重逢，都没有现实中的这次重口。

如果总会在一起，晚点没关系

重逢篇

如果总会在一起，晚点没关系

第一章
1号楼新来的帅哥

RUGUO ZONGHUIZAIYIQI
WANDIAN MEIGUANXI

那个盛开在她记忆中的淡漠少年，曾经的友情和故事，纷纷杂杂地从眼前晃过，三年高中光阴也倏然而过，一幕幕画面如电影中目眩神迷的蒙太奇片段，充满了写意的情怀。

他的胳膊仍撑在她头顶上，身体形成的框架将她压制在角落之中，逃脱不得。

"想我的名字，用得着这么久？"

他眯起眼睛，瞳仁中含着一丝笑意。

怎么会想不起他的名字呢，这些年的分别，她时常会在梦里梦到他熟悉的脸庞。起初她以为是怀念那些年单纯无忧的时光，后来她也在大学里交过男朋友，但却再也没有那种牵肠挂肚的思念。

或许她怀念的不是那段青涩时光，而是她回忆中的解煜凡。

"解少爷，"习惯性的称呼脱口而出，她揉了揉跳动不已的太阳穴，"我坐了几个小时的飞机来这里，一天一宿没睡觉。在这里本应该有人接机直接入住酒店的，结果遇上了你，被你说成怀孕拒签，人生地不熟地就被关在了这里！少爷，你别再玩我了好吗？"

解煜凡仍是把她圈在角落中，低下头满含笑意地看着她："说什么呢，把我跟你这样的女流氓关在一个屋子里，我又紧张又害怕，生怕你对我做出什么古怪的事情来……"

"我呸！"赵佳晴一拳打在他胸口上，那力度却好像挠痒痒一般。

他却用另一只手嗔怪地捂住刚才她打的位置："色狼，我要喊非礼啦！"

这些年不见，曾经那个高冷毒舌的解家大少爷，怎么变得……

这么贱兮兮的了呢？

"解大少爷，你能告诉我，你为什么要这么做吗？"她扶额头痛，想到因为他而滞留在此，心肝就疼得不行。

"前两天我无意中发现了你的微博，你说你今天去塞班，团里有三位单身帅哥，英俊多金，你打算以公谋私解决了个人问题。我于是想，要是再不抓住你，你恐怕就不回来了。"他坐在椅子上，手托着下巴，说道。

"哎……"赵佳晴一阵脸红，"真的？"

"假的。今天纯粹是偶遇，我就是想搞个恶作剧逗你。"解煜凡收敛了笑意，施施然地踱回狭窄的座位上，整个人坐下的那一刻，熟悉的清冷气息扑面而来，一副生人勿扰的模样。此时此刻，解大少爷终于和她记忆中的那个高冷毒舌死党重合在了一处。

对嘛，这个死样子才是解少爷呢。

不对！他刚才说的那两个理由，哪个是真的？！她跑到天涯海角关他什么事！所以这样想想还是第二个更合理不是吗！可是她确实在微博上说过这种话啊！

她一掌拍在桌子上："那到底哪个是真的！"

他看了下手腕上的表："还有五个小时我们就可以出去了。"

"哦，然后呢？"

"然后你要订两张回盛阳的机票。"

"哦……哎？"她惊讶地瞪圆眼睛，"为什么要订两张？"

解煜凡微微一笑，伸出葱白的手指朝着自己的脑门点了两下，眼神中满是嘲弄，好像在说：六年了，你的智商怎么没有一点长进啊。

也是啊，他们两个要一起被遣送回国嘛，所以要订两张票……

不对！

"为什么我要给你订票？"她气得又重重拍了桌子一掌。

解煜凡斜眼看了看颤颤巍巍的桌子："再拍，赔了桌子钱后你就没钱订票了。"

"我被拒签全是因为你！我为什么要给你订票啊？！"她不做他的狗腿很多年了好吗！

"因为我没有钱啊。"解煜凡嗔怪地瞧她一眼，摊摊双手，表情无辜得很。

这么多年，她还是拎不清他。解煜凡这个人有种莫名的气场，周身似乎有无形的八卦太极图围绕着，你越是气急败坏，他越是能用传送门将你送到九霄云外去，你晕晕乎乎地被洗了脑，还在合计我刚才因为什么着急上火呢？

赵佳晴放弃了，她坐在他对面，双手托着下巴："第一次出门带团，我的命怎么就这么苦啊……"

解少爷似乎对她的工作有点兴趣："喂，你们公司还招人吗？"

她愣了愣："你有兴趣？"

他的嘴角微微扬起了一丝微笑的弧度："是啊。天天游山玩水还有钱赚，不是很好吗？"

她继续问道："你很缺钱吗？"

话刚一说出口她就有点后悔：多年不见的老同学，也不知道他近年来境况如何，自从离开英华之后，除了绮虹，她再也没有和其他同学联系。

解煜凡会不会因为这个在心里怨她呢？毕竟当年，他们两个的关系是很好的。

解少爷的表情未变，他摆弄着桌上的导游旗，把伸缩旗杆取下来，一节一节合上，再抻开，套上旗子四下挥舞几下："我觉得我能胜任。"

赵佳晴迟疑了一下，问道："你有导游证吗？"

解少爷用手撑着脸颊："前阵子没意思的时候，考下来了一个。"

说得怎么跟玩儿似的！她大四的时候才考下来，背那些书本背得昏天暗地都要晕了！幸好她没选择考研，她其实真不是读书这块料……

"这些年……"她有点惴惴不安地说道，"你过得怎么样？"

他抬眼看她一眼，狭长的眸子中闪着点笑意："这些年我过得怎样，你很想知道？"

"也不是……"她习惯性地矢口否认，却看见对方眼中的笑意一丝一丝地冷却了下去。

"不想知道，又何必问？"他轻轻嗤笑了一声，"出了那么大事，一声不吭地就走了，你在意过谁的感受？"

这句话哽得她哑口无言，她低了头摆弄手指，再不回话。

她竭力让自己不去回想那年的事情，她那时走得那么彻底，就已经决意跟过去的自己说再见。从那时起，她不再是家里娇生惯养的小公主，她不但要用自己的力量养家糊口，她还会过得很好很好，让曾经嘲笑过她的人都闭上嘴巴，看着她一步一步活出自己的精彩。

她已经不是高中时那个赵佳晴了。那时，很多事情她都没有办法跟他倾诉,时至今日,更没有再提起的必要。她所告别的对象只是旧日的自己,却从来不是他。

她还记得,他是她的知己好友,曾经两人做兄弟时也是肝胆相照,无关儿女私情。

这么多年来,其实她在心底也记挂过他,曾经向绮虹打听过他,却没有获得更多的信息。

她也不是不想再联络他,只是最初实在没有心情,等过了那段难熬的日子,她按着那个电话号码,却不知该如何说出开场白。

联系断得久了,想打破就有些难,越到后来就越难,她也曾经鼓起勇气打过电话,可他却换了号码,再也联络不上。

或许他也不想联系她的吧?不然她的电话一直都没变过,这许多年来,怎么从来不曾听过来自他的一声问候?

说穿了,或许他们之间的友情,终究是那锦上的花,注定成不了彼此雪中的炭。

见她不说话,解煜凡似乎也察觉到刚才的措辞似乎太冲了,他轻叹一声扶住额头:"跟你这种人较不得真,你无情,我也不能无义。算了,一会儿我跟你回盛阳吧。"

赵佳晴如蒙大赦,十分感激地看着他,直到她付了全额机票款,整个人心疼得直抽抽,才感觉到似乎有什么不对劲……

如果没有遇到他,她也不会被拒签遭送回国吧?

机场的工作人员很友善,甚至在送他们上飞机之前,一位胡子大叔还轻轻地拍了拍解煜凡的肩膀说了句什么。呵呵,即使听不懂也能猜到他肯定是说好好照顾孩子!

她恨恨地瞪了解煜凡一眼,对方根本没在看她。

在飞机上，赵佳晴恋恋不舍地看着脚下湛蓝的海水，身边的解煜凡拍拍她的肩膀，递过来一片口香糖。

"别看了，已经跟你没什么关系了不是嘛。"

怎么没关系！

她在被关小黑屋的六个小时里给公司的线控操作打了电话，联系上了地接导游，并且顺利地接到了这团客人。这一个旅游团除了领队被扣签之外，倒是挺顺利的，线控操作用很寻常的语气说：那机票款就你个人负担吧……

个人负担……

一想起这句话，她又忍不住捂住了左胸口，那无力的疼痛感让她整个人都不好了，脑袋嗡嗡作响，耳朵里好像灌满了风似的。

身边的解少爷似乎很好心地提醒她："吃点口香糖可以缓解一下晕机症状。"

一股无明火烧到了赵佳晴脑门，她手握成拳，那片可怜的口香糖顿时弯曲成一团惨兮兮的形状。

"怎么了？"解煜凡眯着眼睛看她。

"解煜凡，还我钱。"小五千块钱啊！她的心现在还在淌血，如此严重的内伤，不找解煜凡放血，找谁？

"可我没有钱，"解少爷云淡风轻地摊了摊手，"要不然，我以身抵债？"

"呸！"赵佳晴啐了一口，"我算你一斤卖个牛肉价，去皮去骨都不够！"

"哦，那谢谢了。"解煜凡脸上没什么表情，"谢谢你没把我按照跟你一个市价计算，不然十块多一点，就更少了。"

"你才是猪肉价呢！"她气得把手里那团口香糖丢了过去，却被他灵活地一手接住，扔在了座位前面的垃圾袋里。

"这可是你自己承认的啊。"他的表情越发无辜起来。

她从随身背包里取出了纸笔，摊开在解煜凡面前的桌上："你现在没钱，可以先不还，但是借条你非写不可。等你有钱了就还我，利息照算。"

解煜凡垂下眼帘看了一眼纸笔，长长的睫毛颤了几下，又转过头来看着她微微笑了："如果我不写呢？"

"解少爷还记得，高中时我是你的跟班兼保镖吧？"

"当然。"

"那时候我练跆拳道，是刚入门，现在我是黑带了哦。"

解煜凡听完毫不犹豫地拿起笔就唰唰地写了借条，龙飞凤舞的字迹还是一如既往的潇洒，漂亮得连书法家都赞叹。写好了，他笑笑："亲兄弟也要明算账，利息就按定期算好啦。"

冷艳高贵的解大少竟然如此乖乖就范，这在从前是难以想象的。

"想什么呢？"解煜凡偏过头，伸手在她眼前挥了挥，"你的表情怪怪的。"

赵佳晴看着他呵呵地笑了两声："没什么，想到一位贱人而已。"

解大少爷的眉头忍不住蹙起了："赵佳晴，我可以允许你在心里偷偷暗恋我，但我不许你这样口是心非拒绝承认我的优秀。"

赵佳晴涨红了脸，喝了一大口矿泉水然后冲着他的脸喷了出来："我，呸——"

很好，把很多年前的口水连本带利，一齐还给他了。

赵佳晴如丧考妣地回到盛阳，第一件事就是回旅行社负荆请罪。她买了一大袋子零食堵住整个出境部所有线控经理的嘴，负责海岛线路的计调是个胖嘟嘟的女孩子，名叫沈艳秋，她吃光了一整袋怪味豆之后说："佳晴你也够倒霉的，我做了八年旅游，领队被拒签的事可是头一次遇到。"

一边日韩组的计调也连连点头："下回还是带我们这边的团吧，签证做好才能入境，只要你不一把火烧了机场人家不会拒签你的。"

沈艳秋笑得咯咯的："咱们公司上市了，听说新股东是见过世面的大老板，要求极严，出一点差池都会被炒鱿鱼，以后你可得小心点。不过依我说，你这运气……是不是应该买注彩票？"

赵佳晴合计也是，后续事情办理妥当之后她还真在公司楼下买了一注彩票。刚买完彩票，她的手机就响了起来，电话一接通，是老妈的声音："佳佳，别忘了晚上去新房放放味儿，还有半个月就入住了，你也长点心好吧。"

赵佳晴看了看表："妈，这才四点，你就过去开个窗户不行吗？"

何舒萍在电话里颇有女王范地哼了一声："我没预备饭，要不你就在新房凑合一顿，不回来也成！今天周末，该你妈我领舞了！"正说着，电话那端传来《小苹果》魔性的开头音乐，她急匆匆地说道，"不说了！要开始了！"然后急匆匆地挂了电话。

老妈这几年心态倒是不错，自从前年成为广场舞一员之后，她以强劲的实力迅速攀升到领舞的位置，每个周末在几百人面前展示舞姿，老妈的虚荣心大大地被满足，也让赵佳晴不知道省了多少心。

这总比天天怨妇似的在家盯着她找对象结婚生孩子强吧？

半小时后，赵佳晴到了新房小区。这个小区是新竣工的，不算太高档，但物业保安也算不错。小区里的房子多以小户型为主，买房的大多是还在奋斗期的年轻一族，首付十万块，每月还两千多的房贷就能拥有自己的小窝。虽然生活肯定要紧巴一点，但没有压力，又怎么有背水一战的动力呢?

　　以上满满正能量的价值观都是赵佳晴在新小区业主群里天天被洗脑的结果，一群年轻人都在创业初期，每天的对话不是卡耐基成功之道就是治愈系心灵鸡汤，张口闭嘴松下幸之助、乔布斯、巴菲特。虽然对话内容高大上，但也时常有节操碎满地的情况，比如群里阴盛阳衰，一群姐妹时常议论小区单身男业主的颜值之类的话题。

　　赵佳晴打开窗子，就坐在电脑前面看大家侃天侃地，推销员的励志故事刚讲完，2号楼1单元10楼的李大姐又发话了：姐妹们，听说1号楼新来个帅哥，脸长得凑合，年轻有为，缺钱缺妹子。

　　李大姐其实年纪不大，二十八岁单身女白领一枚，某时尚周刊编辑，最擅长的就是搜罗八卦资讯，她嘴里说出来的消息，可靠性十分之高。

　　她刚说完，1号楼1单元18楼的悠悠马上犯起花痴来：穷没事，帅就行！等他搬来我们搞个聚会吧！

　　李大姐：悠悠，你都有男朋友了，这事就让给佳晴吧。

　　赵佳晴差点被口水呛到，忍不住马上冒个泡：潜水都能中枪？我今天就是回来开个窗户而已，关我什么事啊？

　　李大姐发了一个阴险的笑脸：当然有关系，这小伙住你对门啊。

　　赵佳晴发了一个流汗的表情，这边李大姐还是滔滔不绝地八卦着：听说这小伙原来是业务员，家里穷没念大学。他工作年头不短，也曾经国内国外到处跑，但后来公司裁员被裁了。他连装修的钱都没有，穷得把出租房的床和桌子搬过来，为了还房贷吃了上顿没下顿，唉，可怜啊。佳晴你是个好心肠的人，不能看着他饿死是吧？

　　赵佳晴连发了十个流汗的表情：这跟我有什么关系！

　　那边悠悠也不花痴了：当然有关系，姐，他跟你住对门啊。

赵佳晴深深地觉得这群人没救了，她默默地关了对话框，拿起拖布开始拖地。

她的房子也不算大，五十多平方米的建筑面积，除去公摊可用的空间就很小了。这样小的房子硬是被隔成了两个居室一个餐厅，这户型在小区里算是大的了，她对门的户型，就是邻居们议论的那个穷小伙的家，不过三十多平方米，好一点的酒店都比它宽敞。

就在她拖地的时候，听见门外有点喧闹，从门镜看过去，两个搬家工人抬着一张书桌踉踉跄跄地进了对门那户人家，门里有人影晃动，看不分明，但房主人应该就在里面。

半小时之后，外面安静了，对门关得严严实实的，也不知道人走了没有。

赵佳晴的肚子有点饿了，她到对面的商场里逛了逛。这片小区对面就是一片高端住宅，那有家大型商场，二楼的美食广场经济实惠，她买了一份酱油炒饭，想了想，又加了一份扬州炒饭。

上楼的时候她走到对门那户，在外面透过门镜张望了一下，想看看里面有没有人，看完之后又觉得自己真是好笑：透过门镜从外往里看，怎么看得清楚？

她正在自嘲的时候，那门忽然开了。

她好像做贼踩点被发现了似的手足无措，门里的人上下打量了她一番，看到她拎着两盒炒饭，笑了："这盒是给我的？"

赵佳晴看见对方，顿时惊讶得张大了嘴："你你你……"

解煜凡从她手里把饭接了过来，半倚靠在门框，眉眼弯弯，似笑非笑地看着她："赵佳晴，你对陌生人一直都这么友善吗？"

她忽然觉得自己此时此刻的尴尬感好像是偷井盖被熟人逮到似的，

明知道自己做的是光明正大的慈善事业，却硬是变成别人眼中垂涎男色无事献殷勤的花痴女。可是她对天发誓她真的不是因为李大姐说他长得好看才来的，真的只是请他吃个饭而已……

尴尬之下，她急中生智地把饭盒抢回来："谁说是送你的？"

解煜凡抱着胳膊看着她，眉毛轻轻挑起："哦？"

"我妈！给我妈带的饭！"她红着脸解释道。

他微微笑了一下，从口袋里取出手机，指着七嘴八舌的群说道："我也是潜水的。李姐没说，我也在群里？"

坏了……

那她今天自己一个人回家开窗户以及群里花痴的聊天记录无不把她描绘成一个迫切想与帅哥结交的花痴形象。

但她的谎已经撒了，是万万不能收回来的，她只能死撑到底："我妈说她一会儿过来。"然后就强装镇定地走回自己家门口，掏出钥匙。

"啪！"钥匙掉在了地上。

捡起来。

又掉在了地上。

这回她死死捏住钥匙，终于插进了锁孔，打开了门。

进了家门，她狠狠地把门关上，将饭盒丢在地板上就扑向卧室的大床。

丢人丢到熟人家门口了……

过了大概半个小时，她的门被敲响了，她从门镜里一看，解大少穿着白衬衫黑西裤，衬衫领口的两颗扣子没扣，一米八六的身高，长腿细腰，整个人很随意地往门口一站，就散发出 T 台男模的范儿来。

她此时分外怀疑起李大姐的审美来：如此极品尤物，竟然还只算"凑合"？

　　那什么样的算是不凑合？娱乐圈都选不出几个好嘛！真想让李大姐亲自找几个不凑合的让她开开眼。

　　赵佳晴正在门镜里看着，忽然门外的解煜凡抬眼对上了她的目光："喂，你妈来了吗？"

　　她吓得后退了一步：他怎么知道她在看他？

　　门外的那位继续悠悠说道："没来的话，那盒饭就给我吃吧。"

　　啧。她差点忘了他现在穷得叮当响，连吃顿饭都成问题了。想到这里心里不由得一阵愧疚，她忙打开门，笑着打了个哈哈："我妈刚才打电话说过不来了，你就吃了吧。"

　　解煜凡看了看她，二话不说地进了门，脱了鞋子在玄关的鞋柜上找了半天，最后只得挑一双粉色的大爪子拖鞋撇在地上，费劲地挤了进去之后，他一边往厅里走一边说道："记得买双男士拖鞋，我穿44码。"

　　"哦。"她应了一声之后发现：为什么要我在家给你备一双拖鞋？

　　他很不拿自己当外人地一屁股坐在沙发上，端起一盒炒饭打开看了看，皱着眉头尝了一口，然后放下，又端起另外一盒饭来，吃了一口，仍是皱眉。思索了一会儿，他还是重新端起第一盒吃起来。

　　"这家炒饭不好吃，"解煜凡一边吃一边抱怨，"油有问题，味精放太多……"

　　少爷习气又犯了，解煜凡对于食物有着异乎寻常的敏感，敏感到赵佳晴怀疑他能吃出病毒和细菌的种类。今天就算是解大少吃了一口说这盒饭大肠杆菌超标，她也是深信不疑的。

　　"但是便宜呀。"赵佳晴坐在他身边，吃起另外一盒炒饭来，"八块钱一盒十五块两盒，还不错呢。"

　　他沉默了一会儿才继续说道："明天你买点菜，我给你做吧。"

"明天？"赵佳晴愣了愣，"明天我……"

她刚想说"明天我回我妈家"这句话，但忽然想到解煜凡穷困潦倒，他这么说无非是为了蹭饭而已。她出钱，他出力，互惠互利就能吃上饭，还比出去吃省钱，真是一石二鸟的好办法。

他转过头来看着她，她发觉她和他紧贴着坐在一起，肩并着肩，对方那深邃漂亮的眼睛好像汪着一泓秋水，好像再近一点，她整个人就要被吸进去了似的。

以前没发现解煜凡的眼睛这么会放电啊！虽然知道他一直颜值爆表，但在她印象里她明明对他的美色免疫才对！

她心跳加快，连忙挪了挪屁股，距离他有一拳的空隙之后，才捧着饭盒继续吃起来。

解煜凡轻笑了一声："赵佳晴，你怕我？"

她嘴里塞着一口饭，连连摇头。

他放下饭盒，慢悠悠地靠在沙发靠背上，手臂打开扶在靠背边缘，看起来好像揽着她肩膀似的："你以前对我很防备的。我记得你说过：这种事，都是熟人作案。"

赵佳晴忽然被噎着了，她手忙脚乱地喝下一口水，平复了好久才开口讲话："不不不，以前是我以小人之心度君子之腹，你绝对不是那种人。"

她这人一直警惕性很高，那时她与他单独相处的时候也时刻有提防之心。

解煜凡端起她刚刚喝过水的杯子喝了一口，一只手搭在脸上瞧着她："我怎么不是那种人？其实我现在觉得，你警惕性高是很对的。"

赵佳晴立刻就哈哈笑了起来："你？你不会的啦——"

话未说完，她的视野倒转，整个人忽然倒在了沙发上，而解煜凡此时此刻就压在她身上，两只手分别禁锢住她的手腕，他居高临下慢慢接近她，漂亮的眼睛清透而无辜："你确定？"

过近的距离让她本能地试着挣扎，可她忽然发现，此时此刻的解煜凡早已不是高中时那个手无缚鸡之力的大少爷了，他的力量深不可测，任她使尽浑身力气都无法从他的桎梏中松懈半分。

"看来现在你也不怎样嘛。"解煜凡嘲弄地笑笑，一只大手把她两只纤细的手腕把持在一起，腾出一只手来轻轻地弹弹她的脸。

她使出比刚才更大的力气来挣扎，可她很快就发现，即便对方只用一只手控制住她，她仍是无法撼动半分。

此时此刻，她终于明白什么叫作"蚍蜉撼树"了。

"别……别闹，"她有点紧张，一颗心狂跳不已，脸上生硬地挤出一个笑容，"炒饭凉啦……"

"也是呢。"他想了想，笑笑就放开了她，一个人捧起饭盒继续吃起来，好像刚才什么都没发生过一样，"本来就难吃，冷了就更没法吃了。"

赵佳晴有点狼狈地从沙发上起来，不知道怎么接话的时候，解大少又开口了："我炒饭技术很好的，哪天你试试？"

她愣了愣，不知道这句话里的"炒饭"是不是有别的意思……

想了一会儿，她又觉得自己不应该想太多，于是就低下头应了一句："好啊。"

解煜凡当时就喷饭了。

她呆呆地看着他笑得不能自已的样子，忽然觉得刚才那句话里的"炒饭"，好像是另有所指……

为了缓解尴尬，她默默地打开了电视机，画面是一片闪烁的雪花。她忽然想起来，电视没交费……

解煜凡抬头看了看，有点责怪似的说道："怎么不缴费呢？明天去交了啊，即使你不一定看，但客人来了还是可以看的嘛。"

关你什么事！说得你好像是这个家的主人似的！

他好像没什么趣似的站起来，自顾自地走到书房玩起了电脑，玩了一会儿又开始抱怨："居然还是一兆的宽带？这速度都能进博物馆啦……"

她忍无可忍："解大少，这些事，我妈都不挑的。"

他"哦"了一声接话道："我不是你妈，所以我挑剔一下很正常。"

无语了！

她站起身来收拾好剩饭，又开始继续打扫起来：擦家具，扫地，拖地。拖地拖到解煜凡脚下的时候，他的眼睛一直盯着电脑屏幕，头动都不动一下，抬起脚让她拖完，又十分自然地继续上网。

这人是当少爷当习惯了吗！

"我说，"她实在是累了，就敲了敲他面前的桌子说道，"你看我这么忙，就不能搭把手？"

解煜凡抬眼瞧她，漂亮的面孔中满是"我长得这么好看你忍心让我干活吗""没错我就是摆着看，让你屋子蓬荜生辉的"的表情，他动了动微微翘起的嘴唇，说道："我是客人啊。"

"啊。"她忽然意识到了这一点：也是啊，哪有让客人帮忙干活的？

奇怪，她怎么就有了一种老婆干活很不甘心一定要拉着老公一起干活的心理呢？

然后，解煜凡就笑了，那一瞬间她好像面朝大海，看见春暖花开。

他话语中带着几分揶揄，说道："要我干活也行，你娶我吧。你负责赚钱养家，我负责貌美如花，家里的活儿，我也会做的。"

如此没骨气的话……真的是从一个大男人嘴里说出来的？

解煜凡没落魄的时候是很有气节的，绝对不会占别人半点便宜！他总是高高在上目中无人，到了今时今日，怎么就成了自甘堕落的小白脸！

他似乎看出了她的诧异，挑起眉毛瞪她："这已经是熟人的友情价你知道吗？外面多少富婆出一百万包我一个月我都不肯，你的话……一个月四千块就够了。别说我黑心不仗义啊。"

是吗？你可义气了呢，解大少爷你简直忠孝两全，义薄云天。

她决定不理他，开始擦起玻璃来。好不容易弄得干净了，她也累得好像三伏天的狗，躺在床上喘着粗气。

浑身都被灰尘弄得脏兮兮的，加上她出的汗，此时简直可以和泥了。她无法忍受灰尘粘在出汗肌肤上的感觉，忙拎着浴袍冲进了浴室，好一番洗涤之后，她觉得整个人终于满血复活。头发吹得半干，她就裹着浴袍走出来，一边哼着小曲一边走进卧室，舒舒服服地躺了下去。

可能是太累，也可能是洗得太舒服，她就那么迷迷糊糊地睡了过去，一觉醒来翻了个身，好像撞到了什么东西似的，她睁开了惺忪的睡眼。

一个人坐在床边，低着头饶有兴趣地看着她。

她家住在六楼，楼下就是大商场，窗外灯光很亮，照得面前这人脸上都笼着柔柔的光，他目光如水、眼波温柔地看着她，嘴角微微扬起，漂亮得好像入梦的神祇。

这种感觉很梦幻，她记得有一次梦见偶像金城武也是这种美好的感觉。

很快，她就发现了这不是梦，因为解煜凡伸出手帮她理了理头发。

"你怎么还在这里？"她猛地弹起来，忽然发觉自己除了这件浴袍之外根本是未着寸缕，而且她就这样呈大字形地躺在床上，裸着胳膊肩膀露着大腿——

天啊！他没对她做什么吧？她完全把他给忘记了！

"我现在真的明白了你当初说为什么这事都是熟人作案。"他靠在她的床头上，歪着头看她，"是你太信任我了……还是你根本就是居心不良？"

这句话可把赵佳晴弄纳闷了："信任我可以理解……居心不良……是什么意思？"

解煜凡站起身来背对着她走出了房间："把衣服穿好再跟我说话。我价码很贵的，才不会让你略施小计就贱卖了。想娶我的话，先付三个月定金。"

我呸！你想得美！

当赵佳晴穿好衣服来到客厅里的时候，解煜凡正坐在沙发上，他看了看表："我觉得你是个好人。"

她不太明白他话里的意思，坐在离他一臂之遥的地方。

"挺晚了啊。"

他继续说道："知道我没饭吃就给我送饭，知道我无聊就找我玩……赵佳晴，如果我家里没有床，你是不是要留我在这里住？"

她愣了十秒钟才回话："不，我会让你住这里，然后我回我妈家。"

解煜凡忍不住"扑哧"一声笑出来，他朝她伸出手，摸了摸她的头："谢谢你啊。"

他温暖的手有点宠溺地摩挲了几下她的发丝，但他很快缩回手，站起身头也不回地朝玄关走去，换了鞋，打开门："再见！"

门"哐当"关上的那刻，赵佳晴才从恍惚中醒过来。

就在刚才那一刻，入夜的冷风从开着的窗户钻进来，本来是有些凉的，可解煜凡像摸宠物一样摸着她的头发，那一刻，她忽然觉得，两个人互相做伴依偎的感觉，真的很好。

她一个人坚强了太久，甚至已经忘记了，有些压力和负担是可以两个人共同分担的。而在这样有些微凉的夜里，如果能拥着另一个人感受到他的体温，竟然是这么让人期待的事情。

赵佳晴用手捶了捶头，让自己不去想那么多乱七八糟的事情。她回到卧室躺下去，想和刚才一样甜甜地入眠，却怎么也睡不着，不知道怎的，脑海里总是浮现出上高中时，她和解煜凡相处的片段。

赵佳晴在床上翻来覆去，多年前的记忆好像走马灯似的在眼前晃来晃去，一年的光阴缩短成一小时，她转过头望着发白的天空，不知道为什么，心里乱成了一团麻。

反正也睡不着，她索性趴在床上给郑绮虹打电话，对方语气惺忪地"喂"了一声，她神经兮兮地问道："包子，有个人在我心里上蹿下跳没完没了，怎么办？"

电话另一端安静了五秒钟后，郑绮虹愤怒的吼声震耳欲聋：

"现在几点了你知道吗？我这几天都在加班，你能让我睡一会儿吗？"

"包子，这个人是解煜凡。"

"嗯？"电话另一端的八卦闺密忽然来了精神，"现在是五点二十分，十五分钟后，我家楼下麦当劳见！"

郑绮虹这个女人一旦八卦起来就跟装了金霸王电池的兔子似的，虽然嘴碎了点，但个性实在合她胃口。

如今的高中同学里，赵佳晴只和郑绮虹有联系。郑绮虹爸爸在她大一那年因为经济犯罪进了监牢，家里的顶梁柱一下子塌了，原本殷实的家境陷入了困顿。她大学毕业后在一家餐饮连锁公司找了一份文案的工作，虽然时常加班，但收入还凑合。

只是从前那个衣食无忧的小公主，此时此刻不得不承担起家庭的担子来，郑绮虹的妈妈去年患上了乳腺癌，花费了很多钱，现在病情基本稳定下来了，但每个月的药物开支还是非常大。也就是郑绮虹乐观坚强，她从来都没跟赵佳晴吐过家里的苦水，总是乐呵呵的，但是赵佳晴知道，这个外表软乎乎的发面团子，比谁都坚强。

十分钟后，郑绮虹家楼下的麦当劳里，两个人一边啃着汉堡喝着咖啡一边开始倾诉心事。

郑绮虹上来就开门见山地说："佳佳，我知道你想恋爱想男人，也知道姓解那小子皮囊上乘，但我必须告诉你，解煜凡这小子就是男版的灰姑娘兼白雪公主——高考之后的暑假，解煜凡他爸出车祸死了，他家的买卖全都被他继母霸占了，一分钱都没留给他。解煜凡被扫地出门，考上了最好的一本又没钱念，只能出去打工，不是一般的惨。听说他这些年在国外务工，赚了一点钱还不够花的，你要是不说我都不知道他回来了……"

听到解煜凡的经历，赵佳晴心窝里忽然一阵疼。

有种……兔死狐悲的感觉。可能是因为经历相似，她无法想象曾经那样不可一世的解大少爷竟然会经历如此天差地别的劫难，他那么骄傲，那么坚持，是怎么一个人在外打拼的？

怪不得他的气质和性格都有了一些变化，比从前少了许多棱角，多了一分圆滑。但他身上那股贵族气质和好像要把全天下都握在手里的霸气，却没有变。

"他这些年都是怎么过来的？"赵佳晴把胳膊横放在桌上，把脸贴在手臂，"现在竟然连饭都吃不上，太可怜了。"

郑绮虹看了她三秒钟，然后说道："我说你该不会想做超级马里奥解救他这个男版的受难公主吧？他的继母徐凤就是我们公司的董事长，他弟弟是总经理呢！我们公司虽然不算太大吧，但怎么也是全盛阳连锁的餐饮集团不是？虽然最近几年业绩下滑了很多，但饿死的骆驼比马大，比解家当年还是壮大了不少，但这些……跟解煜凡一毛钱关系没有啊！你们俩结婚别指望徐凤会随礼！这个女人精明着呢，据说当年就是凭着美色勾引的解煜凡他爸，他爸一死就原形毕露，把解煜凡往死里逼啊！在徐凤那里，你们俩一个子儿也不会得到的！"她伸出手在赵佳晴眼前挥了挥，"醒醒吧！别圣母了！你难道要一个人背负两个人的房贷？以后你们可怎么办？生了孩子衣服舍不得买，只能捡亲戚剩下的！饭吃不起去你妈家蹭！别再幻想了！贫贱夫妻百事哀！"

赵佳晴笑了起来："行啦，我只是跟你吐槽，谁说要结婚了？再说就算我愿意他还不肯呢，他心高气傲，怎么能看上我这样的烧火丫头？凌雯那么喜欢他，他完全可以去找她嘛……"

对方抛给她一个卫生球眼："你以为凌雯跟你一样傻？她未婚夫是全国排名前几位的富豪——易子诚，近些年来崛起的地产大鳄！盛阳市中心最大的商业写字楼和高端住宅御点天下就是他名下的！听说他前阵子吞并了陈慕白家的酒店，餐饮、旅游也有涉猎。凌雯这小妮子把他捂得可够严实，估计是太老太丑拿不出手！"

不知道为什么，她一听说凌雯另有归宿，心里一阵轻松释怀。

其实她的旧日同学过得好不好，有没有钱，关她什么事？她只过好自己的日子，脚踏实地，不攀比，不忌妒，富二代没什么可夸耀的。而她，是奋斗中的可能成为富一代的选手，这么想想可就比他们厉害多了呢！

不知不觉和郑绮虹唠到了八点钟，该上班了，郑绮虹拎了包站起身，临走时不忘反复交代她："色字头上一把刀！一定要把持住！别被那穷小子的美色迷惑！记住！"

　　跟闺密谈完，赵佳晴觉得轻松多了，估计总想起解煜凡也是因为老友重逢，不应该是其他什么男女情爱。不过她的旧日兄弟今日如此落魄，她是说什么也不能冷眼旁观的。

　　今天就开始住在新家吧。虽然有一点味道，但是离得近，开火做饭对他来说方便，对她而言倒没什么关系，在哪儿买菜不是买呢。

　　只是新房暂时没有煤气，她只能在附近买了一罐，卖家给她扔在小区楼下就急匆匆地送下家了。赵佳晴费劲地拖着五十斤的煤气罐，距离单元门口还有二十米，她就累得满头是汗，想死的心都有了。

　　稍微休息了一会儿，她又鼓起力气使劲拖起来——

　　忽然身后有一片阴影遮住了她，有谁从她身后轻松接过了煤气罐，单手拎着，健步如飞地走进了大门。

　　哎？她有点愣愣地站在原地，却见前面那人回头对她粲然一笑：

　　"傻站着干什么？我买了菜，你还不去按电梯？"

　　她这才注意到解煜凡另一只手拎着装满菜的塑料袋子，今天他穿着一身休闲服，很运动很阳光的样子，很像青春言情杂志封面的模特，干干净净清清爽爽的治愈系美男，带着几分精致帅气，好看得让人挪不开视线。

　　她愣了几秒就跑过去按电梯，又忙接过他手里的菜。解煜凡拍了拍她的肩膀："哟，挺有眼力见儿的嘛。"

　　他手碰过的地方好像通了一股电流。

　　六楼很快就到了，只是他们的房子离电梯有点距离，出了电梯又走了十米才到家。

　　赵佳晴掏出钥匙打开门，解煜凡也很自然地跟了进去，不必她吩咐，就在厨房接上了煤气罐，打开试了试，蓝色的火苗跳得很旺呢。

　　"解少爷，你怎么会买菜？你怎么知道我要买煤气罐？"她站在他身后问道。

　　他站起身来，眯着眼睛瞧她："昨天不是说好了我要给你做饭吗？外面的人难吃。"

　　"要是我没买煤气罐呢？"

　　"我会催你去的。"说完这句话，他很理所应当似的摊了摊手。

　　赵佳晴扶额头痛，她已经习惯了解大少爷把这里当家的自觉感，她留下他一个人在厨房之后就回到卧室去休息，或许因为抬煤气罐太累，她不知不觉就睡了过去。

　　她是被诱人的饭香唤醒的，她饥肠辘辘地站起身，走到餐厅，看见大盘小盘缤纷的菜色丰盛地摆满桌子，正馋得不行，就看见解煜凡穿着粉红色的 Hello Kitty 围裙端着两碗饭走了过来。

　　明明是那么少女的颜色和图案，可穿在他身上竟然没有违和感！可能是因为他五官长得本就精致，长得好看就是好，穿什么都好看啊……

　　他看了她一眼，放下饭碗，把水杯递给了她，眉眼温柔："喝点水再吃。"

　　好贤惠！她感动得几乎要哭出来！

　　喝完水之后，她迫不及待地开始向桌上的食物进攻，她忽然发现，解煜凡的手艺简直逆天了！她以前以为，兰景轩做的饭菜是最好吃的，可今天之后，她刷新了这个认识——

　　面前这个长得可以做男模的大帅哥，做出来的饭菜才是最好吃的！单凭这一条，完全值得娶回家啊！

　　穷又怎么样！他们俩开个饭店，肯定赚钱！解煜凡的那双手是不是开了挂啊，上帝在造他的时候肯定多在他手上吹了口仙气，让他不但字写得好，画画得好，做菜也这么棒！

对面的男神级帅哥微微笑了笑，他支起手肘，修长的手指抵在脸颊旁边，就这样定定地看着她："好吃吗？"

她满嘴都塞满了，哪里顾得上说话，就只是用力地点头，下巴都要掉了。

解煜凡满意地点了点头："那就这么定了，以后每天你买菜买肉，我给你做。"

好啊！她简直求之不得。

"试用期一个月吧，"他轻轻叩了叩桌子，"一个月之后，没问题就转正上岗。"

她终于咽下了嘴里的食物，奇怪地看着他："什么转正？"

解煜凡低下头慢条斯理地喝一口水，回答道："领证啊。转正后每个月交给我三千块，你的饮食起居，我都包了。"

"领……什么证？"赵佳晴心跳瞬间加速到180码，好像有一头小鹿，不，应该说是一头疯牛在胸口四处乱撞。

他笑了，眉眼弯弯的，整个一位治愈系韩剧男主角："你、猜、呢？"

每次他总是说一些很暖昧的话，可真到关键时刻了，他总是半遮半掩留一半，让她在朦胧之中找不到方向，不知道是自己自作多情还是男神有意。

算了，这一切都比不上面前的珍馐美味来得实惠，想了想，她又多夹了一块排骨。

酒足饭饱，赵佳晴真的觉得人生没什么遗憾了，可偏偏她在沙发上伸懒腰的时候，接到了一通电话。看了来电显示，竟然是逍遥游海岛线控操作经理沈艳秋打来的。

她以为是又有团要她带了呢，结果对方上来就说："赵佳晴，不好了。"

"哎？"

"之前塞班岛的那个团出事了……客人在水上活动的时候受伤了，投诉我们领队没履行职责，还告到了旅游局去，不知道那人找了什么关系，报纸电视也上了。我们公司被推到风口浪尖上，公司这边的处理决定是……"

赵佳晴心里咯噔一下："直接开除是吗？"

沈艳秋叹息一声："不仅仅是这样啊，因为事情闹得太大，影响很坏，说是领队缺乏责任心才导致了这种结果，公司不但辞退了你，而且旅游局那边也网上通报了你的导游证号，你上了黑名单，可能……不会有任何一家旅游公司会录用你。"

她只觉得头嗡地响了一下。

电话那边客套安慰了几句，就挂断了。

可是她还是保持着举着手机的姿势，整个人瞪大了眼睛，一动不动。

她的手机漏音，身边的解煜凡什么都没说，把手机从她手里取下来，伸出双臂就把她搂住了。

她把脸埋在他胸口，"哇"的一声就哭了出来。

她觉得委屈，很委屈。六年前那件事发生的时候，她也是这样的感觉，这么多年过去了，她自以为自己已经很强大，已经可以独当一面了，但她发现，她从来就不坚强。

此时的她，和六年前的她一样，没有任何长进。

等她哭够了，从解煜凡的怀抱中离开，她低垂着头去洗了把脸，从卫生间出来的时候，他把毛巾递给她，轻声说道："对不起。"

她只是摇头。

虽然她确实是因为他的捉弄而造成工作失职,但假如出事时她在现场,客人一样会受伤,她一样还是不知所措,这件事的结局,并没有任何变化。

解煜凡沉默地陪在她身边很晚,直到她要回房睡觉,他才起身,低着头看着她萎靡的样子,轻声说:"给我一床被子吧,今天我睡沙发。"

她想说不用了,可是看见对方温柔的眼神时,她忽然觉得有他在身边也挺好的,至少此时此刻身边有个人在,她就多少会更安心一些。

她很怕一个人面对,不知道从什么时候开始,她总是想着:如果身边有个人在就好了。有个人让她依赖,即使他什么都不说,即使他什么都不做,她觉得在这空旷的房间里有一个人为她担心为她停留,也是很好的。

这晚解煜凡就在沙发上睡了一夜。

第二章
暧昧的烛光晚餐
RUGUO ZONGHUIZAIYIQI
WANMIAN MEIGUANJU

第二天醒来的时候，阳光透过窗帘照射在地板上，赵佳晴起了床走出卧室，发现解煜凡竟然还没起。

她走到他身边，蹲下来看他的睡脸。

解煜凡睡得很沉，长长的睫毛在眼窝上投下毛茸茸的阴影。这些年来，他的样子变化不大，好像这六年的时光没有在他身上留下任何印迹似的，她注视着他，好像他还是当年那个青葱矜傲的少年。

忽然他睁开了眼睛，眼神中满是戏谑："喂，赵佳晴，你离我这么近，是不是想偷吻我？"

她被他吓了一跳，一屁股坐在了地上："你装睡？"

他眼中有扬扬自得的笑意："我就知道你对我垂涎已久。"

她脸涨得通红，一拳捶在他肩膀上，逃跑的兔子似的蹿进了洗手间。

洗去一脸火热之后，她在心底问自己：我在心虚什么？

她为什么好像被说中了似的逃跑？！她为什么脸红？！她一定是孤单太久了才会这样！好吧，既然工作丢了，不如去找个靠谱的长期饭票，老妈挺早以前就张罗给她相亲，今天晚上，就去试试吧！

赵佳晴给老妈打了电话, 老妈还不乐意了: "你说相亲就相亲, 你想见, 人家未必有空啊! 算了, 我发动一下广泛的群众基础给你划拉一个吧。"

老妈果然效率高, 半小时后从花名册上找到了一个, 给她打了电话: "这个是我们医院副院长家的儿子, 你可长点心啊, 我说就是你运气好, 人家正好今天有空, 晚上六点在珍味坊, 我已经把你的电话给人家啦, 到时候他会给你打电话的。"

赵佳晴觉得这真是一件让她保住晚节的大好机会。她不想做个现实的花痴女, 因为一个人久了, 太过孤单寂寞, 就连高中时的死党也不放过。她对他好可不是贪图他的美色, 她更不想让曾经那段本来很纯粹的友情因为儿女私情而变质, 有些难得美好的记忆, 还是小心保存着不去破坏比较好。

更何况, 她也根本没钱养他做家庭主夫嘛。

冠冕堂皇地想了那么多, 呃, 养不起他好像才是最根本的原因啊……

这一天里赵佳晴也没闲着, 她在楼下的便利店里找到了收银员的工作, 老板正是用人之际, 要她明天来上班, 试用期月薪1000, 三个月后转正2000, 虽然不是很多, 但总比坐吃山空强得多。

这一天收获不小, 赵佳晴下午很用心地化了个妆, 穿上波西米亚长裙蹬上高跟鞋就去了珍味坊。

珍味坊也算是这片区域知名的酒楼, 定位较为高端, 家庭聚会选择在这里都算奢侈, 一般都是情侣们来显摆的地方。赵佳晴走出地铁口步行十分钟就能到, 虽然距离不远, 但脚上的高跟鞋新买穿了没几回, 卡得脚后跟火辣辣的。她走几步就停下来揉揉脚跟, 后来看时间快到了, 也顾不得疼痛, 紧赶慢赶就往那金碧辉煌的酒楼大门跑。

相亲对象定的是二楼的雅致包厢，208 包房，这一层大都是比较小巧的包间，非常适合情侣约会吃饭。

她来不及等电梯，一路小跑地上了气派的旋转楼梯，问了服务员包房的大概方向后，就紧赶慢赶地直奔过去。

到了包房门口，她迅速地扫了一眼门牌号，然后轻轻敲门，里面传来低沉的声音："请进。"

她推门走进去，微微有些气喘地随手带上了门。包房的设计有几分古朴的味道，墙上的挂件都很有古韵，长长的方桌一端，是一位正襟危坐的男子。他看起来三十来岁，戴着金丝眼镜，很有几分书卷气，但是那镜片后的精光和威严，仍能令她产生一丝敬畏的感觉来。

男子看见她，不由得一愣。

她有几分拘束，但仍是微笑着说道："你好，初次见面，我叫赵佳晴，我没迟到吧？"

男子眼中有转瞬即逝的讶异，却轻轻地绽放了一个微笑："我想没有。"

她走到桌子的另一端坐下，脸上挂着拘谨的笑容："我的情况，我想你已经听说了一些……"

男子微微偏了偏头，仔细地打量她的五官，微微一笑："略有耳闻。"

赵佳晴不好意思起来："那……你说说你吧，我对你还什么都不知道呢。今天实在匆忙……"

男子微笑了一下："赵小姐你好，我姓易。"

姓易？她这个人记忆力极差，尤其对于人名，妈妈发短信跟她提了一句今天相亲的对象名字，但她过目即忘，朦胧中想了想，应该是这人吧。

她看了看面前有一杯刚刚倒好的茶水，正好她赶路觉得口渴，于是问道："易先生，我可以喝这杯水吗？"

他愣了一下，然后又笑了起来："好的，你喝吧。"

赵佳晴很谨慎小心地抿了一口，她怕太粗鲁给对方留下不好的印象，毕竟是第一次见面嘛。面前的这位看起来人蛮好的样子，虽然身材没有解煜凡好，长得比解煜凡差一些，但不知道个人才艺跟解煜凡比如何……

什么跟什么啊！她为什么总要拿面前的男人跟解煜凡比！她是在相亲！就是要彻底断绝自己的胡思乱想好吗！

她使劲儿地敲着自己的头，想要把那些不该有的想法都赶出去。

易先生试探地问道："赵小姐……你没事吧？"

"没事没事！"她发觉自己的窘态，连忙正襟危坐，竭力让自己看起来像个熟女，"刚才有点走神，实在抱歉。"

"没事的，这样的女孩子才可爱。"易先生笑起来眉眼弯弯，看起来又顺眼了几分。

赵佳晴刚要再说点什么，包间的门忽然被推开了，一个漂亮女子径直走了进来，脸上化着精致的妆，白皙得如同石膏般的肌肤衬着嫣红的嘴唇，冷艳高贵，一眼难忘。

"你是谁？"女子看见赵佳晴坐在这里，横眉冷对了一下，然而很快她眼中露出惊讶的表情，"赵佳晴？你怎么在这儿？"

赵佳晴被对方叫出了名字，整个人呆了两秒，两秒钟之后她从对方的五官中撷取到熟悉的感觉，这感觉很快拼合出一个人来："凌雯？！"

对面的易先生笑了："小雯，这位赵小姐是你常提起的同学吧？她好像是走错了屋子，我本想跟她聊聊，不过既然你来了，就只好改天了。"

赵佳晴整个人呆住了，然后她意识到一个问题：她、走、错、屋、子、了！

"这不是……208吗？"她有气无力地站起身来，慢慢地蹭向门口。

凌雯冷笑一声："这是209。"

"对不起！打扰你们了！"她深深地朝他们两人鞠了一躬，然后跑到门外，手里握着门把手，"再见！"

其实她心里想的是：再也不见！

她迅速地关上了包厢的门，看到隔壁的208，门也不敲就走了进去。

包厢里正在翻杂志的男生被她吓了一跳，赵佳晴满脸通红地对他鞠了个躬："实在对不起，我来晚了！"

走错门的乌龙事件让赵佳晴一直都缓不过劲来，好不容易挨到相亲结束，男生很绅士地提出送她回家，她想了想，就答应了。

平心而论，这个相亲的男孩还算不错，他比她小一岁，长相有些拿不上台面，如果不看那坑坑洼洼的痘印脸，可以算上是个路人。他性格很好，是个十足的暖男，点菜会为她考虑。他家境殷实，自己也是个挺有想法的青年，前年创业做了家电商公司，今年就靠自己买了一台车，新房也交了首付，人很踏实不张扬，赵佳晴虽然觉得这人相貌平平，但看习惯了应该都一样。

两个人边走边聊，慢慢走到相亲对象的车跟前，车是大众高尔夫，长得虽然不怎么样，但性能良好，赵佳晴就忍不住想笑，真是车随主人样啊。

男孩的车一路载着她开到小区门口，她没让他开进去，主动要求在门口下车。男孩笑笑对她招手说常联系啊，她也礼貌地报以微笑，忽然身后一个人贴上来抱住她的肩膀。

"你上哪儿去了？我饭菜都做好了等你半天了！"

车里男孩的笑容凝固了，他打量着她身边的帅哥，试探地问道："这位是……"

赵佳晴一巴掌呼在解煜凡脸上，将他推离自己："不是谁！只是我的同学！邻居！邻居而已！"

解煜凡好死不死地笑了笑，伸出胳膊搭在了男孩敞开的车窗上："是，她说得对。我们一起住，她出钱，我洗衣做饭，搭伙过日子呗，还能是什么关系？"

男孩脸色当时就变了，按下按钮升起了玻璃，招呼也没打，铁青着脸倒回了车，一溜烟地跑了。

赵佳晴瞠目结舌，等她反应过来，第一件事就是死死地掐住了解煜凡的脖子："你开什么玩笑！我在相亲啊！你不给我捣乱就难受是吧？"

解煜凡背对着她，伸出手握住她的手腕，慢慢用力，轻而易举地掰开了她的束缚，他没有回头，微微低了头，说道："赵佳晴，我看起来，很像是喜欢开玩笑的？我说的话，你根本没放在心上，是吗？"

她被他说得一愣，本想反击几句，可即使愚钝如她，也察觉到解大少爷此时情绪非常不好，随时有引爆的可能，于是放缓了语气"什么啊……我们不是朋友嘛……我就是想找个……"

她话没说完，他忽然转过身来，冷冷地看着她，抓起她的手腕，一言不发地就把她拖进小区。

赵佳晴脚下踩着的高跟鞋难受着呢，这回只觉得脚后跟疼得不行，解煜凡走得又很快，她跟着他几乎都小跑起来了，脚疼得更甚。小跑几步后，她终于用力拉扯住了对方："疼……别这么快！"

他停下脚步，回过头看她，眉头蹙了起来，蹲下身子把她一只脚抬起来。脱掉高跟鞋的那刻，他的声音冷得都能结成冰了："赵佳晴，你买的这什么破玩意！"

说着，他快速地将她脚上的鞋脱了下来拎在手里，背对着她蹲下："上来，我背你回家。"

　　她看着他宽厚的后背犹豫了一下，最后还是趴了上去。

　　他的体温很暖，从发丝渗出丝丝缕缕的好闻的香气，他背起她来，轻松地走在小区里，周围的树木被路灯描摹成柔柔的橙色，一盏一盏橙黄的路灯，好像会发光的糖果一样，只要看到那光芒，就好像有一股甜意从心底弥散开来，久久不散。

　　解煜凡走到垃圾桶边，随手将鞋子丢了进去。

　　"喂，你——"

　　"闭嘴。我会赔给你的。"

　　"你有钱吗？我不会借给你的。"

　　"小心我把你也扔进去。"

　　赵佳晴很识时务地闭上了嘴，虽然她知道他只是恐吓而已，但此时此刻，她姑且忍他一次。为什么呢？或许是因为今天的灯光很美吧。

　　解煜凡一路把她送进了客厅的沙发上，她坐在沙发上，把脚提上来，低着头不吭声。

　　他坐在她身边，沉默了一会儿，说道："你什么意思？"

　　她有些哭笑不得："什么什么意思啊？"

　　他似乎是自嘲了一声："也是，我算哪根葱。赵佳晴，以后你愿意跟谁相亲，愿意跟谁约会，我都管不着。你爱找谁就找谁去，也别拿我当备胎，我耗不起。"

　　说完，他陡然站起身来，大步流星地走到玄关处，换了鞋子，头也不回地推门出去，又重重地摔上了门。

　　之后便是长久的寂静，赵佳晴抱紧了膝盖，将额头抵在上面。

　　心情太糟糕了。她好像丢失了心爱玩具的孩子，心里空落落的好像失去了什么，却又无从找起。

她是很同情解煜凡的遭遇，甚至对他有一点喜欢，但这种局面并不是她希望看到的。她想改变这种孤单状态渴望爱情的窘境，她不应该对自己曾经的好哥们儿动这种心思，她想找其他人打消自己的妄念，她错了吗？

第二天下午，赵佳晴在超市收银的时候接到了线控经理沈艳秋的电话，电话那边的沈艳秋语气谦恭地要她回去工作，仍是做领队，各个线路随便挑选。

赵佳晴用耳朵夹着电话，手里拿着一袋方便面就掉在了收银台上："什么？还能做领队？"

电话那边，沈艳秋小声地说道："据说是易总亲自发的话，指名要你回来工作，有什么问题，他担着。我们公司不是被大鳄收购了嘛，易总是我们新的大老板呢！对了，你是不是认识他？怎么突然就叫你回来……"

她脑子里的第一反应是：易总？易总是谁？

然而很快她好像回想了起来——凌雯的那位超级厉害的未婚夫……不就是姓易？叫易什么来着……

不管叫易什么，在盛阳市，这么牛逼的人，没有第二个！

昨天在珍味坊，她误打误撞走错了包房，给凌雯的那位未婚夫留下了深刻的印象，才会在今天又接到了工作的邀请吗？

说实话，她心里并不太高兴。隔着凌雯那一层，她只要是想一想，就觉得十分别扭。

她用手上的扫码器在方便面上"嘟"地一扫："您好，一共五块五。"收好了钱，她把电话郑重地用手拿着放在耳边，对电话那一端说，"替我谢谢易总。不过我想，还是不要给他添麻烦了。我已经找到工作，不会再回去了。"

不等那边说话，她已经挂断了电话。

她虽然穷，虽然没什么才华，虽然一直是个烧火丫头，比不得凌雯金枝玉叶，但她从来不想借谁的关系求到工作。她不如凌雯，那也没关系，她们各自过各自的日子，井水不犯河水，也很开心。她犯不着去凌雯未来老公手下干活，犯不着接受这份施舍，更犯不着整天被人提醒：你赵佳晴，就是靠我提携才能上位，你终究是矮我一头。

比起仰人鼻息，她宁愿在这家小超市打零工，落个轻松自在。

今天赵佳晴值晚班，下午四点的时候，沈艳秋又打电话来，语气满是恳求："赵大小姐……易总要求你一定要到岗……你别让我为难行吗？东南亚、日韩、欧、美、澳、非，你喜欢去哪里就去哪里！全世界各地的旅游团你随便挑随便走！你知道我们公司一直都是挑领队的，从来没有领队可以挑团……拜托拜托啊！你来上班吧！底薪三千，佣金照拿！一个月轻轻松松过万收入，求求你明天过来吧！"

她觉得对方有点不太正常了："谢谢。麻烦你转告易总，我很感谢他的好意，但我恐怕不能胜任。还有，请别再打电话来了。"

她果断挂掉电话。

晚上七点钟的时候，赵佳晴又接到了一个电话，是个陌生的手机号码。她一接通，就听到一个温文尔雅的男性声音："你好，请问是赵佳晴赵小姐吗？"

这声音有几分耳熟，她也没太在意，正好店里走进来一位女顾客，很着急地问手纸在哪儿，她指了一个方向随口说道："在前面左拐的货架上层，挨着卫生棉！"

说完她就后悔了，这手里还拿着电话呢，她的话一字不漏地全传进对方耳朵里了。

电话那端传来轻笑声："赵小姐好像还挺忙的。"

那女士急匆匆地握着一卷手纸来到收银台，赵佳晴忙用肩膀夹住电话："是有点忙，你稍等一下！"

她收完款，才又把手机拿好，有些尴尬地说道："对不起啊，刚才那客人挺急的，我……"

对方完全没有不高兴，反而饶有兴趣地说道："你现在是在超市工作？"

"是啊……请问你是……"

"请问你有兴趣回到逍遥游继续工作吗？之前的团有些误会，希望你不要介意。如果能够回来，那将是我们的荣幸。"电话那端的人彬彬有礼，语气中却有一丝不容拒绝的威严，"抱歉，忘了介绍自己，我姓易，昨天我们见过面的。"

"啊，易总！"赵佳晴诚惶诚恐，一时间紧张得不知说什么才好。

"细节待遇，沈艳秋应该都跟你说过了吧。这样，底薪我给你提到八千，佣金另付，可以吗？"

开……开玩笑吧！

谁不知道业界领队大多无底薪或底薪极低，因为领队工作弹性强，自由度高，是靠着带团佣金吃饭的！如果领队有八千底薪……一个月带一个团都够了呀！她一个初学乍到的新人，何德何能有如此待遇！

"呵呵……易总，恕我直言啊……这种天上掉馅饼的好事，为什么会掉在我头上？"

电话那端停滞了几秒钟，一阵安静过后，对方似是无奈地叹息一声，说道："赵小姐，我只能说，我也是受人所托。"

受人所托？

凌雯吗……

"嗬，这个人……还真是善解人意啊……"她不冷不热地喃喃自语，略微思索了片刻，笑了起来，"那好啊！我就试试做做看！谢谢易总和委托人的苦心！"

她挂断了电话，脸上还带着笑容。

呵呵，如果委托人是凌雯的话，她可倒要看看，会交托给她怎样的挑战！

更何况，月薪八千块哎，做一个月把钱拿到手再说！不开心的话，大不了不做！

说实话，赵佳晴跟凌雯的过往实在不堪回首。虽然曾经是同桌，也曾经要好过，但她们最终还是撕破了脸，很不愉快地结束了同学生涯。平心而论，赵佳晴并没有亏欠过凌雯，更没有什么对不起凌雯的地方，但那些事情，她到现在，仍不能释怀。

她就好奇了，凌雯为什么要托她未婚夫让自己来工作？既然有人这么想让她去上班，如此被需要还是第一次，她有三分好奇，还有七分期待，她倒要看看这位委托人，到底会给她带来多少蛾子。

今天她值夜班，要辞职也来不及了，怎么也得做到超市再招到新人才能回去逍遥游，她想着明天跟超市老板说下这事，抬头看看时钟，已经十点半了。

她今天的班到十一点结束，还有半个小时就要关店，她开始清点物品，收拾起东西来。

晚上十点四十五分，门口传来"欢迎光临"的机械播报声，她从里面的货架走出来问：“想要点什么？我们快闭店了呢……”

来人的一双大长腿移动到收银台前，冷冷地看着她：“有夜宵卖吗？”

赵佳晴一看对方的脸色就知道他还没消气，她知道解大少爷屈尊降贵又来找自己是鼓起很大勇气的，连忙几步走过去站在他面前，就差没激动地抱住他了：“想吃夜宵吗？等我一会儿下班了，请你吃！你想吃啥我都请客！”

似乎是被赵佳晴的狗腿气息打动了一些，解煜凡的脸色稍微晴朗几分，却仍是板着脸：“哼。你这穷光蛋能请我吃什么好东西？”

“马上就有钱啦！”赵佳晴笑嘻嘻地收拾好东西，拉着解煜凡出了超市，关了店门，又颠颠地跑到他身边，“虽然不知道这份钱能赚多久，但也值得好好吃点什么庆祝一下吧！”

“那这次你就加油吧。”解煜凡和她并肩走在寂静的小路上，夜晚的风有些凉，她缩了缩脖子，他微微一笑，把身上的外套脱下来披在她身上，又不落痕迹地揽住了她的肩膀。

她整个人好像都被他抱在怀里似的，赵佳晴的心脏一顿狂跳，小鹿乱撞得她不知道说什么好，想说点什么缓解下气氛，又怕说多了惹他不高兴，就这么任他揽着，低着头，脸红成了一个番茄。

两个人在街上逛了半个钟头，解煜凡才幽幽地开口：“赵佳晴，我觉得这个时间，外面好像都没有人能吃的东西，不如回家我给你做吧？”

“好啊！还省钱！”赵佳晴不禁钦佩起解大少爷的体贴来，更何况，没有哪家饭店高档酒楼，能超越解大少爷的厨艺，他肯做，就是她最大的福利了。

解煜凡很自然地牵了她的手，两个人从灯火通明的大街一路走进灯光阑珊的小区。他的手很暖，将她的小手全都包裹起来，然后，她的整个世界都是一片暖意融融。

　　这一路赵佳晴的心都跳得很厉害，剧烈得她以为自己都要得心脏病了，而解煜凡表面上看不出什么变化，但在上电梯按楼层的时候，他竟然连着按错了两次。

　　这时住十八层的邻居悠悠睡眼惺忪地走了进来，她看见电梯里的两人不由得精神一振，悠悠的视线很快瞄到了两人牵着的手上："佳佳姐，这位是你男朋友？"

　　赵佳晴有点尴尬，脸上如同火烧："他……就是住我对门的邻居……"

　　悠悠整个人都亢奋起来："姐！你太行了！这么快就拿下了！过阵子我们有聚会，你俩务必一起来啊！"

　　倒是解煜凡大大方方地对她笑了笑："好啊，喝喜酒的时候请务必捧场。"

　　悠悠被解大少爷的笑容震到了，愣了有三秒钟的时间，然后她十分惋惜地看着赵佳晴："佳姐！这么大的便宜被你占了！影视圈里都找不到几个这么帅的……"

　　她的话还没说完，赵佳晴已经一个箭步过去捂住了她的嘴，很快，六楼到了，电梯门开的那一刻，赵佳晴拉着解煜凡就跑了出去。

　　悠悠还在电梯里发愣，赵佳晴猜她应该还在犯花痴中。

　　解煜凡被她拉扯着进了屋，站在玄关处笑吟吟地看她换好了拖鞋，然后问道："赵佳晴，菜在我屋里呢。"

　　赵佳晴这才回过味来，她的鞋子上全是鞋带，换下来可真是费劲，她刚想换回来，解煜凡却用一只手把她抱了起来扛在肩上，轻轻松松地进了对面的屋子里。

　　这是赵佳晴第一次来解煜凡的家，这一进来看，发觉解大少爷的屋子真是极简风格，屋子里只有一张双人床，一张写字台和一个不大的衣柜而已，写字台上干干净净的，只有一台笔记本电脑，而双人床上，却只有一个枕头。

　　"坐吧。我家没沙发。"解煜凡指了指自己的大床，就走进厨房里去了。听得里面乒乒乓乓的响声，不一会儿，解煜凡回到卧室，从墙角处拎起来一张折叠的小桌，打开，支在了床上。

　　他很快把热腾腾的饭菜放在了桌上，又倒了两杯红酒，点上两根蜡烛，关了灯。

　　接着解煜凡又从衣柜里取出一个新枕头放在床头，然后自己坐在床头，用旧枕头抵在后背，抬起眼看她，笑了笑，拍拍身边的空位，示意她过来。

　　朦胧的烛光里，解煜凡英俊得如同天神下凡，尤其那微微一笑，面前好像有百花盛开，顿时让赵佳晴三魂七魄丢了大半。

　　她就这么鬼使神差地爬上了床。爬上了床！爬上了解煜凡的床！

　　爬上去的时候，说实话，赵佳晴真的没想太多，因为对于这间小屋而言，床就是客厅，床就是沙发，床就是餐桌，她也如法炮制坐在床头，背后被解煜凡塞了那个新的枕头，然后两个人并肩坐在床上，对着一桌的美食，开始吃夜宵。

　　锅包肉、高汤娃娃菜、醋熘土豆片、红烧牛肉，虽然是十分寻常的家常菜，但解煜凡就是做得分外鲜香。不过看这些菜，不可能一蹴而就，吃着吃着，赵佳晴就问了："少爷，这些是你什么时候做好的？"

　　解煜凡的侧脸在烛火中显得微微泛红，他没有看她，侧脸在橘黄色的光中完美无缺："下午六七点的样子吧。"

"那时候你就想来接我下晚班了吗？"

"我只是随便逛逛走到那里的，正好想起家里有剩饭，才叫你一起来吃的。"

"哦，准备得还挺完善的。"

他举起了酒杯，示意她也举起来："不要在意这些细节了，喝一杯吧。嗯，恭喜你找到好工作。"

赵佳晴和他轻轻碰杯，杯壁发出清脆如玉的声音，她忍不住看了一眼手中的高脚杯，在烛光之中看起来，它好像工艺品一般熠熠生辉。

她轻啜了一口杯中暗红的酒液，感觉有一口隽永的香气从口腔慢慢弥散开来，恋恋不舍地咽下，仍然余香满口不绝。

这酒还蛮好喝的，她忽然想到和他俩孤男寡女共处一床，在暧昧的烛光中喝着酒……妈呀！接下来会发生什么？

"我以前就有个愿望，希望能够给心爱的人做好吃的，再和她在床上共进美食，简简单单地生活，好像世界上没有烦恼一样。"解煜凡微微低着头，说道。

"哦。"赵佳晴不知道该怎么接，心扑通扑通跳得剧烈，不知道他口中的"心爱之人"是不是她，如果不是，她这么接茬，岂不是太自作多情了？

"现在这个愿望……就快实现了呢。"他抬起头，微笑着看她一眼。

快实现了……就是还没实现？没实现……的意思……就是那人不是她？

她的心忽然一沉，没来由的失落攫住了她，千丝万缕的失意不露痕迹地包裹住她胸腔里的那颗心，渗着淡淡的疼。她自己都没发觉，解煜凡有喜欢的人，竟然这样让她挣扎。

好像本应该属于自己的这个人，生生被人抢走了似的。

今天的饭菜明明味道上佳，可吃在赵佳晴嘴里却如同嚼蜡，吃下去也没什么特别的感觉，好像胃口都不像自己的了。

"你会走吗？"她忽然说话了，那一刻吐露而出的话语好像没有经过大脑，直接从胸口就传递了出来，"会不会有一天，你走了，再也不会见我？"

她很怕失去，因为经历过不长久的拥有；她开始害怕得到，因为她无法接受曲终人散的结局，与其注定如此，不如从开头就彻底打消。

解煜凡被她问得一愣，眼中的光渐渐暗淡了下去，他转过去微微低了头，眉头轻轻锁起，好像在思考什么难题一般。

大概过了十秒钟，他又望向她："这个问题，我现在好像无法解答，能不能给我一点时间想想？"

赵佳晴没说什么。

也是，这种事情，如果不假思索地就说出来了肯定是敷衍之词，不过像他这样好好思考再给答案的……也挺奇葩啊！她就是想知道他会不会一辈子守在她身边，以朋友的方式，或者……

或者？

为什么她会满心憧憬地想着和他厮守一生的样子，不是称兄道弟的知己，而是相濡以沫的夫妻？她会想象跟他恋爱，跟他结婚，跟他生子，跟他养大了孩子之后退休在家，两个人坐在阳台上的摇椅里，阳光照在身上，暖到了心底。他们一边戴着老花镜看报纸，一边谈着这一辈子的回忆，然后他颤颤巍巍站起来，说："老伴，我去给你煲汤喝。"

她被这样的想法吓了一跳。

赵佳晴心事重重地吃完了饭，然后帮解煜凡洗碗，他就站在她身边，把碗碟一样一样地收进橱柜，两个人十分默契，就像一对度过了七年之痒的夫妻一般。

只有赵佳晴自己知道此时此刻她的心里是多么波涛汹涌，不，应该说是翻江倒海、巨浪滔天。

最后一个碗递过去，她不小心碰到他的指尖，忽然一惊松开手，小巧的瓷碗忽地坠地，"啪"的一声摔碎在瓷砖上。

解煜凡愣了愣，笑笑对她说："要赔的哦。"

"小气。"赵佳晴说完就要蹲下来收拾碎片，却被解煜凡挥手止住，他用扫帚把碎片扫进铲子里，哗啦啦倒进垃圾箱。

"解大少，你欠我的钱什么时候还？"她手里可还握着他四千五百块的借条呢。

他眯着眼看她，眉眼笑成弯弯的形状："小气。"

她在心里想：小气鬼和小气鬼，可真是一对。不如，不如……

不如他们俩就这么凑合凑合在一起算了，也免得祸害别人。

她自己都被这个念头吓了一跳。

第三章
赵佳晴，我喜欢你

RUGUO ZONGHUIZAIYIQI
WANDIAN MEIGUANXI

　　赵佳晴来逍遥游上班了。她一走进公司大门，前台小姐马上站得笔直，满脸堆笑地走过来："佳佳，你回来啦？这些天不见我都想死你啦！"

　　其实也不过是几面之缘吧，她在心里数了数，从应聘到带团，她和这位前台大美女只见过三次面，这怎么就熟得跟恨不得天天黏在一起的闺密似的？

　　被前台美女热情地带着一直走到里面她才知道了对方叫唐冰，真是人如其名，不熟的时候冷得像冰，攀交情的时候热情得比糖还甜。想这唐冰坐在这风云变幻的前台接待各类客人，察言观色三教九流，凭的可不只是美貌啊。

　　进了办公室更不得了，赵佳晴如同投入水中的金属钠一样引起了轩然大波，一群人都熟络地围过来嘘寒问暖：有人捶胸顿足地叹息她塞班岛之行的遗憾，有人义愤填膺地指责执法不公，更多的人都睁大了眼睛，面带微笑地看着她，好像在参观博物馆里的一件稀有文物。

　　其中有人小心翼翼地插嘴问道："你和易总……"

　　那话还没说完，就被旁边的人拼命使眼色给瞪回去了，那人一手捂了嘴，说道："没没没，没事……"

赵佳晴脸上虽然还保持着端庄的微笑，但此时在心底却已经了然：哦，这帮人是把我当成了易总的小三来围观吧……看看这些充满八卦求知欲的眼神和欲言又止的挣扎啊……

出境中心一群线控经理围着她，嘘寒问暖地问她想走哪条行程，赵佳晴有点挑花眼了，随便选了一条法意瑞欧洲三国十二日游。欧洲线控经理乐呵呵地把她拉到自己座位旁边，把打印好的行程放在她手里，细致无比地给她讲了一遍后，才收走她的护照做材料，并嘱咐她，出团时间是一个月后。

"一个月？这时间也太长了？"赵佳晴十分苦恼，"那这个月里我做什么？"

东南亚组的组长此时反应真快，他一个箭步上来，各色行程摊满了桌子："泰国落地签！你想带团，这几天就行！普吉岛、泰一地行程随便挑！你来看看这个，全程国际五星级住宿，十二个指定餐厅餐食，行程轻松不累，尊贵豪华无自费，经典景点全都有！"

赵佳晴被他弄得眼花缭乱，也没好意思说自己没看明白，就连连点头："行，就这个吧。"

东南亚组组长顿时乐成了一朵花："好咧！这个是后天的团，护照还是先要回来吧，等你回来之后再交护照办欧洲的也来得及！"

他身后的欧洲线控经理满眼怨恨，闷闷不乐地拿出了护照，好像那不是一本护照，而是一摞人民币似的。

于是赵佳晴又接受了长达两个半小时的业务培训，泰国的那些事，她都快要背下来了。

赵佳晴拿了出团通知，收好游客意见单，却看见沈艳秋跟她招手，她走过去，对方在她耳边低语道："去趟总经理办公室，易总找你。"

呵呵，易总。

赵佳晴面色坦然地走出了喧闹的办公室，沿着走廊一路走到尽头，宽大的玻璃隔断拉着百叶窗帘，看不清里面，玻璃门是朦胧的毛玻璃，只能看见里面模糊的人影。

在门口，她礼貌地敲了敲门，低沉的嗓音响起："请进。"

赵佳晴推门而入，办公室十分宽敞，宽大的办公桌后果然坐着易先生，见她进来，他的视线从电脑屏幕转移到她身上，微微笑了："赵小姐，咱们又见面了。"

她坐在办公桌对面的沙发上："你好。"

"要喝茶还是咖啡？"易先生站起身来，温和地询问她的意见。

"谢谢，不用了。"

易先生走过来，坐在沙发的另一端，仔细地打量她一番后，说道："赵小姐真是个美人呢。"

如此恭维的话真是不常听到，除了大学时候交往了一星期的男朋友之外，她很少听见有人夸奖她的外貌。

"别开玩笑了。"她认定那不过是好听的场面话，压根没往心里去。

"不，我说的是真的。"易先生收了笑容，脸上满是认真的神情，"小雯说当时班级里你是她强有力的竞争对象呢。"

呵呵，那是凌雯单方面认为的吧……

她没再说话，对方见她没什么反应，话锋一转："赵小姐，你作为我们的金牌领队，这几次带团除了工作，我还有一项额外的任务交给你。"

"哦。什么呢？"她就知道世上没有白吃的午餐，底薪八千的领队，逗谁呢。

"帮我们培训一位领队，"易先生脸上是和煦的微笑，"那是个新人，是我们旅行社的实习生，第一次带团，什么都不懂，跟着你学点东西，算是副领队吧，这一路上就有劳赵小姐帮我们进行员工培训了。"

跟她学习！别闹！她第一次带团就被拒签了好吗！

但领导既然拜托了，她也不好拒绝："没问题，我会努力的，谢谢易总信任。"

不就是带个实习生吗！她倒要看看，他们能给她设下多大的麻烦！

不过赵佳晴找遍了出团名单，也没找到那位实习生的名字。也是，实习生不算是客人，应该是编外吧？

于是她就更好奇了……

很快到了出团的那天，在机场开说明会的时候，待赵佳晴把所有注意须知都说完了，把分房名单也敲定好了之后，一个人施施然地出现，抢走了她手中所有护照，说："我去换登机牌。"

赵佳晴跟遇见鬼似的，当场就跳了起来："解、解煜凡！"

解大少爷怎么会在这里？！

解煜凡对她笑了笑，轻轻眨了眨眼睛："我就是需要你带领教导的实习生。这一路，请多指教！"

虽然解大少爷贵族习气仍在，但做起实习生还是蛮拼的，护照被他按照出团名单排列，管理得井井有条。而比起她来，这一团的客人，明显对于他有更多信任——无论男女老少，都愿意多瞧他一眼，甚至有位阿姨级的客人满眼放光地上下打量着解煜凡，啧啧赞叹："小解，有女朋友吗？我闺女可俊……"

解煜凡笑了笑打断她接下来的话："谢谢阿姨，我有女朋友的。"

阿姨身边的老伴摸着秃顶连连点头："也是，这么好的小伙子没对象才稀奇了。"

他有女朋友？赵佳晴当时就好像被一道霹雳从头劈到脚：是谁？她怎么不知道？

解煜凡的领队素养相当专业，他不卑不亢，声音不高，但每一句话都很有分量，他说话的尺度掌握得很好，既让客人信服而听从，又不会让人觉得傲慢。

换好了登机牌，解煜凡带着大家托运好了行李，再一起排队过安检。在登机口等待登机的时候，解煜凡没有跟那群人排队，而是拉扯住了赵佳晴，在她耳边低语道："早晚都是要上飞机的，何必着急？"然后伸手递给她一张登机牌。

她想了想觉得也对，于是在大部分客人都进去之后才去检票，然后按照登机牌上标记的座位找啊找啊……就找到了头等舱的位置……

头等舱靠窗，她刚呆呆地站好，身后解煜凡就走过来了，他把随身带着的行李放了上层行李舱，拍拍她的肩膀："坐啊，想什么呢？"

"打错位置了吧？"赵佳晴看了看十分宽敞的空间，过道的这一侧座位只有他们两个人，拉上帘子就好像是个单间似的。

"没错啊。"他看了看她的登机牌，按住她的肩膀把她压在了座位里，"刚才打登机牌的时候，航空公司说给我们俩免费升级了。"

"真的假的？"她将信将疑。

"登机牌做不了假吧？"他坐在了她身边，手很自然地覆在她的手上，"放心，不会有人找过来让你挪位置的。"

解煜凡果然没说错，从飞机起飞到降落，确实没人跟她抢这个头等舱的位置，她很开心地吃到了头等舱专享的牛排套餐，和她在经济舱里吃到的简餐简直是天壤之别！乘务员还会经常询问需求，贴心地把小毯子主动为她盖上……她感动得简直要流泪了！

飞机里的空调有些凉，而盖上毯子就暖和多了，她把座位尽可能地调平，蜷曲起身子，侧躺在椅子上，随着飞机的上下颠簸，慢慢合上双眼，沉沉睡去。

再睁开眼的时候，他看到解煜凡也同样侧躺在座位上，一手垫在头下，含着笑意望着她。她微微愣神，他也没有说话，仍是那样注视着她，一双眼睛亮晶晶的，好像浩瀚星空中最闪亮的星星，灿烂无双，惊世绝艳。

他们的脸距离很近，她可以很清楚地看见他脸上微小的表情和细节，他的睫毛长长的，白皙的肌肤光滑无瑕，左边眼角处有一颗小小的泪痣，她以前竟然都没发现。

这是她第一次如此近距离地观察他。

说实话，经得起如此近距离端详的美男子真是不多，以前赵佳晴觉得解煜凡的皮肤太好，像是打了粉底一样，今天近距离一看，发觉这世上真的存在素颜也有眉目如画、肤如凝脂的美色。五官搭配得挑不出任何毛病不说，那双他曾经跟她强调了好几次是内双的凤眼，眼角微微向上挑起一点弧度，让这张脸从英俊又上升到一个层次——高贵。

是的，这张脸俊得透着一股高贵之气，这双眼睛绝对功不可没，它们睥睨天下，俯瞰苍生，总有点居高临下冷眼旁观这烟火世俗的意思。这双眼睛生得很是超脱世外，上学的时候并不明显，他在社会上历练一番之后，这双眼的犀利锋芒略微淡了些，但那种清冷孤傲越发显露出来了。

他们两个人就这样互相看着，解煜凡的眼波温柔，好像热带海洋清澈水波中纠缠的水草，将她包裹其中，越缠越紧，密密地织成一张网。

她没有回避他的目光，也不想躲开，她也这样回望着他，然后他微微起身，更近地靠过来，他的气息就那么迎面扑过来，她屏住气息，一阵紧张，看着他的唇朝她覆盖过来。

他难道是……要吻她？

可他来不及更靠近，忽然飞机一阵剧烈颠簸，他忙伸出一只手盖在她的后背上。

耳边传来乘务员温柔的声音："飞机因气流颠簸，卫生间暂停使用，请大家回到座位，系好安全带。"

赵佳晴有点紧张地收起座椅，解煜凡也调好座椅，先帮她把安全带系上，然后才系好自己的。

他握住她的手，低声说："没事的。"

被他握着手，赵佳晴觉得一颗紧张的心定了下来，脑子里胡思乱想的惊悚电影情节画面也渐渐淡下去。过了一会儿，飞机平稳了很多，而他仍是握着她的手，没有放开。

赵佳晴从下飞机到过关，一直心事重重，虽然做落地签证有解煜凡全程包揽完全不需要她操心，但她看着这个忙碌有型的男子，在心底里生出疑问：

这人，真的是我从前认识的好哥们儿解煜凡吗？如果是，为什么以前她对他没有如此怦然心跳的感觉？

赵佳晴就这样心事重重地出了泰国机场，一位皮肤黝黑的男子来接他们，来人是地接导游的小弟，一口很不标准的汉语要很仔细地听才能听出来他在讲什么。小弟带他们上了大巴，却见到一位酥胸高耸的美艳女郎，这位正是导游。

赵佳晴看了看出团通知，疑惑地问道："导游不是阿飞哥吗？这上面写的明明是男的……"

女郎对她嫣然一笑，声音却是粗的："我就是阿飞哥啦……信息更新得不及时真不好意思，现在我是女生了，是今年年初做的哦！"

赵佳晴脑门上当时就冒出汗了，默默地给东南亚操作经理发了条微信更正导游信息……

阿飞哥的性别不是问题，他的汉语很好，据说爷爷是华人，在这里生活了三代，早已融入了这个国家。他幽默风趣又熟知景点，旅游团抵达曼谷的时候已经是十点钟，他给各位客人安排好了住宿，说第二天早上回来接大家。

很奇怪的是，赵佳晴和解煜凡并没有和客人住在同一家酒店，而是被带上了大巴车继续开了半个小时左右，在一处灯火辉煌的建筑前停下，阿飞哥带着他们两人进了酒店大堂。

酒店大堂举架约有五米多高，巨大的欧式水晶吊灯错落玲珑，美得像一件举世无双的艺术品，大理石地面亮得几乎可以映出人的影子，高挑漂亮的服务员走过来满脸堆笑，开口就是流利的汉语："赵佳晴小姐是吗？二位请跟我来。"

阿飞哥对他们两人抛媚眼飞吻："二位好好睡一觉，明早我来接你们！"

赵佳晴走在如此美轮美奂的酒店里，忽然有种进了皇宫的感觉，她的行李箱早已经被行李小弟殷勤地拖走，解煜凡帮她背着背包，不时转过头来看她，脸上带着微微的笑意。

他们从后门走出了酒店大堂，上了酒店的电瓶车，夜色之中，电瓶车悄无声息地在热带树林之中穿梭，好像在丛林中探险一般，昏暗的路灯将四处装点得神秘莫测，不时传来几声鸟鸣，湿润的空气呼吸在胸腔里，满是花草的气息。

电瓶车在一处别墅门口停下，服务员非常礼貌地双手合十，微笑说道：
"二位晚安。"

解煜凡用手中的房卡轻轻刷了一下大门，门应声而开，赵佳晴还在
发着呆，他伸手把她拉进了门。

灯亮了，好一幢温馨豪华的别墅！

别墅只有一层，以金黄色为主色调，客厅黑色的真皮沙发上铺着金
色的绸缎，茶几上摆着一只满满都是热带水果的果篮，客厅是通透的落地
窗，正中间的大玻璃门敞开着，徐徐的夜风带着热带雨林的草木香气扑进
来。撩起洁白的窗帘，赵佳晴拨开窗帘走出去，毫无阻碍地走出玻璃门，
脚下是十分舒服的纯木质地板，一潭幽静清澈的泳池映入眼帘，泳池边栽
着热带植物，这些高低错落的植物充满了整个庭院，不知名的藤蔓爬上了
四面的墙，是一处私密性很强的小别墅。

泳池旁边摆着一张双人躺椅，她立刻就知道了这是一栋情侣蜜月别
墅。

如果是情侣别墅的话……即使面积再大……但卧室只有一间！而且，
必定是大床房！

她有点慌张地走回了客厅，朝那间卧室走去——仍是温馨又奢华的
金黄色，超级大的红色真皮圆床，铺着雪白雪白的床单和被子，被子上铺
着金色的绸缎，还洒了酒红色的玫瑰花瓣！

卧室的灯光昏暗暧昧，她抬眼看见屋内的吧台，解煜凡正优哉游哉
地不知什么时候打开了一瓶红酒倒在水晶杯中，对着昏黄的台灯摇着杯子，
认真地盯着杯中的酒液，他的侧脸被灯光映出了一圈光晕，勾勒出立体的
剪影。

　　她从来就不知道，解煜凡的侧脸原来这么完美，他的鼻梁竟然如此高挺，就连嘴唇翘起的弧度都那么好看，他专注于一件事情的样子更是性感得一塌糊涂。这一刻，她彻底明白了为什么凌雯那些年一直对他有执念，纵然他冷若冰霜，美人如花隔云端，但这番气质美貌，即便跨越了万水千山，只看一眼，也觉得此生无憾。

　　她忽然感觉到口干舌燥，视线一扫，发觉卧室里的卫生间，是全透明敞开式的……全透明的……在里面刷牙洗脸上厕所洗澡……外面都一览无遗！！！

　　什么鬼！为什么要住情侣别墅！这么大的别墅只有一室一厅，岂不是太浪费了吗？！然而转念一想……这是情侣别墅啊……做出两个卧室才是浪费了！错的不是情侣别墅，是他们俩才对！

　　"佳晴，"解煜凡轻啜了一口红酒后，脸上似乎涌上一抹红晕，他举起手中的酒杯，"过来。"

　　她好像被灌了迷药似的走了过去，坐在吧椅上，看他为自己倒了一点红酒："这酒不错，你尝尝看。"

　　她鬼使神差地一口全喝干了，酒液经过麻木的舌头被灌入喉咙，她什么味道都没品出来。

　　"呀。"他不由得惊呼一声，却也微笑了，"渴了是不是？怪我怪我。"说着，他从一边的冰箱里取出一杯满是泰文的果汁打开递给她。

　　她一口气喝掉半瓶，终于回了神。

　　"解大少爷……我们……"她小心翼翼地说道，"今天要住在这里？"

　　他微微愣了一下，眼中满是温柔："是不是有些不方便？对不起啊，阿飞哥说客房满了，只能在这里将就一晚。你别介意，我会睡客厅的。"

　　赵佳晴回头看了一眼那十分骚包的红色大床，心想：其实这么大的床，他们俩完全睡得下，完全可以井水不犯河水地过一晚……

解煜凡在她耳边低笑："还是……我们俩一起睡？"

"不要！"她猛地回头，"不可以！"

他的笑容愣在脸上，然后自嘲地笑了一下转过头，不知怎的，脸上有让人心疼的一点哀伤："我开玩笑的。赵佳晴，你不用这么提防我吧。"

赵佳晴说完就后悔了，而看到解煜凡这个样子，她觉得自己的心尖儿上好像被一根绳狠狠地抽打了似的疼："少爷，对不起，我不是那个意思……"

解煜凡抬起头，脸上满是没正经的笑意："就算你应该提防，我也不是那么不负责的人呀！最多，我不要你付钱养我了行吗？免费赠送，你买不了吃亏买不了上当对吧？"

赵佳晴忍不住笑了起来："你说真的啊？真不要钱了啊？你不要钱我就真考虑一下。"

他眼中好像被点燃了光芒一样："是啊是啊！你好好考虑一下！"

别说，解煜凡的条件还真挺诱人的，一分钱不花就把这样的美男抱回家……真是天上掉馅饼！那么今天晚上……她也不用提防了，反正他也应该就是她的人了不是吗，在没有其他人竞标之前得马上拿下别等他反悔……这笔账怎么算也不亏……

哎，等一下……

赵佳晴使劲儿地敲着脑袋：这都是什么乱七八糟的！她怎么好像被洗脑了似的！一定是这别墅环境太好、气氛太暧昧、酒太怪异！

正这么合计着，解煜凡又给她倒了一杯红酒，他举起酒杯跟她碰了一下："希望以后的十年、二十年、四十年、六十年之后，我们还能在一起这样喝着酒。"

她笑了起来：“六十年之后我们都八十多了，哪能活那么久啊……”

他没笑，而是蛮认真地说道：“这杯要干杯哦。”

她点头，仰脖而尽。

两人就这么一边聊着天，一边喝着酒，不知不觉，一瓶酒就喝光了。

赵佳晴觉得有些头晕，再看解煜凡的时候，觉得他头顶的光圈更耀眼了，整个人好像从童话故事里走出来拯救她苦闷单身生活的王子一样。她眼巴巴地看着他的嘴唇，特别想他亲她一下，王子只要亲她一下，她就能从单身狗变回幸福的公主了。

“汪。”想到这里，赵佳晴傻笑了，用手握成个狗爪子的样子在脸旁边挥了挥。

“你卖什么萌啊。”解煜凡无奈地看着她，“是不是喝多了？”

她朝他噘起了小嘴。

解煜凡愣住了，不敢置信地看着她。

赵佳晴嘿嘿地傻笑着耍酒疯：“王子殿下，解大帅哥，你亲我一下好不？”

他的眸色在一瞬间深了起来，他认真地看着她，脸慢慢靠近过来。她仰着头闭着眼，满心期待地等着这个吻，她能感觉到他急促的呼吸迎面而来，但等了许久，却仍是等不来这个吻。

不但没有等到他的吻，她整个人反倒被他从吧椅上拉下来，粗暴地摔在了红色的大圆床上，解煜凡干脆利落地做完这些就头也不回地走出房间，留下一句话：“你喝醉了，快睡觉！”

之后是果断决绝的摔门声。

她一时间有点傻，但是酒精的作用让她天旋地转，很快她就把自己埋在被褥之中睡着了。

第二天早上, 赵佳晴是自己醒的, 她舒服地伸了个懒腰, 觉得整个人都清爽极了。然后她走下床, 刷了个牙, 洗了个澡, 穿着睡衣走出来坐在床上擦头发的时候, 这才想起了昨晚的事情。

她虽然醉了, 但那些她都记得!

她记得自己恬不知耻地主动索吻, 也记得她被解煜凡狠狠地拒绝了, 然后她想到了《金瓶梅》里的一句话: 风流茶说合, 酒是色媒人。

昨天晚上好一出潘金莲醉诱西门庆的戏, 然而很可惜, 奈何西门大官人……是武松附体, 眼睛里认得嫂嫂, 拳头可不认得嫂嫂哟!

她、被、狠、狠、地、拒、绝、了!

她还提防人家呢! 提防个毛线啊! 她主动送上门人家都不要! 可正应了以前解煜凡说她的那句话: 说得好像谁肯毁你似的。

可还真是这样, 就算她在那种情境下做到那一步了, 解煜凡也是本心未乱, 没越雷池一步。或许, 不是因为他多君子, 而是她根本就没有吸引他的魅力。

她想到这里, 一颗心都凉透了。

她还想攒钱跟解煜凡好好过日子凑合凑合呢……做什么美梦啊! 以解煜凡的条件, 要什么样的富婆没有! 非要跟她这样的烧火丫头? 他平时那些玩笑, 是她不正常才会当真! 解煜凡一直当她是哥们儿, 她是色迷心窍才会以为他真的会爱上她!

赵佳晴在心里把自己骂了第一百遍的时候, 忽然响起了敲门声: "佳晴, 我可以进来吗?"

解大少爷这是怎么了……最近对她的称呼也有些古怪了呢? 她胡思乱想了一会儿忙应答道: "可以! 进来吧!"

解煜凡也穿着一身睡衣，用毛巾擦着头发上的水，他没有看她，微微低着头："我刚才游了个泳，有点累，能让我用下卫生间冲个凉吗？"

"好的！当然可以！"她忙站起来给他腾地方，退着出了房间关上门，"不着急，你慢慢洗！"

然后赵佳晴一个人坐在客厅里，对着外面明媚的阳光，看着门外黄灿灿的鸡蛋花一朵-朵地落在泳池里，溅起一丝丝的波澜。

她看着外面无限的热带美景，眼泪竟然不争气地落下来，她一边狠狠地擦掉一边在心里骂：浑蛋解煜凡，老子竟然真的喜欢上你了。

过了没多久，解煜凡从卧室走了出来，头上顶着洁白的毛巾，似乎是嫌滴下来的水很麻烦，他擦水的动作有些粗暴。赵佳晴的圣母心又泛滥了，站起来接过他手里的毛巾："我给你擦吧。"

他看她一眼，没说话，安静地坐在沙发上，任由她手法温柔地把他头发一缕一缕地擦干，又用梳子梳好，弄好之后，赵佳晴把镜子放在他面前："怎么样？还用电吹风吹一吹吗？"

他的黑发真是漂亮，在阳光下闪着亮晶晶的光，让她忍不住想摸一摸。

解煜凡拨开了她的手，抬眼看她："不用了。"

她有点尴尬地放下镜子，却也不知道接下来该说什么。

今天的解煜凡全身有一股外人勿近的寒气，明明前几天都还很温柔，今天到底是怎么了？

哦，对了，因为她昨天喝多了，对他说了不该说的话。明明是好朋友，她却把玩笑挑明了，她做得太没底线，唐突了他，让他讨厌，所以今天才会这样吗？

他没再看她，站起身来背对着她翻箱子："赵佳晴，你换下衣服，我们去吃早餐。"

她默默地回了房间，心里很不是滋味。

早餐异常精彩，各种见过的没见过的热带水果摆了一长桌子，更别说极富泰国风情的冬阴功汤、青木瓜沙拉、香煎鱼饼、咖喱炒蟹、菠萝饭和各式各样的海鲜，丰盛得几乎不像早餐。

赵佳晴也饿了，此时化失恋的悲愤为力量好一顿风卷残云，吃了几大盘子之后，她发觉解煜凡还是挑着自己盘子里的那几根面条，就连旁边的咖啡都没喝几口。

"少爷，今天怎么吃这么少呢？"她忍不住问道。

解煜凡挑着面条的筷子滞了一下："没意思，不想吃。"

他的少爷习气又回来了，身上那股子懒劲儿快快不乐似的，明明恨得人牙痒痒，但就是讨厌不起来。

就连他这副爱答不理的死样子，赵佳晴都觉得帅得太有性格了，她一边花痴一边在心里骂自己：你怎么这么贱！人家少爷看都不肯多看你一眼，你还这么向着他！

解煜凡继续说话了："今天就不走行程了吧。就在这酒店里待一天，明天再说。"

说完话，他起身，头也不回地先走了。

赵佳晴屁颠屁颠地跟在他身后回了别墅，看见解煜凡一个人坐在私家泳池边上晒着太阳，手里捧着一本书，久久也不翻页。

她本想晾着他，却仍是忍不住又跟过去，坐在他身边，没事找事地问："你看的是什么书啊？"

他"啪"的一声合上了书本，随手就把书丢在了地上："你让我自己待一会儿行不行？"

她被他吼得愣了，眼睛里有热乎乎的泪水涌上来，她生怕在他面前哭出来，低下头小声说道："对不起。"

然后飞速回了卧室锁上了门。

她委屈地在屋里哭了一会儿，觉得自己再继续这样憋在屋里早晚会疯，于是又从屋里出来，看一眼落地窗外，解煜凡还在躺椅上呢，就悄悄开了门，自己溜出去了。

在外面逛了逛才发现，这家酒店真是太大了。酒店本身就好像是一个巨大的热带雨林似的，各种热带植物遍布其中，像他们这样的别墅好像只有一间，其他的很多是联排别墅，虽然也有私家泳池，但却不如她所住的那幢私密。在咖啡馆坐着的时候她遇到了一个中国男子，对方跟她谈了一些关于这家酒店的事情，听说她住在蜜月别墅，他面露惊讶之色："在这样的旅游旺季，一晚三十万人民币都很难订的别墅房……小姐你男朋友，可不止是有钱而已吧？"

有钱？呵呵。男朋友？呵呵。

赵佳晴一听到这几个词，眼泪就掉了下来："他不是我男朋友……我什么也不是……"

男子脸上马上露出了然的表情，他很体贴地拍着她的后背："我懂。这也没什么，女孩子，趁着青春美貌换点钱也是正常的。你看他都肯抽时间来这里与你浪漫，不怕老婆介意，表示对你还是有感情的啦……"

她哭得更厉害了："我……我不是被包养的小三……"

对方揽着她的肩膀安慰："嗯嗯……你不是你不是……好啦好啦……"

她正哭着呢，后面忽然传来冷冷的一声呵斥："放开她。"声音不大也不高，但不知为什么，听在耳朵里莫名地渗出一丝冷意来。

然后"砰"的一声巨响，她身边的男子连人带座椅一起倒在了地上，她回头望去，不知道什么时候，解煜凡站在那里，紧紧地攥着拳头。

那男的被打了一拳就起不来了，解煜凡无视周遭的尖叫和议论，一言不发地拉她的手就走。

他一路拉扯着她回了别墅，把她摔进了沙发里，周身好像环绕着无法接近的火焰一般，冷冷地看着她："赵佳晴，几年不见你泡男人的本事长进了啊？梨花带雨很会哭吗？说什么凌雯擅长这招，我看你也不赖啊，心机玩得一套一套的，我是不是太小瞧你了？"

赵佳晴被他这样的言辞刺痛了，她的怒火马上就上来了："解煜凡！你闭嘴！我这样还不都是因为你！"

他站在她面前，垂下眼帘冷冰冰地瞧她："哟？出去钓男人不成还怪上我了？怎么，我碍着你找高帅富了吗？"

她气得要炸了，眼泪噼里啪啦地掉下来："解煜凡！你这个浑蛋！你……你凭什么这么说我！你不理我，我还不能跟别人说话吗？你算老几？你管得着吗！这里这么多人，我爱找谁找谁，碍着你什么了？你凭什么？"

他眼中暗暗流淌着深不见底的波澜，冷笑一声："哼。你还有理了？这还没结婚呢，你出去招蜂引蝶还在这儿跟我闹，要是结了婚，你是不是准备一打绿帽子给我戴啊？"

"谁要跟你结婚？我给谁戴绿帽子关你什么事？我就问你，我想找谁，你有资格管吗？你管得着吗？"

"赵佳晴……"解煜凡咬牙瞪她，"你别逼我……"

"我逼你怎么了？你这个浑蛋从过去到现在除了欺负我还有什么本事？你不喜欢我就别招惹我！别跟我开那些有的没的玩笑！我不是你！我玩不起！你别拿跟别的女孩子那套暧昧来跟我玩！我不是——"

　　她话还没说完，整个人已经被解煜凡推倒在沙发上，一起倒在沙发上的还有他。

　　解煜凡把她压在身下，双手按住了她的手："赵佳晴！谁说我是玩玩的？谁说我跟你开玩笑了？"

　　她还想反击，而他炽热的唇已经紧紧地盖住了她的。她瞪大了眼睛，看着眼前近在咫尺的解煜凡，脑中一片空白。

　　明明是那样愤怒的举动，可这个吻却是温柔的。解煜凡很认真很投入，他把她搂在怀里，细细地吻着她，她睁开眼偷看他的表情，想到高二那年他坐在她对面，全情投入地做一道数学题。她没有想到，六年后的某天，她成了他的数学题，被他仔细拆解，温柔分析，最后攻城略地化作满地温柔，得出了一个答案。

　　"赵佳晴，我喜欢你。"一吻终了，他的头抵着她的，"如果哪一天我疯了，那一定是你害的。"

　　"骗人……"她想起因为他受的委屈，"你早上还不理我……"

　　"赵佳晴，我警告你，你要是再摆出这样的表情，我真的……真的要熟人作案了。"他叹息一声，"昨天晚上我差一点控制不住，你说如果发生了，我一世清白岂不是不保了？我以前跟你夸下的海口不都是撒谎了？我这么大的便宜就这么被你捡了？"

　　"你……"赵佳晴推着他的胸膛，"能不能先起来？我被你压得……腿有点麻。"

　　解煜凡有点不好意思了，他连忙起身坐在她身边，两只手规规矩矩地放在膝盖上："那个……对不起啊。不过赵佳晴啊，我们俩的事儿，你觉得……怎么样？"

　　她有点想笑，却忍住了："什么怎么样？"

　　"我初吻都给你了，你可别说这种不负责任的话啊。就我们俩……
高三暑假那年说的话，还算不算？"

　　赵佳晴的脸立马就红了："那个前提条件不是如果我没人要……才
跟你凑合过的吗？"

　　"赵佳晴，我把话撂这儿。要是有人敢要你，来一个，我打一个，
来两个，我揍一双。我打到没人敢要你为止。赵佳晴，做人要厚道，你不
能说话不算数。"

　　"解煜凡，你不讲理。"

　　"我讲理就不是解煜凡了，反正今天……已经这样了。我没退路了，
我觉得你应该也是喜欢我的，你不喜欢我才有鬼了，我这么好。对吧？"

　　"解煜凡，你不要脸。"

　　"你不要我，你瞎。我会等到你重获光明的那天。"

　　"回去领证吧。"

　　"我不会放弃的。哎，你说什么？"

　　赵佳晴用手捂住了脸，不敢看他："回去找个好日子领证吧。按你
昨晚说的价来，我可没钱啊，是你自己免费送给我的。"

　　下一秒，解煜凡的臂弯已经紧紧地抱住了她："佳晴，赵佳晴！你
之前问我的那个问题我也想好了，我这辈子都不会离开你！"

　　她把脸埋在他胸口，小声地说："解煜凡，你个浑蛋，我为什么会
喜欢你……"

　　他抱紧她，试探地问道："那个……既然定好了回去领证……我能
不能……能不能预先支取一下我的权利？你看今天天气那么好我们去房间
好好谈一谈人生的奥义……哎哟！"

　　赵佳晴一拳捣在他胸口："滚！"

　　有些人生的奥义，还是留在领了证之后探讨比较好。

　　赵佳晴自己也没想到，两人从朋友转换成情侣的关系竟然那么自然，本来他们两个人就很熟，平日里默契得就好像老夫老妻一样，而关系变成情侣之后，原先从精神上的契合很快就不能跟上潮流了，他们俩每天都腻歪在一起，这次带团，简直成了蜜月之旅了。

　　比如在大皇宫里，两人才牵手取了香花手串，解煜凡亲手给她戴上，之后很自然地把她的手放在自己唇边亲了亲，亲完似乎还有点意犹未尽，就把她拉到怀里吻了吻。

　　就连阿飞哥都看不过去了，粗嘎的声音配上妖娆的身材："喂喂，这里是大皇宫！短裙都不能穿的圣地，这么多人看着呢，你们俩就不能注意点？"

　　解煜凡爱理不理地白他一眼，拉着赵佳晴往外走："我们出去行吗？"

　　阿飞哥在后面气得跺脚："既然这么黏着为什么还退了情侣房换成两间卧房的套房啊！赶紧把事儿办了算了！"

　　赵佳晴被这么说脸上很是挂不住，低着头红着脸甩开解煜凡的手："注意点影响……"

　　解煜凡咬牙道："回国！结婚！"

第四章
你负责赚钱养家，
我负责貌美如花

RUGUO ZONGHUIZAIYIQI
WANDIAN MEIGUANXI

　　还真就像解煜凡说的那样，两人回了盛阳之后就开始筹划婚事。解煜凡这边，母亲早亡，父亲也在几年前去世，他跟继母和弟弟已经几乎没有了来往，没什么需要商量的人。两人的婚事，就只需要赵佳晴的母亲何舒萍点头了。

　　"我记得你妈不太喜欢我。"解煜凡的表情很是凝重，"她的话，你一向最听从的。"

　　赵佳晴也面露难色："她不喜欢你这事儿还算其次，主要是我妈对我期待很高，这些年我断断续续欠她十来万，她说我得跟未来的老公一起还。我的房贷和你的房贷，再加上这十来万……咱俩也不用过日子了。"

　　解煜凡看了看她："确切是多少钱？我就算借钱也要给你赎身。"

　　赎身？这话讲得好像赵佳晴是青楼里的花魁，在自己的小窝里跟情郎研究怎么算计鸨母似的……

　　"十……八万吧大概。"她摇头，"毕竟是我妈，她也就是说说，你犯不着因为这个跟外人借钱。"

　　"就算不是赎身钱，也算是彩礼钱。"解煜凡揉着她的头发笑了笑，

"钱你不必担心，我还有几个朋友。只是你妈那边，你得把她思想工作做好了。什么时候需要我去，我肯定不遗余力。"

"我明天就跟我妈预热，你等我电话吧。"赵佳晴深深吸了一口气，在心里想：希望妈妈开恩，一切顺利。

第二天，赵佳晴回家跟妈妈吃了一顿饭。吃完饭，她很狗腿地洗了碗，又殷勤地为妈妈削了苹果，何舒萍接了苹果，微微一笑："佳佳，你是不是有事？"

赵佳晴笑得心虚："妈，我挺长时间没跟你吃饭了，想你了嘛。"

"别跟我扯没用的。我一把屎一把尿拉扯你到二十五，我太了解你了。少废话，说吧，要多少？"

"妈，不是钱的事儿……"

"那是谁借钱？"

"不是……那个……"赵佳晴干笑一声，"妈，你还记得我高中同学解煜凡吗？"

何舒萍瞪了瞪眼睛，这时候手机响了，她叹息一声想去看，却被赵佳晴按住了。

"妈，是解煜凡……"

"他要借多少？我跟你说啊，你这房子是我给你装修的，现在我手里可没钱。"

"不是借钱。"

"那干吗？"

"结婚。"

何舒萍闷了大概三十秒，终于挤出了一个笑容"哟，这臭小子不借钱，是跟我来要闺女的啊？"

"妈，我是真心喜欢他的。"

"别来这套。我看你是被那小子的俊皮囊给搞蒙了，我不管是解煜凡还是张煜凡，你知道你妈我的规矩，你上高中的十万块，大学的五万块，加上你新房的首付和装修钱，一共二十五万，你找他要。"

二十五万，她之前预计得还少了。赵佳晴硬着头皮："妈，结婚后我们俩慢慢还你行不？"

"不行。"何舒萍斩钉截铁，"现款一次性结清，不成就赶紧分手，别耽误了我闺女。"

"妈，我们俩现在真的感情好，也是想跟对方过一辈子的，你就点头答应吧……"

"你是想跟他过一辈子，他呢？我就问问你，你当年转学之后多少年没见他了？"

"……六年。"

"你再见到他跟他处对象处了多久？"

"一个月零一周。"

"六年不见了，他现在是什么人你根本不了解！其实你跟他不过是认识一个多月而已，一个多月就想结婚？你不怕他把你卖了？"

"妈，别这样。我想跟他结婚，我满脑子想的都是他，我就想跟他在一起。解煜凡这个人我是了解的，他不是那种欺骗人心的人，他特清高……他怎么看上我了我都没想明白，我本以为他看不上我呢……"

"放屁！你还配不上他不成？"何舒萍在她额头敲了一记，"你是我养大的闺女，你比别人家的姑娘都好！这小子可是太有心眼了！"

这话……算不算是妈妈第一次夸她？从小到大妈妈都没表扬过她

啊！

"可是……妈，我越来越喜欢他了，也觉得现在根本离不了他。我和他真的足够了解了，你就让我们结婚吧……"

"那我也不跟你谈什么爱情啊、价值观啊、性格啊、属相啊和星座，只要你们能一次性拿出二十五万，二十万也行，我就把户口本交出来让你们去登记。"

"这……"赵佳晴没想到妈妈拒绝得如此彻底，咬着嘴唇想接下来该怎么说。

见她不说话，何舒萍就拿过手机看了看，只见一条未读短信，点开之后——

"尾号为××的××银行账户向您尾号××的银行账户转账人民币500,000元，您的账户余额为……"

何舒萍愣了愣，然后咬牙笑了："这小子真是铁了心要买我女儿啊……"

赵佳晴瞄到了母亲手机上的短信，也不由得一惊，在心里她就骂开了：解煜凡你个浑球儿，你跟人借了这么多钱！以后不还是得我辛辛苦苦地还？

"妈……"她小声地说道。

何舒萍看了她一眼，忽然就苦笑了："女大不中留啊……好吧。"说着，她去里屋翻腾了一会儿，拿出一个红棕色的本子丢给她，"既然你那么想嫁给他，结婚去吧。"

赵佳晴欢天喜地地接过了户口本，抱在怀里乐得不行，何舒萍又开口了："佳佳，结了婚再离，可就是二婚了。想再找，就得降一格标准。妈妈不想你后悔。"

赵佳晴沉默了几秒钟，抬起头对妈妈微笑了一下："妈，如果我真跟他分了，你觉得我还能看上别人吗？跟他离了，我也不找了。运气好我就带着个漂亮聪明的孩子自己养着，运气不好我就一个人过，还能总陪在你身边，也不错。"

何舒萍觉得自己的眼睛有点热，就转过头去笑了："成。既然你都已经想好了，那就去吧！能跟他过几天就过几天，好好过，要特别开心，什么乱七八糟的也别想。就算以后没缘分在一起，这段日子也不后悔。"

何舒萍慢慢地说出了这些话，她像是在说给女儿听，又好像在说给自己听。

娘俩正在聊着，门铃忽然响了。赵佳晴去开门，却在门镜里看到了一位怦然心动的帅哥。她忙打开门，低声对解煜凡说："我也没给你打电话，你怎么就来了？"

解煜凡对她笑笑："我怎么也得过来跟我岳母打个招呼。"

何舒萍这时候也走出来了："是谁啊？"然后她就看见了门口的解煜凡愣了一愣，便笑了，"是你啊，这几年变得更好看了，怪不得我闺女跟被喂了迷药似的。来来来，都是一家人了，进来吧，也别穿拖鞋了，又不是外人。"

赵佳晴忍不住腹诽：妈你是多不待见这个女婿，连拖鞋都不给拿！

解煜凡也完全不以为意，他笑容满面地进了门，在玄关处给何舒萍深深鞠了一躬："阿姨好！这几年不见，阿姨也更漂亮了。"

"这孩子说假话脸不红心不跳的，这么擅长瞎掰，以后我闺女被你卖了还不得给你数钱哪？"

解煜凡脱了鞋，穿着洁白的袜子站在地板上，脸上的笑容未有丝毫松懈："我怎么舍得呢？这个世界上与佳晴等价的东西，根本不存在。"

"可真能说。你一下子给我账户里打了五十万，真当我是卖闺女的？"

"哪里哪里，不过是彩礼钱和对阿姨培养出我深爱女人的感谢费而已，其实无论多少钱，也根本无法衡量佳晴在我心里的价值。"

"有你这张嘴，我觉得我闺女跟你过的这段时间应该不会屈着。虽然你现在能说会道，人也比以前更招风，但我还是觉得以前来我家的那个孩子善良单纯，解煜凡，我不信任你，但我闺女看上你了，我也没办法，如果哪天你始乱终弃，这五十万，我可绝不会退给你。"

"阿姨，这是我感谢您的，怎么可能跟您要回来？"

"哼。你们的婚礼我会参加，但是，婚宴的费用我不会付。因为娘家的亲戚除了我，都不会来。我不是针对你们，只是我不看好这场婚姻，我不想尽人皆知。"

"阿姨，这是您的选择，您不必对我们告知。婚宴大概在两个月后，到时候我们会通知您的。阿姨，您放心，我一定会让佳晴幸福。"解煜凡脸上自始至终都带着不卑不亢的微笑，明明他没有任何许诺的资本，却莫名地充满着一股"一切尽在掌握"的气场。虽然他现在穷得连生活费都要靠赵佳晴的接济，可是，他却有本事借来五十万给未来的岳母大人，还如此嚣张地放下话！

赵佳晴心里有一万匹草泥马跑过：浑蛋！你让我幸福的资本，不还是老娘我的钱！婚宴个毛线啊！她这个月工资还没拿到呢他还有脸定什么婚宴！

还有那五十万！她要怎么还啊！

何舒萍一向是铁齿铜牙不饶人，但几次为难解煜凡却完全不起效果，可有意思的是，她的脸色不但没有不好看，反而有几分轻松和悦，她笑了笑坐在沙发上："也行。你们要是真的能幸福，我可以考虑通知亲戚们。"

赵佳晴如释重负地呼出了一口气，握紧了手上的户口本：好了，这算是得到了母亲大人的首肯了。

解煜凡对何舒萍再次深鞠一躬："阿姨，谢谢您。谢谢您让佳晴来到我身边，明天我们就去民政局领证。"

明天?

赵佳晴在身后狠狠地捏了他一下："你都不跟我商量一下?"

从家里出来，赵佳晴还有点生解煜凡的气，可对方却心情很好的样子，握着她的手拦下一台出租车，不由分说地把她拉上车，对司机说："去城东植物园。"

他们两人在高二的时候曾经一起去玩过植物园，那年那天，赵佳晴在里面转了半个小时之后就拽着解煜凡去了旁边的游乐场。这是盛阳当年最大的游乐场，在那里，解煜凡被她逼着上了跳楼机，在跳楼机上，解煜凡狠狠地说："赵佳晴! 我跟你——恩、断、义、绝! "

现在想来，她还忍不住笑了出来。

解煜凡发现了她的微小表情，板起脸来问："你笑什么? "

"我想起来有个人在那里跟我说过'恩断义绝'。"

"你当时很开心吗? "

"我玩得很开心，看你要哭了的表情……也很开心。"

"我跟你说赵佳晴，这回你用什么招都不能让我再跟你上去了。"

"这个时间，游乐场应该还没关门，我们俩再上一次跳楼机。"

"我死都不跟你去! "

两个人说说笑笑，不知不觉就到了植物园门口，他们像上次一样，在植物园里转了一圈后，跳墙进了游乐场，只是当时跳墙很近，可以有选择地玩各种游戏，而现在游乐场早已经换了大股东，改成了通票制，跳墙的举动纯粹是怀旧。

可是游乐场里为什么空荡荡的一个人都没有？赵佳晴看了看表，这才下午五点钟，虽然游客大多也该回家了，可游乐场一直营业到零点，现在居然一个人都没有，连工作人员都看不见，但所有的游戏机器都在运转，这也太奇怪了！

说起来，这是那次之后赵佳晴第一次来游乐场，以前的跳楼机啊、海盗船啊、激流勇进啊、过山车啊那些刺激的游戏竟然都没有了，这让她不禁有一点小小的失落。

"想玩哪个，我陪你。"解煜凡今天眼波温柔，就只是看她一眼，都能把她融化掉了。

"被人抓住就不好了吧？"赵佳晴有点担心。

"不会的，放心吧。"说着，解煜凡把她拉到旋转木马前面，把她抱上了马，自己也骑上了她身边的一匹木马。两人手拉着手，他温柔地看着她，不一会儿，旋转木马就转动了起来，浪漫的灯光和音乐渐起，赵佳晴觉得整个世界都在跟着她旋转。

两个人玩够了旋转木马，手拉着手在游乐场里转悠的时候，赵佳晴的肚子很不合时宜地响了，解煜凡笑了："你看看我多粗心，走，我们去吃饭吧。"

说着，他指了指植物园旁边傲然屹立的兰花塔。这些年过去了，兰花塔却一直还在植物园旁边。这座塔高一百二十多米，形状好像一株含苞待放的空谷幽兰，是园里最土豪的景观，在上面可以俯瞰附近的美景，同时，登塔的费用也不菲。从前上学的时候，游览一次需要花费一百二十块钱，当时来玩的时候就是因为没带够钱，他们都没能登塔，成为当时唯一的遗憾。

"去那里吃饭？太贵了吧！"赵佳晴捂紧荷包，"我可没带钱！"

解煜凡宠溺地笑了，捏了捏她的脸："我认识这里的经理，不用花钱。"

她满腹狐疑地被他带进了塔里，发觉塔里竟然也是空无一人，平时收费的柜台里没有人，电梯处也没有验票的保安，他们俩就这么手牵着手走到电梯口，解煜凡随意地按了下按钮，电梯门应声而开。

进了电梯，三十秒后就到了顶部的旋转餐厅。

旋转餐厅，顾名思义就是塔顶处花苞形状的这一层可以缓慢旋转，在清透的落地窗边用餐时，窗外的景致不停变换，人们可以一圈又一圈地俯瞰这座城市的迷人景色。

刚一走进餐厅，赵佳晴就被这里考究的装修给惊了一下，虽然餐厅的装潢是极简风格，但无论是高档的大理石地面，还是精致的灯具，或是现代艺术气息浓厚的桌椅餐具，每一个细节都令人十分折服。这种心甘情愿的折服感就是，即使你花了五千块钱吃了一顿饭，你也觉得很值。

偌大的餐厅，一桌客人都没有，只有两个服务员，靠窗边的位置有几个，有一个最私密舒适，赵佳晴选择了那个，服务生当时就笑了："这位小姐太有眼力了，这个位置超级难订的。"

可是现在不也空着吗？！她在心里反驳说：弄得好像很了不起似的，其实还是客流稀少啊！

餐厅里的灯光很暗，也只有这样，才能更好地观赏窗外的美景，窗外时而高楼林立、车水马龙，时而高山峻岭望而生畏，好像从都市到原始森林的一场穿越，而他们是冷眼旁观世事炎凉的精灵。

晚餐是法式牛排，牛排煎得香嫩可口，配菜和甜品也都十分惊艳，不限量提供的冰激凌，赵佳晴吃了好几碗，忍不住问道："这冰激凌太好吃了，是哈根达斯吗？"

服务员微笑道："哈根达斯也比不上这个呢。"

赵佳晴吐了吐舌头，忍不住低声问对面的解煜凡："你认识这里的经理……关系很熟吧……"

他笑了："跟今天吃的牛排差不多。"

赵佳晴就有点蒙，她记得牛排是五分熟的，那岂不是……不太熟！？

见她脸色变了，解煜凡说道："我开玩笑的。放心吧，我朋友已经都安排好了。"

她这才稍微放宽心，正在喝着饮料，忽然四周昏暗的灯光一下子消失了！

一片漆黑！四周安静得一点声音都没有！

赵佳晴吓了一跳："解煜凡！解煜凡！停电了吗？你在哪里？"

没人回答，她心里就有点急，站起来摸索着桌子到了对面，可是对面的椅子上……是空的！没有人！

她声音都变了："解煜凡！你在哪里？！"

面前忽然有一束灯光打下来，灯光里笼罩的正是解煜凡，那犹如天神一般被光圈笼罩的解煜凡，单膝跪在地上，抬起头，漂亮的眼睛中好像闪着熠熠的光辉，像是整个星空银河的投影都落在了那深邃的双眸中似的。

他手中举着一枚戒指，微笑道："赵佳晴，嫁给我。"

赵佳晴看着光圈中神圣英俊的男子，当时就没出息地哭了出来。

她哽咽着说道："解煜凡，你这个浑球儿，你哪里来的钱买戒指，上面的钻还这么大，这么闪。"

解煜凡笑得百花盛开："是假的。我哪有钱买真的。"

她哭得更厉害了："浑蛋。求婚还买假的，你怎么不穷死。"

　　他把戒指举得高了一点："是啊，我指望你养我呢，从今以后，你负责赚钱养家，我负责貌美如花。"

　　赵佳晴把自己的手伸向他："浑蛋、小气鬼、软饭王……成交。"

　　他笑得眉眼弯弯的，像天上的月亮似的，他把戒指套在她的无名指上，这才站起来，却一个趔趄，一米八六的个子就这么倒在她身上，幸亏赵佳晴身子骨壮实，有点吃力地接住了他："你怎么了？"

　　解煜凡有点尴尬："跪久了……腿麻了……"

　　能不能有点出息！这还能干点啥！

　　虽然明知道他身无长物，虽然明知他要自己来养，虽然明知道这个世道赚钱很辛苦，但赵佳晴却想为了面前的这个人试一试。

　　也许未来的日子会很艰苦，但她有他一路相陪，他虽然暂时失业，但她相信他的能力与才气，她相信他们两个人一起努力，以后的日子会好起来的。

　　第二天两个人就去了民政局，民政局门口排着队，一对对的男女有结婚的，也有离婚的。赵佳晴今天才知道原来结婚和离婚是一个地方，就连照相的地方也是一样的。

　　因为人多，解煜凡又动用了他的人脉关系，他竟然在这里也有认识的人！找了人之后，他们只要把身份证户口本等材料都交上去，然后坐在一起拍张照片之后，就直接取出证来了。

　　两个人正等着取证呢，却看到解煜凡拜托的那位朋友满脸歉意地走过来："不好意思啊，机器坏了，明天做好了我给你们送去吧。"

　　解煜凡笑了笑："没事，明天好了你给我快递过去。"

　　那人把拍结婚照剩下的照片交给他们："你俩现在可是系统备案的

合法夫妻了啊，受《婚姻法》保护哦。"

　　赵佳晴接过了照片，看着红色背景上的一对新人，解煜凡冲着镜头微微笑着，她从来都没注意过，解煜凡竟然也能笑得如此纯良无邪，像个孩子似的。而她则微微把头靠在他肩膀的方向，看起来也小鸟依人，虽然不如解煜凡那么好看，但也蛮可爱。以局外人的眼光瞧，这对新人也是一对相称的璧人。

　　她把结婚照片放进了房间里的镜框，心里一时间还不能转换好角色，明明昨天还是单身美少女，今天怎么就变成已婚少妇了？

　　护照已经交给公司做了签证，解煜凡也会去，那么他们的蜜月，就应该是在欧洲度过了吧。这么想一想，她心里忽然生出了甜甜的欢喜和从未有过的期待。

　　她正在摆弄着手里的照片，身后有人温柔地环住了她，熟悉温暖的气息扑来，他的声音低沉沙哑："老婆。"

　　她转过身抱住他，在他脸颊上浅浅一吻，解煜凡却笑了，眼中有浓得化不开的深情："这样就想敷衍我？"

　　她也笑，刚想说话，却被他火热的唇覆盖住，一个令人目眩神迷的深吻不容拒绝地袭来，解煜凡认真而细致地吻着她，好像在描摹一幅工笔画。

　　赵佳晴觉得大脑一片空白，偌大的世界里，只有他一个人。

　　她被他压在大床上，一层层地被释放开来，解煜凡眸色深沉，在最后一层束缚也去掉的时候，他眼中划过一缕晶亮的光，整个人俯下身来细细密密地烙下一个一个的吻。

　　"我爱你。"他在她耳边低喃，魅惑得如同来自大洋深处的海妖。

　　她就在他的臂弯中沉沦下去，永远都不想再醒来。

第二天一早,当赵佳晴在解煜凡小屋的大床上醒来的时候,扑面而来的是美食的香气,她看见解煜凡在床上支好小桌,把好吃的饭菜一样一样地摆在上面,又在她额头吻了吻:"早安,亲爱的。"

他看着她,凝视了大概两秒钟,微微地挑起一个微笑:"谢谢你,让我的愿望成真了。"

赵佳晴抱住了他。

解煜凡,你知道吗?能和你这样幸福地生活在一起,也是我的愿望呢。连我都不知道,我是什么时候开始爱上了你,或许是这次久别重逢的见面,也或许在很久以前,我就已经有了这样的念头,只是我自己都不知道。

所以现在,我自己都不知道,我竟然这样爱你。

两人吃完了饭,就赖在床上休息,赵佳晴窝在解煜凡怀里絮絮叨叨个不停:"我每个月房贷要还两千多,每个月的收入还不能确定,虽然易总许诺了八千月薪,但难保凌雯那边不出什么幺蛾子……亲爱的,你的房贷每个月多少?我得好好算算,咱俩可得省着点过啊,我银行里的存款也不多了……"

解煜凡在她身后搂着她的腰,隔了一会儿才说:"不用担心这些的。我是男人,怎么会让你一个人支撑家用?"

"说好了是我养你嘛……你一时间还没有工作……"

"我很快就会回去工作了,我只是有点舍不得你,想多跟你在一起。如果可以,我真想一辈子和你赖在这里,该多好。"

"少爷,你懒病又犯了。"

"我只喜欢跟你懒。"

她就这样躺在他怀里渐渐睡去,她能感觉到他令人舒服的体温,他轻轻吻着她的头发，温柔而小心翼翼地揽着她的肩膀。她好像做了个梦，梦见自己回到了高中生涯，在熟悉的教室里，老师在讲台上讲着课，解煜凡坐在离她不远的地方，她用纸团打了他的肩膀一下，他回过头来看她，她悄悄地用口型问他：中午吃什么？

没想到解煜凡忽然站起来，在众目睽睽之下走到她的座位旁边，一时间，教室里的老师和同学都用惊讶的眼神看着她们。

"吃你，好吗？"他笑了笑，这笑容中有几分痞气，而这点点坏坏的气息，还在上学的解煜凡，是不会有的。

"别开玩……"她话还没说完，就被他拉起来搂在怀里，不容分说地把唇压住她的，真的就开始细细品尝起来……

朦胧中，吻还在继续，触感是那么的真实。

赵佳晴倏地睁开眼，一把推开吻她的解煜凡："能不能让我好好睡个觉！"

"呃，老婆醒啦？"

是的，她醒了，而且一时间还睡不着了，而这一切的始作俑者，就是解煜凡。

"今天天气多好，老婆，我们出去逛逛吧。"

好，逛就逛吧。

她和他去逛了超市，买了些生活必需品，又去菜市场买了菜，解煜凡买的全都是她最喜欢的菜，她忍不住问："你怎么知道我喜欢吃什么？"

他白她一眼："废话。你跟我吃了一年，我能不知道？说起这个……"他掐了掐她的脸，"赵佳晴，你还欠我饭钱呢。"

"别这么小气嘛。"

"算了，反正你都以身抵债了，这账就一笔勾销。赵佳晴你真是个小妖精，故意勾引我到手，是不是就想赖钱？"

"解大少爷，还我机票款。"

"我们是一家人嘛，什么钱不钱的，这么说真见外。"

"好哇，今天买菜的钱从你零用钱里扣。"

"老婆……我会去工作的，你再给我一点时间……"

两个人生活啊……果然是经济基础决定上层建筑，解煜凡这个落难王子遇到了赵佳晴这个无所不能的马里奥小姐，被从困境中拯救出来后，他不但以身相许，更是洗手作羹汤、烧菜、做饭、洗碗、擦地。在做完这些之后，两个人在沙发上看电视时，他为她按摩看电视看得酸痛的脖颈和肩膀，又因为今天她逛了市场，他捎带着又给她做了个足底按摩。

这在以前，是不可想象的！堂堂解大少爷会如此屈尊降贵为她服务，她何德何能值得他如此相待！于是她想了想，随手丢给他一百块钱。

解煜凡也很入戏，举着那一百块钱高过头顶，做膜拜状："谢老婆赏赐。"

这天晚上两人住在赵佳晴这边，房子虽然宽敞，但是床就显得略小了，两个人挤在床上，赵佳晴好像想起什么："解煜凡。"

"嗯？怎么不叫亲爱的或者老公呢？"

"你屋里的床为什么那么大？你不是一个人住吗？"

"是一个人啊，双人床是为你准备的。"

"你早知道我住这儿？你故意在这儿买个房子，就为了追我？"

"嗯。"

"你泡妞太下血本了吧！以后我们俩怎么还！"

"我认为相当值得。"

"你……"

"老婆，睡不睡？如果不睡的话，不如我们……"

"晚安！"

她迅速地关了床头的台灯，又躲回了解煜凡的怀抱，迎接她的是炽热的吻。解煜凡好像是一只设下陷阱等她自投罗网的蜘蛛精，他有惊人的美貌和超凡的智慧，不露痕迹地将她算计在盘丝洞中，最终让她身陷囹圄，不得挣脱。

这一切都是赵佳晴心甘情愿的，即便需要她担上很重的经济压力，她却仍甘之如饴。

她也想好了，就冲着解煜凡做菜的手艺，实在不行两个人开个小餐馆也是可以的，有他做大厨，何愁生意不火啊？

于是在接吻的间隙，她气喘吁吁地跟他说了这个提议，没想到被他无情地拒绝了："闭嘴！我只给你做。"

虽然被拒绝了，但她心里甜滋滋的，特别高兴。

不开饭店，做别的也行啊，两个人一起努力，怎么都能过得下去。

新婚的甜蜜小日子过了三天，解煜凡有天接了个电话，接电话的时候他几乎没怎么回话，大多是"嗯""知道了""哦""好的"这类回答。挂掉电话之后，他的脸色有些凝重，走过来抱住了赵佳晴的肩膀："老婆，我明天要去工作了。"

"好啊！"她很高兴，"是以前的公司吗？"

解煜凡握住了她的手："事情比较多，我过去之后，大概一个月的时间回不来，不过你放心，我一定会处理好那边的事情。"

"可是我想你了怎么办？"

解煜凡抱住了她："记住，你想我的时候我也在想你。佳晴，我无时不刻不想你。"

她心里溢满了感动："这些日子你要去外地吗？如果我想见你……"

"我会尽快办完，或许用不了一个月。等我回来，我有事情要告诉你，你要等我。"

"现在说不行吗？"

"现在说魔法就失效了呢！佳晴，这一个月要乖乖的哦，如果被我看到你再勾搭别的男的，我一定打断他的狗腿……"

解煜凡你够了……这么暴力太不是你的风格了……

可是她好喜欢他对别人暴力！她是不是也不正常了！

第二天解煜凡早早就去上班了，赵佳晴早上起来看到厨房里他为她留的饭菜，突然就想他了。

接下来的几天，她总是想他。不知道他是不是真的如他所说，和她一样思念着对方呢？

在玄关处，不知什么时候摆放了一双高跟鞋。哈，这一定就是解大少爷赔给她的那双鞋啦，银色的鞋身闪着亮亮的光，水晶质地一般的鞋跟高度恰到好处，在鞋面上缀着一串晶莹剔透的水钻，波光潋滟的，看起来真是漂亮极了。

她穿上试了试，脚感舒服，大小适中，穿起来跑了几步也不觉得难受，真是太棒了。她小心地把鞋子放进鞋柜，拿了一双布鞋穿上，出了门。

赵佳晴约了郑绮虹去咖啡厅聊天，当听赵佳晴平淡地说自己结婚了，又秀了下手上的戒指时，郑绮虹拍着桌子大吼："赵佳晴你不是人！这么大的事你才告诉我？！"

赵佳晴挺不好意思地笑了："我这几天沉迷于我老公的美色，乐不思蜀，把什么都忘后脑勺去了。"

"你太重色轻友了！"郑绮虹气得握紧拳头，"我就知道你是这种人！绝交啊！"

赵佳晴好不容易才把闺密的情绪安抚下来，郑绮虹表示原谅她了，但前提是自己必须要做赵佳晴婚礼的伴娘，两人一拍即合，郑绮虹看了看自己饱满的身材："两个月……我能不能瘦回来啊？不然这么胖，要是被那群高中同学看了笑话怎么办……"

郑绮虹当年家境败落之后，和贵族学校的那些同学几乎断了联系，除了几个加了 QQ 好友的，偶尔可以去空间瞧瞧动态外，她对从前同学的情况几乎也一无所知。

那也没关系，郑绮虹在高中里交了赵佳晴这么一个朋友，她就觉得已经足够了。

"最近我找到了凌雯的微博，她不是跟那个超有钱未婚夫易子诚有婚约吗？但她在微博里可不开心啊，天天无病呻吟说一些乱七八糟看不懂的话。要我说啊，有钱怎么了，你看凌雯那种千金大小姐，每天愁得跟王宝钏似的，有什么好？"

赵佳晴想到了易总那张有点犀利的脸，看他跟凌雯好像还不错，凌雯会有那种感情危机吗？

"说起来，她和她未婚夫，前阵子我见过了。"

一提起八卦，郑绮虹眼珠都放光了，于是赵佳晴把自己在逍遥游工作的事情，还有在饭店偶遇他们的事一股脑儿地都告诉了她。

郑绮虹有些幸灾乐祸"那么优秀的男人，怪不得凌雯掌控不住。她啊，就是从小饭来张口衣来伸手，什么都来得太容易，活该她找个这样的老公。

易子诚是什么人啊，他从来不在电视杂志上抛头露面，每次与他有关的新闻都是大事件，直接投资，砸钱，然后就大赚。这个人是个传奇，他找凌雯这样的女人，也不知道是幸运呢，还是倒霉呢？"

"你这么崇拜他，我有他电话，要不要打给他？"她作势掏出电话。

"好啊！"郑绮虹再次两眼冒光，"打！我要见他！我要当面表达对他的滔滔敬仰！"

"你算了吧。"赵佳晴板起脸，"我开玩笑的，你这样可就过了啊。人家是大老板，很忙的，哪儿有工夫应付咱们……"

话刚说完，手机忽然就响了，她看了一眼来电号码，登时呆住。

易……易子诚？！

怎么说曹操曹操就到？这也太快了吧！

她战战兢兢地划了接通键："喂。易总？"

对面的郑绮虹一声尖叫，在赵佳晴的犀利眼神下，她很识相地把另外半声尖叫捂回了嘴里。

"赵小姐，不好意思打扰你了。现在忙吗？"

"还可以。"她不知道他打电话过来所为何事。

"我有件事情想麻烦你。你上次去东南亚有没有买绿草膏？我想借用一瓶。"

"有啊，我帮同事带了好多还有剩呢，我给您送公司吧？"

"我现在不在公司。你在哪儿？我能去你那儿取一下吗？"

赵佳晴立马就报上了自家的地址，看看时间，她就对郑绮虹说："我得回家一趟，你跟我一起过去还是在这儿等我？"

郑绮虹拍案而起："我要见易子诚！"

也好，人多免得尴尬。赵佳晴带着闺密打车回了家，没过多久，易子诚就来了，一进门看见郑绮虹，笑了一下："这位是？"

"郑绮虹，我朋友。"赵佳晴把一瓶新的绿草膏塞在他手里，"进屋坐坐吗？"

易子诚摇了摇头："现在不行，还有点事情，改天吧。"

这边易子诚刚走，那边郑绮虹满眼桃心要爆炸了："好帅！如假包换的霸道总裁！"

"行啦。那也跟你没什么关系。"赵佳晴拍拍郑绮虹如同发面团子似的腮帮子，"这样的人，也只有凌雯才配得上。"

"赵佳晴你是夸易子诚还是骂易子诚呢……"郑绮虹十分不忿，"人家好好的青年才俊被猪拱了，你不深表同情还幸灾乐祸，这不对啊。"

"别黑凌雯了行不……"

"她还用得着我黑？她什么人我们俩最了解！算了不提了，那跟我们也没啥关系，谁让易子诚瞎呢！男人啊，就是喜欢漂亮的，不管内心是蛇蝎啊还是坏得流脓，自作自受，活该。"

人都喜欢美丽的事物，更何况美丽的人呢？赵佳晴爱上解煜凡，她都不知道是不是因为他漂亮的外貌，自己尚且如此，当然就理解人对于美的追求。更何况，凌雯不仅漂亮，而且聪明、多才多艺，这样色艺双绝的美人，家世又显赫，谁能不爱？

晚上和郑绮虹吃完饭，赵佳晴无聊地和邻居们在群里聊天，想了想，她就把和解煜凡结婚的事情告诉了大家，正等着各位的反应呢，门铃就响了。

这么晚谁会来？她有点奇怪地走近门口，通过门镜看外面，来人竟然是易子诚！

"赵小姐，不好意思这么晚了打扰你，我可以把绿药膏还给你吗？"

她一时间很是为难，隔着门说道："抱歉，太晚了……"

"我只是还东西的。"

赵佳晴颇挣扎了一番，最终还是打开了门。门开之后，易了诚微微笑了笑："我可以进来坐坐吗？"

孤男寡女共处一室。易子诚进来之后，随手关上了门，他脱了鞋子走进客厅，大大方方地坐在了沙发上："有喝的吗？"

赵佳晴给他倒了一杯水，他对她笑了，眉眼弯弯，好似新月："谢谢。"

她穿着睡衣，在他对面拘谨地坐着，易子诚丝毫没有半点不自在，反倒跟她聊起天来。聊天的内容从她前两天在泰国的经历开始，他问她住的酒店还满意吗，赵佳晴就知道了这一切一定是易子诚的安排，于是她说道："您认识解煜凡吗？"

他微微点头："认识。"

之后两人陷入了一阵气氛紧张的沉默。

易子诚没有再继续谈解煜凡，赵佳晴露出了自己手指上的戒指："我是解煜凡的妻子。"

他又点了点头："我知道。他求婚的地方，是我订的。"

接下来又是一阵沉默。

易子诚忽然又开口了："我和女朋友分手了，就在今天。"

赵佳晴觉得有点紧张，她是真的不知道这位易总葫芦里到底卖的什么药。

"赵小姐，你或许不知道，第一次见到你的时候，我就在想，这个姑娘真是漂亮，骨子里带着天然不造作的气质，她一定是老天送给我的仙女。后来我知道你把我当成相亲的对象了，那时我就合计着，这么将错就错把你扣下得了。"

她攥紧了拳头，整个后背都绷得紧紧的。

"赵小姐，我把话明说了吧。"易子诚站起身来，居高临下地看着她，"我想要你，你开个价。"

赵佳晴抬眼看他，目光冰冷："易总，你请回吧。"

易子诚没有半点要走的意思，眼中出现几分玩味的目光"你知道吗？每天有多少女人争着抢着要上我的床，但我对她们不过是玩玩而已。你不同，你很自立，你甚至可以用钱包养一个男人。但我想告诉你，女人还是寻得一处可靠的肩膀比较好，有坚实的倚靠，自己才不会那么累，你说呢？"

"姓易的，滚出去。"赵佳晴也站起来，她的眼睛正对着他脖子的位置。

易子诚忽然笑了，大步走过来紧紧抱住了她："如果包养让你觉得很困扰的话，那么一晚？就一晚，你开个价，像是你们住在曼谷豪华情侣别墅的价格怎样？不，比那更多也无所谓，赵小姐，我真是对你太有兴趣了。"

赵佳晴用力挣扎，但她发觉她的力气明显不比对方的大。男女力量悬殊的差距，她已经不是第一次体会到了。

"如果我是你，我就乖乖服从。"易子诚在她耳边恶魔似的魅惑，"得罪了我，你不但丢了工作，更会被我倒打一耙。毕竟深更半夜，你让一个男人进了房门，不检点的是你，我不过是应邀而来，风流一番罢了，就算你跟别人说我强迫你，也绝不会有人信。你说呢，赵小姐？"

赵佳晴笑了笑，伸出手抱住了他的后背，与他身体更近地贴合："也是哦。"

易子诚似乎没有料到她顺从得如此干脆，不由得一愣。就在这个空隙，赵佳晴抬起膝盖，在对方胯下用力上顶！

易子诚惨叫一声，当时就捂着私处弯下了腰，赵佳晴微微一笑，后退一步，高高地抬起右腿，脚跟带着风声下劈而来，正中对方后背的那刻，她好像听到了骨头错位的声音。

接下来就是一顿暴风骤雨般的拳打脚踢。赵佳晴的拳头毫不含糊地往他脸上招呼，她就是要全世界都知道，这个意图不轨的浑球儿被她收拾了！

她拿出空手劈木头的绝学把对方痛打了一顿，然后打开门，如同拖尸体一般把他拖出去，丢在电梯里，任其自生自灭。

之后，她给解煜凡发了一条微信：老公，你认识一个叫易子诚的色狼吗？我把他打了一顿扔出去了，你会不会有什么麻烦？

过了一会儿，解煜凡发了回信：有点麻烦。

她有点紧张：那怎么办？我打 120 把他拖出去？

他那边打了几个字：不用。你别管了，快点睡觉。

之后就再没有回信了。

赵佳晴躺在床上的时候还在想：明天该去辞职了。还有，再问问之前打工的那家超市，如果没招到新人的话，她想回去上班。

唉，欧洲也不能去了，她和解煜凡的蜜月计划算是泡汤了。不过泡汤就泡汤，大不了去植物园蜜月呗，有心爱的人在身边，窝在家里都是蜜月。

赵佳晴把这事给郑绮虹讲了之后，郑团子咬牙切齿地咒骂："真是衣冠禽兽！看不出来他竟然是这样的人！禽兽。有本事放开你冲我来啊！"

赵佳晴本来阴郁的心情被她一扫而光，被逗得笑起来："你够了啊！这么想男人就找个男朋友啊！"

第二天早上赵佳晴宅在家里，打开电脑，看到小区业主的 QQ 群已经达到了 99 条信息。原来群里已经炸开锅了，以前潜水不冒泡的人也在里面发表意见求喜糖，但发言最多的还是李大姐和悠悠，她们先是震惊，然后李大姐惊讶地说：这小子速度这么快？

悠悠那边就问：姐，你认识他？

李大姐说道：是啊，他以前是我单位同事嘛，前阵子被领导开除了，没想到这么快就找到人结婚了。小赵啊，你可长点心啊，这小子借了二十万的房贷，你俩拿什么还啊？

接下来就是以这为主题要求聚会的发言，原来大家定了今天晚上一起吃个饭，聊天记录的最后，李大姐叹息一声：小赵新婚燕尔，肯定不在线，我明天早上去她家通知他们吧。

刚看完聊天记录，赵佳晴家的门铃就响了，有了昨晚的惨痛教训，她谨慎地在门镜里看了一眼，来人是李大姐，她放心地打开门，李大姐拎着两份早餐冲着她笑："新娘子，我能进来不？"

赵佳晴也乐了："我老公不在家，他出去上班了，请进。"

李大姐换好了鞋，把早餐放在餐桌上，感慨地说："你俩闪婚太快了，你也不跟我问下他的情况，这小子穷得叮当响，你俩……算了，婚都结了，就祝你们幸福美满吧。今晚六点在小区对面的和合居聚餐，你们俩一定都得来啊，小裴毕竟也跟我同事三年，这顿饭我得请……"

赵佳晴一愣："小裴？小裴谁啊？"

"你老公啊？你对门的小伙是我以前同事，他叫裴原溪。"

"不，我老公是解煜凡，是我高中同学。"

"不可能啊，我记得小赵你是本地人，这个小裴是外地来的，是农村出来的凤凰男，这肯定不对。"

赵佳晴当时就有点蒙，她去卧室把两人的结婚照片拿出来给李大姐看："是他吗？"

只看了一眼，李大姐就笑了："别闹，小裴哪有这么帅。"

赵佳晴有点迷糊，她把手机摸出来给解煜凡打电话，可是对方的电话却无法接通，李大姐按住她的手："小赵，别急，我给小裴打个电话不就得了？"

说着，李大姐就给小裴拨了电话，聊了几句之后，李大姐挂掉电话对赵佳晴笑了："小赵，没事，小裴是前段时间把房子卖给你老公的，原来你跟我说的压根不是一个人，你也别瞎合计了，晚上聚餐小裴也会来，咱们一起唠唠就得了呗。"

赵佳晴也就释怀了，解煜凡买个二手房而已，她至于这么紧张吗？又不是多大的事。

晚上在和合居的包房里，十几个小区业主聚在一起发牢骚，抱怨物业抱怨园区抱怨房价又降了。席间一个浓眉大眼、脸色黝黑的男子就是李大姐口中的小裴，他先敬了大家一杯："我还没搬进来的时候咱们是邻居，以后永远是邻居！"

赵佳晴坐在他旁边，心里也很好奇解煜凡是怎么从这人手里买的房子。在酒席间她一直想套对方的话，但是对方怎么也不开口，赵佳晴就往死里灌他，终于把这个小裴给灌醉了，他迷迷糊糊地跟她聊着天，问及买房细节的时候，他呵呵地笑："是一个姓易的人联系的我，我这房子三十万买的，贷款二十万，那傻逼给了我一百万哈哈哈哈……"

赵佳晴觉得小裴一定是喝多了。就算解煜凡没钱，找易子诚借钱买房，也不至于这么冤大头被人宰割吧！

赵佳晴摇摇头，笑着喝了一口果汁。

聚餐结束，小裴被小区男业主开车送回了住处，赵佳晴也回到家里，用手机给解煜凡发信息：老公，我想你了。

　　解煜凡没有回复她，赵佳晴也觉得有些无聊，这才一个礼拜而已，一个礼拜没见到他就已经这么难熬了，剩余的时间可怎么办啊？

　　第二天　早，赵佳晴被郑绮虹的电话吵醒，一接通，电话那边火急火燎的："赵佳晴！你猜我在街上遇到了谁？陈慕白啊！还记得咱们以前是铁三角吗！陈慕白这浑球儿从法国回来了！你过来！我们在我家楼下的咖啡厅里！"

　　赵佳晴起床后好好打扮了一番，打车去了咖啡馆，刚一下车，就看见落地窗玻璃里一个人的侧脸，那人高鼻薄唇，好像石膏雕塑似的，窗外的阳光洒在他脸上，那一头棕栗色的头发好像打着一圈柔柔的光。这个人即使隔了多少时光海洋，他始终是她记忆里的模样，在绿茵场上奔跑的少年，隔了这些年，再次来到她的面前。

　　陈慕白转过头来看见了她，眼中露出欣喜的光芒，他朝她的方向招手，示意她过去。

　　进了门，赵佳晴坐在陈慕白对面，这几年不见，他竟然一点变化都没有，略显阴柔的五官仍是带着往昔的暖意，眉眼弯弯地对着她笑："好久不见了，老同学。"

　　这话说得她鼻子有些发酸，原来她与陈慕白已经相隔了这么多年的光阴，几千个日夜匆匆而过，他曾经是她高中时期最崇拜的偶像，而这几千天里，他们一直是彼此生命中的空白。若不是今天绮虹与他偶遇，他们两个人或许此生都不会再有交集。

　　见到赵佳晴，郑绮虹好像想起来什么似的："陈慕白，佳晴她结婚啦！你猜猜，她跟谁结的婚？"

陈慕白笑了笑："这么说来，我也是认识的了？"

"必须啊！"

他目光温柔地看了看赵佳晴，嘴角的笑容仍是那么完美："如果是以前，我肯定会说是解煜凡。他从上学那会儿就对你……"

"为什么会假设是以前？"郑绮虹倒是奇怪了，"她老公就是解煜凡啊！慕白兄你眼光够毒辣，这点奸情都被你看穿了！"

笑容顿时停在了陈慕白脸上，他眼中噙着一点讶异，望向赵佳晴"怎么可能？"

赵佳晴的脸红了，她低头浅笑，点头道："确实是解煜凡。"

陈慕白摇头："不。佳晴，这世上，已经没有解煜凡这个人了。"

他说，这世上，已经没有解煜凡了。

第五章
世间再无解煜凡

RUGUO ZONGHUIZAIYIQI
WANDIAN MEIGUANXI

　　这世上已经没有解煜凡了。

　　赵佳晴花了十秒钟才理解了陈慕白的意思，她愣了一会儿哈哈大笑说："慕白兄，你是开玩笑的吧？怎么会没有解煜凡呢？就算毕业这几年他有变化，但我还是认识的啊。他毕竟是我老公，我怎么会认错呢？"

　　陈慕白的笑意更深："从生物学的角度而言，他还是解煜凡，但是从其他角度来看，这个人早已不是解煜凡了。"

　　郑绮虹彻底蒙了，眨了眨眼睛问道："什么生物学、其他角度？慕白兄你能用白话文解释一下吗？"

　　他摇摇头，低低叹息一声，也不再绕圈子："那我明说吧。解煜凡在高三毕业之后改了名字，改过之后的名字你们应该都听说过——易子诚。"

　　易！子！诚！

　　"不可能！"赵佳晴连连摇头，"我见过易总，他并不是解煜凡！"

　　"易总？他集团的总经理也姓易，是他的表哥。"陈慕白在咖啡里倒了半袋砂糖，"当年，解煜凡父亲把全部家产都留给了他继母和他弟弟，他被赶出家门之后就改了姓名，易是他生母的姓氏，他就改名为易子诚。之后他去了欧洲，在那里打拼了多年，再回来之后，他有了自己的第一桶金，后来渐渐发展壮大成今天的御辰集团。这些年里，他异军突起，扩张、收购，已经成为盛阳市首屈一指的地产大鳄。"

赵佳晴的脑子如同被强光闪过一般，一片空白。她张大了嘴，一时间竟然说不出话来。

"我家的酒店产业刚刚被他收购，上个月签的合同，所以我这么了解。"陈慕白笑笑说，"你知道吗？他收购我家所有的酒店，一共十家总共用了十亿，如果我不答应他的收购，我今天恐怕就身无分文了。"

接受收购，那还有得赚，如果不接受，就挤对得你公司破产倒闭，最终倾家荡产——典型的大鳄收购占有市场的方式，虽然简单粗暴，但十分有效。

只是没想到解煜凡竟然精于此道。

不，他或许不是解煜凡了，应该叫他易子诚。

"佳晴，你真跟他结婚了？"陈慕白蹙着眉头问道。

"是啊。"她想笑，却发觉自己的嘴角都不会动了，她这个时候，竟然忘记了自然会心的笑容应该怎样调动肌肉做出来。

"这不可能。"陈慕白连连摇头，"后天就是易子诚和凌雯的订婚仪式，他跟你结了婚，怎么跟凌雯订婚？这不是重婚罪了吗？"

"我操解煜凡他大爷！"郑绮虹气得拍案而起，"什么玩意儿啊！要不要脸？这边骗色那边骗钱？订婚仪式在哪儿办？我们去砸了他丫的！"

陈慕白垂下头，从包里翻出一张请柬，在手中看了看："天合 Villa central，据说那天保安就有二百多人，重重检验身份，请柬有三重防伪，没有请柬，根本无法进入。"

"拿来！"郑绮虹伸手就要夺。

陈慕白轻松躲过，把请柬郑重地交给了赵佳晴："我们三个人里，只有你最有资格拿着它。我知道你去了会发生什么，你也知道我对凌雯的情谊，把我那份也算上。"

赵佳晴木然地接过了请柬，摇摇晃晃地站起来，郑绮虹不放心，连忙搀住她，却被甩开了手臂："郑绮虹，让我一个人静静。"

那之后，赵佳晴也不知道自己是怎么回的家。刚开始，她满脑子混乱，出现的都是他们在一起相处的片段。然后她的脑子又归于空白，忽然觉得解煜凡不是解煜凡这事太荒诞，这一场乱七八糟的变故一定是梦，于是她就等着梦醒，等着被那个爱着她的解煜凡吻醒，对她说：小懒猪，起来啦，早饭都好啦。

而赵佳晴一直待在客厅里，从阳光刺眼枯坐到夜幕低沉，窗外，对面商场的灯火又灿烂起来，映得满室光华，浮光躁影一路延伸至她脚下；相框里，清楚地摆着她和他的结婚照，掏出包里的请柬，仍在。

不是梦，今天经历的一切都不是梦。

她忽然想起，无论是前阵子的带团，还是最近的民政局登记，她从来都没有看到过解煜凡的身份证明！是的，护照都被他收起来了，去登记也是找了熟人直接递的材料，她自始至终，没有看过他身份证上的名字！

她隐约记起他们两人的结婚证，前几天解煜凡没走的时候，她朦胧间记得他收了一份快递，薄薄的，不像买的什么东西，她也曾问过，当时就被他打岔拐走了，现在想想，那里面装着的应该就是结婚证。

结婚证就放在解煜凡的屋子里！

解煜凡并没有把自家钥匙给她，他走的时候她还在想这人真是粗心，现在想想，他哪里是粗心！他分明是太精明！

她推开门，在楼下单元门口的布告栏里找了一个开锁电话，叫了一位开锁师傅来。师傅查看了她的身份证，没一会儿就把对面的房门给撬开了，撬开之后他还笑着问呢："真是你老公的房子？怎么忘带钥匙了？"

屋子里的东西少得可怜，赵佳晴上上下下地翻，十分钟之后，她从角落里把藏着的两本结婚证给找了出来。打开结婚证，她给撬锁的师傅看了一眼，师傅笑笑："我再给你安一套锁具吧，这个锁被我撬坏了，用不了啦。"

她摇头："不用了，不值得。"

师傅觉得奇怪，但也没再多问。赵佳晴看了看这个狭小而陌生的房间，眼泪就流了下来。

她手里红艳艳的结婚证书上，是他们两个人的照片，下面的名字写着易子诚，赵佳晴。

她真是傻啊，一个女人竟然不知道自己老公叫什么，不知自己老公是谁，更不知道她老公后天就要挽着另外一个女人的手许下婚约。

到头来她除了他的那些誓言，竟然什么都没有真正地拥有过。

妈妈说得对，她所认识的那个解煜凡现在是什么样，她完全不了解。这些年，改变一个人太容易了，这些年，她根本不知道没有她的这些日夜里他身上发生过什么，不知道这个人揣着怎样的心思接近她，不知道这个人到底是谁？

她所熟识的解煜凡，已经不在了。而眼前这个陌生的易子诚，不过是个披着解煜凡皮相的陌生人。

令人不寒而栗的陌生人。

赵佳晴坐在屋子里哭了整整一夜，第二天早上，两只眼睛肿得跟火龙果一样，枯槁憔悴得没人样了。

她回家泡了个热水澡，敷了三层面膜，然后在浴缸里睡着了，她醒来之后水都已经凉了，肚子饿得咕咕叫，跟跟跄跄地起身穿好衣服，下楼去对面商场的日本料理馆狠狠地吃了一顿。

她早就看上了这家日料馆，只是因为一直不宽裕，舍不得花几百块吃一顿饭。可经历了那么多事后她今天忽然开窍了，就想好好吃一顿，吃一顿自己一直日思夜想，却舍不得尝一口的东西。

她一边吃一边看着周围优雅的男男女女，心里在往死里骂着自己老公：浑球儿，那么有钱还吃她的喝她的，抠死了，连张信用卡都不给，这顿饭还得她自己掏腰包！

一边吃着，她又想哭了，眼睛酸得难受，连忙止住了自己纷乱的思绪，把全部注意力都放在吃上面，又干掉了一盘子三文鱼刺身。

吃完这顿异常丰盛的自助餐，结账的时候，赵佳晴感受到了老板娘的凛凛杀气。

刚吃完饭，郑绮虹的电话就打进来了："你冷静够了没？我跟你说，明天就是决战之日，你的战袍准备好了吗？"

赵佳晴打着饱嗝说道："还没想好去不去呢。"

"还想不去？！"郑绮虹大吼，"你是原配啊！明天就是原配打小三的良辰吉日！"

"是我眼瞎，怨不得别人，我累了。"她叹息一声就想要挂电话。

"赵佳晴！你要是不去我骂你一辈子！窝囊废！怎么就这么算了？你要让全世界的人都知道解……这个易子诚是个什么货色！我就在你家楼

下,你给我下来！不下来我雇农民工用大喇叭喊到你下来为止！"

赵佳晴被她说得忍不住又笑了："行了啊你,差不多得了。我在家对面商场的日料店里呢。"

"就是你家对面的商场？妈的,那商场也是易子诚的产业！别待了,我在大门口等你！"

赵佳晴愣了愣,抬头看了看四处,慢慢地走到扶梯上,一边下降,一边看着四处的装潢。

虽然经常逛这里,也和解煜凡在这里买过东西,但她确实没有真正地好好看过,今天仔细一看,这商场的装潢格调,看到细节都挑不出一点毛病来。

这倒是很符合解煜凡那个处女座家伙的性格呢。以前他就这样,对很多事情严苛到了骨子里,写出来的字跟用尺子量过一般直,他座位上的书本永远是整整齐齐的,他的衣服永远是干干净净的,他做事永远是一丝不苟的……

可是解煜凡啊,你今天怎么会搞出这样的烂摊子来？

你把这一切弄得乱成一团,一发不可收拾。

一发不可收拾的还有她的感情,她爱他的这颗心,根本收不回来了。

一想到解煜凡明天就要跟凌雯许下婚约,她永远失去了他,心就疼得无以复加。如果可以,她愿意用自己的全部换他回来,可是,她又有什么？

她没有任何可以换回解煜凡的资本。这世上,能够跟解煜凡对等的人或事物,根本就不存在！

在商场大门口看到郑绮虹的时候,对方叹息一声按住了她的肩膀"没出息的傻丫头！你怎么还在哭？眼睛哭肿了就不好看了！"

"我知道，我都知道……"道理全知道，可是能做到的人有几个？

"算了算了，姐姐带你扬眉吐气去！"郑绮虹伸手拦下一台出租车，拉扯着她上了车，说了一个地方。

"包子你要把我卖了吗？"赵佳晴擤了一把鼻涕问道。

"就你现在这样不好卖，等我把你包装完了……"郑绮虹笑得狡黠，"我有个姐姐是开服装店的，她可不是一般的裁缝，叫……叫什么形象顾问，只为上流人士服务，谁到她那儿，不花个几万块出不来，我跟你说，凌雯前阵子还在那里定了一身礼服呢！"

"难道是……订婚礼服？"她心头一酸。

郑绮虹自知失言，连忙岔开话头："我姐姐肯定有让你技压群芳的法子！以你的底子啥都不差啊？你就是不爱打扮，还记得那年咱们学校的舞会吗？你一出现咱班男生眼睛都直了，解煜凡那时候第一个邀请你跳舞，心里指不定怎么痒痒呢！我告诉你，这次保准让解煜凡那个负心汉后悔一辈子！"

不知不觉车子停了，郑绮虹带着她走进了一条僻静的小胡同，拐了几拐，在一家连牌子都没有的店面门口进去，推开门，里面别有洞天。

店面设计太简单了：蓝色的墙面挂着几幅抽象画，两边各有三排货架，上面挂满了各式女装。郑绮虹拉着她从中间的通道走过去，一直走到里屋，一位戴着眼镜的女子在画板上画着什么，见到来人就笑了："小虹，这就是你的那位姐妹？"

女子年近三十，有一股睿智豁达的熟女气质，她上下打量了一番赵佳晴，笑了笑："这有何难？交给我好了。"

说着，她打开了身后的一扇门，门后光芒大作，她不由得遮住了眼睛。

好像精灵教母以魔法棒点击辛迪瑞拉一般，赵佳晴如梦似幻地走了进去。

第二天，盛阳市最顶级的别墅区会所的天合 Villa central 前人头攒动，长枪短炮严阵以待，电视台和报纸杂志的记者们几乎全部出动。每一台豪车停在门口都是一通相机闪光灯闪耀，人群中不时有戴着墨镜的保安维持秩序，一层层检验请柬才能进入，而在外面眺望别墅里面的灯光，都尽是奢华的味道。

地铁报的王多多是刚来报社一个月的实习生，他大学还没毕业，在地铁报社找了个实习的岗位。对于今天这么大的事情，他当然是不可能有机会进去的，只能在外面拍几张解解馋，而独家报道就更别提了，好多大刊记者都有人带进去拍，他可没那种高大上的资源，一边叹息一边对身边一样苦逼的小记者说："要是有人能带我进去多好啊！"

说完，他恨恨地把嘴里的香烟丢在地上，踩了一脚。

话音刚落，一个温柔的女声在耳边响起："你是哪家报社的？"

"地铁报。"他转过头去，当时就觉得三魂七魄散去了一半。

"拍完之后能把照片发给我吗？"对方嫣然一笑，递上一张写了邮箱的字条，他只觉得眼前百花怒放，只见美人笑脸，再不见其他纷扰。

那张字条在他面前停留了一会儿，愣了三秒钟后他慌忙接在手里，美人使了个眼色就朝着门口走去，他乐颠颠地走在她身后，通过层层保安，有人想把他拉开，她转头说道："他是我带来的。"

她说完就再没人敢碰他。

他跟着美人走进别墅，巨大的客厅映入眼帘，挑空五米的层高，两圈旋转楼梯徐徐拐上，头顶一盏五层的水晶吊灯发出金色的光芒，地上的大理石地砖清晰地映着点点灯光，好像搅碎了星辉一般，满室灿烂。

正中间的地台上，一架白色的钢琴摆放其上，钢琴边坐着白衣长发的女子在专心演奏，浪漫如撞玉般的琴声流淌而出。钢琴后面是一排长长的自助餐台，各种精致得如同商场橱柜里摆放的食品令人食指大动。餐台的尽头是一座高高的香槟杯塔，里面装着金黄的酒液，与之对应的是另一端的蛋糕。九层翻糖蛋糕做成了爱丽丝梦游仙境的造型，每层主题特色都不一样，最顶上是一对俊男美女的小人，栩栩如生。

大厅里音乐流淌，衣香鬓影，四处都是穿着精美礼服的女士和风度翩翩的男士，不时有侍者穿插其中，送上各色饮品。美人站在餐台前看了看，并没有取东西吃，而是回身从侍者那里拿了一杯颜色缤纷的鸡尾酒，却并不喝，只放在手里托着。

王多多心中一动，以美人为中心拍了许多照片，她好像是独立于人群海洋中的岛屿，与众不同又鹤立鸡群，她美艳动人，气质疏冷，一副拒人于千里之外的姿态，偶尔有男士试图搭讪，都被她爱理不理地挡了回去。

能有请柬进来的人，大多非富即贵，这位美人必然也不例外，不说别的，只说她今天脚上那双银色闪亮的高跟鞋就知道价格不菲，没有五位数是下不来的。但若是那么了不得的人物，为什么这里面竟然没人认识她呢？

王多多愣了一会儿神的工夫再找那美人，却发现她不见了。正在这时候，四处的灯光暗了下来，钢琴曲也换成了激昂的交响乐，一大片光束投射在一个人身上。那是个极美的女人，眉眼精致如画，气质温婉可人，只可惜美则美矣，眼角却有股化不开的哀愁，好像上天所有不公都落在她身上一般。可即便迟钝如王多多，他也很清楚地知道，这人是从小到大的天之骄女凌雯，时常出现在各种时尚杂志的专访里，不必付出什么，天生含着金汤匙出生，要风得风要雨得雨，什么时候受过半点委屈？她这副哀愁姿态，做给谁看？

凌雯从台阶款款走下，金色亮片抹胸礼服玲珑有致，她的一头鬈发被高高地绾在头顶，极尽雍容华贵，让他不禁想起了后宫争斗中的妃嫔，如此华美，按理说应该是皇后的不二人选，可是……王多多总觉得她还是差点什么……

拍了几张照片之后，保安示意大家不要再拍照了，王多多有些失望地收起相机，摆弄了一会儿手机之后，他开始想念刚才那位带他进来的美人了，那位美人此时在哪儿呢？进来的时候，她好像穿着一件风衣，隐约可见里面的藕荷色礼服颜色，他想，她在凌雯面前光芒也不会减少半分啊，不，一定比凌雯更耀眼才对，她眉宇间的坚定决绝，看起来可不像是位寻常嘉宾……

王多多的记者毛病又犯了，总想从一个片段去发掘一个人的故事，可惜没有采访对象可谈，这种臆想只能压在心底，他一边心不在焉地摆弄着手机一边在四处张望，忽然，他的视线被一个藕荷色的影子吸引住了——是刚才那位美人！

美人此时已经脱去了风衣，古希腊式的长裙显得身材修长挺拔，荷叶形包胸设计蔓延到肩带上，上面还点缀着几片叶子似的装饰，她戴着荆棘形状的头饰，流苏水钻垂坠在额头上。美人黑发如瀑，没有任何染色和造型，就那么自然地从脖颈流淌在肩膀上，而她修长白皙的左手上，还缀着一朵深紫色的装饰花朵，好像盛开在她指节上，旖旎芬芳。

她脚下仍是踩着那双价格不菲的银色高跟鞋，她走过去，步步生莲一般。

美人脸上没什么表情，她一步一步朝着那追光灯焦点的两个人走过去，长裙垂坠的褶皱随着她的每一次步伐摇曳，规律的波纹泛起丝丝涟漪。

　　她走过去做什么？王多多热血中的八卦精神蠢蠢欲动，他此时真想手持麦克风追上去问她：小姐，请问你现在心里在想什么？

　　赵佳晴手中端着香槟朝那一对金童玉女走过去，心里寒风凌厉，卷起千堆雪，大雪一片白茫茫，什么都没有想。

　　有什么好想的？她已经做好承担这一切的心理准备了，今天这场订婚礼，是她送给凌雯和解煜凡的贺礼。

　　高中那些年，赵佳晴也曾经和凌雯做过朋友，却被卷入她和解煜凡的三角感情里，被凌雯为难伤害，赵佳晴念及同学一场，懒得跟她计较；而解煜凡，她为这位大少爷做跟班小弟做了一年，本以为得到了他的爱情，最后却发觉，自己竟然成了这对怨侣的炮灰。

　　凌雯的伤害，解煜凡的欺骗，好！今日，她全都还给他们！你们俩真是天造地设的一对！我祝你们白头到老！

　　今天这订婚典礼上，有权贵政要，有各界名流，有媒体记者，有昔日同学，还有她赵佳晴！她赵佳晴要这对夫妻今生今世，永远记得这一天！

　　多亏了陈慕白，他告诉她控制室所在，她成功地拿到了一支小小的麦克，于是，就在凌雯举杯敬在场各位嘉宾，说着冠冕堂皇的套话的时候，她已经轻轻地冷笑一声，那冷笑声清晰地通过音箱传了出来，落进在场每个人的耳朵里。

　　凌雯脸上有点挂不住，但她以为是工作人员的疏忽，笑了笑打圆场继续祝酒。

　　解煜凡站在她身畔，不，应该说是易子诚，他今天穿着白色的西服，只是很随意地那么一站，整个人就散发出一股不可方物的明星气质来，透着点冷漠疏离，颇有几分不食人间烟火的味道。

　　他在外面时常是这副死样子，孤傲得不行，他越是这样，就越是有一大票女生为他尖叫疯狂。

　　她走近了一些，他忽然站直了身子，双眸中闪过一丝意外，深沉的瞳仁中漾着亮晶晶的欣喜。

　　她不是第一次见到他的这种眼神了，当年在学校舞会上，她出场的时候，他也是今天这副表情。

　　嗬，这色狼那时候就对她动心思了吧？所以即使时隔多年，不管什么解数使尽，他都要把她吃进嘴再说是吗？

　　一边为色，一边为财，她真是没想到，当年的解大少，此时的易总裁，竟然有这两手，他想要的从来没有得不到的。

　　钱是他的，人也是他的。世上哪有如此两全其美的事情？

　　"解煜凡。"她轻声说道，声音却在扩音器的作用下变得极大，一字一句，十分清晰。

　　凌雯此时才认出她来，脸上有掩饰不住的慌张："你来做什么？"

　　"不，应该叫你易子诚。订婚快乐吗？"赵佳晴不理会凌雯的问话，随手就把香槟往解煜凡脸上泼过去。

　　他竟然没有躲闪，金黄色的酒液沿着他的头发淌下来，湿漉漉的发丝看起来不但不觉得狼狈，竟然还有几分与平日间不同的性感。

　　"你干什么？"凌雯手中也握着一杯酒，她举起就想朝赵佳晴泼过来，却被赵佳晴先一步拍在手腕上，酒杯倾斜摔碎在地上，酒液反洒了她满裙，凌雯尖叫一声。

　　"凌雯，做小三别太嚣张。"说着，赵佳晴亮出了鲜红的结婚证书，翻到结婚照片和姓名的那页，在大庭广众之下高高一举，任由那帮满怀好奇心的看客观看……

"易子诚合法的妻子,是我赵佳晴!"

她随手把结婚照递给前排的一位看客,人声鼎沸地争相传看,然后又转过身看着解煜凡:"易总,我冤枉你了吗?"

他静静地看着她,脸上没有特别的表情:"没有。"

"嚆,你倒老实。"赵佳晴冷冷地笑,"不过,你我的夫妻关系,从即日起解除!我会向法院提交离婚请求,因为你骗了我!我嫁的人是解煜凡,不是你易子诚!我爱的人是解煜凡,不是你易子诚!易子诚,你对我而言,只是个陌生人!"

解煜凡的眉眼中掠过一丝亮光,他长眸微敛,看着她:"你想听我的解释吗?"

"不想!"赵佳晴转向台下目瞪口呆的观众,"今天这场聚会,是我和我前夫的离婚仪式暨他和凌雯小三的订婚仪式!那么接下来由我执行下一环节!砸!"

刚刚说完,她就已经拎起裙子精准地踢飞了香槟塔底部的几杯香槟,失去了底座的支撑,香槟塔朝着一个方向滑倒,巨大的杯塔瞬间倾塌砸在大理石地面上,随着巨大而清脆的响声,无数杯盏四分五裂、珠玉飞溅,酒也蔓延了满地。

而这边杯塔刚倒,那边赵佳晴已经推倒了高高的蛋糕,翻糖蛋糕悄无声息地砸在了地上,顶上两个小人被她一脚踩碎,蛋糕四分五裂地碎在地上,满地狼藉。

"保安呢!保安!把这个疯女人带走!"凌雯愤怒地尖叫着,指着赵佳晴捶胸顿足,"赵佳晴!我上辈子是欠你的还是杀了你?这辈子你为什么要这样对我!上学的时候你跟我抢解煜凡,现在你还是这样!你不是亲口对我说你永远都不会喜欢他吗?!为什么你还这样?!"

　　"是的，我不喜欢他，因为我已经爱上了他！我要谢谢你，我现在才知道，我从以前到现在一直爱着解煜凡！"赵佳晴傲然说道。

　　如果不是爱，她怎么会自甘狗腿围着他转那么久；如果不是爱，她怎么会在没有他的时候空虚思念；如果不是爱，那么多年她为什么还总能梦到他？

　　"佳晴……"解煜凡走到她身边，低声呼唤道。

　　此时此刻，几个保安听从凌雯的命令已经直奔赵佳晴而来，很明显他们清楚赵佳晴的位置，不敢贸然行动说话也是客客气气的："小姐，非常抱歉，能不能……"

　　他们客气，不代表赵佳晴会讲客气。

　　解煜凡吼了一声："退下去！"

　　可惜已经晚了。

　　赵佳晴拎起裙子就踢了正中间的保安一脚，那人肚子被踢了一脚，当时就疼得弯下腰倒在地上。另外两个保安还在发愣的时候，被赵佳晴每人一脚踢歪了脸，当时就倒在地上呻吟起来了。

　　解煜凡忍不住笑了一下："让你们退下去是为你们好，她以前可是我的保镖。"

　　可是这笑还没维持两秒，就被赵佳晴狠狠一巴掌打断了。

　　他的头被打得偏向一边，视线低垂，再没抬起头来看她。

　　"明天上午九点，民政局见，离婚。"赵佳晴说着，从一群在拍个不停的人群中拿走了结婚证，径直走到记者王多多面前，他已经呆掉，她问道："有打火机吗？"

　　王多多如梦初醒："有，有有！"他忙从衣兜里翻出来给她。

　　赵佳晴随手把那红皮本本点燃了，封皮不太容易着火，她便仔细地点着了内页，手中的结婚证瞬间变成一团烈火。她一边大步流星地走出别墅大门，一边将燃烧着的结婚证高高抛过头顶，在空中划过一道动人心魄的弧线，流星一般地坠在地上。

她头也不回地走了。结婚证书在地上熊熊燃烧。

走的那刻，她好像听见他轻声地唤了一声："赵佳晴。"

不知道是不是恍然间生出的幻听。

第六章
美人如花隔云端

RUGUO ZONGHUIZAIYIQI
WANDIAN MEIGUANXI

　　第二天早上,赵佳晴准时在民政局门口等着,可是她没等来解煜凡,却等来了一位眉清目秀的男士。那人穿着西装,朝她鞠了个躬,微笑道:"赵佳晴小姐是吗?我是易子诚先生的律师,我们去那边谈谈可好?"

　　那人指了一下不远处的咖啡馆,赵佳晴的脸色几乎要结冰了:"那个浑蛋呢?他不来怎么离婚?"

　　"易先生的身份比较特殊,赵小姐,我们去谈一下吧。"

　　赵佳晴满脸阴郁地坐在咖啡馆里,面对着一页财产分割清单,上面赫然有两千多万的数字,这些钱都是给她的。

　　"这些是易先生与赵小姐结婚后的婚后财产,属于您二人共有,因此您拥有一半。"律师拿出签字笔,"条款没问题的话就请在上面签字吧,款项预计在五个工作日即可转入您的账户上。"

　　"我签了字,就可以离婚?"她静静地看着两行签字栏,易子诚在另一栏里已经签好了名字,那样潇洒流畅的笔锋,绝对是他本人的笔迹无误。

　　他即使连离婚,都不想再跟她见一面?

　　这两千万算是给她的赔偿费吗？或是打发情人的分手费？他给她钱，是为了感谢这些日子她的陪伴，她让他玩得很开心，是吗？

　　她默默地看了一会儿，咬住嘴唇，签下了自己的名字。

　　再见了，解煜凡。

　　最后一张结婚证也被律师收走了，赵佳晴走出咖啡馆的时候，大阳光直直地射在她脸上，她眼前一阵昏花，整个世界都好像在这样明晃晃的白光里荡涤了。她再睁开眼的时候，觉得这座城市的一切面目都陌生了起来。

　　她本以为今天的报纸铺天盖地的都是易子诚订婚典礼被发妻大闹的劲爆消息，但出乎意料的是，报纸上没有任何消息，即使是网络上，也没有任何关于易子诚的其他花边新闻。

　　也是，那样有钱的大鳄，一个月就能净收入四千多万的大咖，控制媒体什么的，还算个事儿吗？

　　手机响了，电话那端是逍遥游欧洲线的操作经理："赵佳晴，你的电话可终于打通了，欧洲的出团名单出来了，你过来取一下啊，后天的团，可千万别忘啦。"

　　哦，欧洲团，她几乎都要忘记了。

　　她竟然还没有被辞退，工资也准时地打在了银行卡上，这一切都让她不由得苦笑：这位少爷到底怎么想的呢？游戏都已经结束了，他应该终结这一切才对啊？或许，他可怜她背着沉重的房贷，给她留了一条生路？

　　他对她，可真是仁至义尽啊。

　　赵佳晴取了出团通知，打包好了行李，她想好了，就算辞职，也等把这个团结束了再说，出去散散心也好，溜达溜达，或许能把这一切烦恼痛苦都忘了……

可有这种可能吗？她苦笑一声，摇了摇头。

第二天，她就带着一团十五个客人飞往了巴黎。在十多个小时的旅途之中，她的脑海中总是闪现从前高中时和解煜凡的一切，开心的，不开心的，每一幕都让她痛彻骨髓。

她是多么怀念那个时候的解煜凡啊。

十多个小时的旅途煎熬之后，到了巴黎戴高乐机场，赵佳晴揉着满是血丝的眼睛，按照指示顺着人流前往过关。过了海关后，她和客人们一路走到出口，她仔仔细细地看着外面举着各种牌子的接机人，在上面寻找自己的名字。

终于她看到了非常漂亮的一行字："逍遥游赵佳晴"。

如释重负地舒了一口气，她举起小旗："大家这边来！导游在这里呢！"

导游的脸隐在牌子之下看不见，但从身形来看应该是个魁梧的男人，她深吸一口气，脸上带着笑容走过去："你好，久等了，我是逍遥游的赵佳晴。"

面前那人缓缓拿下了牌子露出脸，也对她微笑了一下："你好，赵佳晴。"

赵佳晴在看到那张脸之后，露出了被雷劈的表情，她浑身都难以控制地颤抖起来，咬牙低声吼道："易子诚……你还想玩我到什么时候？"

她熟悉得不能再熟悉的那张俊脸上露出了云淡风轻的笑意，他从衣服里拿出了自己的护照，露出名字那页："赵小姐，你认错人了吧？你看我的名字，我叫解煜凡。"

她惊讶地看过去，那张帅气的照片旁边的名字，赫然写着：解煜凡。

解煜凡？

他把名字改回来了？这么快？

解煜凡脸上的笑容丝毫未撼动，他朝她问候似的低了一下头，伸出修长如玉的手："初次见面，请多关照。"

关照你个七舅姥爷啊关照！

解煜凡作为本团的全程导游，他流利的英文和法文让所有人都为之折服，他用麦克风为游客介绍清晨中的巴黎："我本人在巴黎生活了两年，这是座艺术气息很浓厚的城市。不仅是巴黎，整个欧洲我都走遍了，确实在这里学到了不少东西。"

他高中毕业后的那些年去了欧洲？被扫地出门的解大少爷，在这里是怎么过的？赵佳晴忍不住抬眼看他，心中翻滚着万千思绪，错综复杂。

解煜凡正巧也把视线转在她身上，两人的视线撞了个正着，她慌忙低下头去装作摆弄手机，他没有停顿，继续为大家介绍起巴黎来。

一天的行程满满当当，等安排好游客们下榻酒店时已经是晚上十点，其他人都已经回了房间，偌大的大堂里，只有她和解煜凡两个人。

"怎么？难道客房又满了？需要我们两个去另外的酒店住？"她讥讽道。

解煜凡抬头看她，狭长漂亮的凤目愣了愣之后，继而微笑了："这是你的房卡。"

他把一张卡塞进她手里，然后头也不回地兀自上了电梯："你在一楼我在三楼，远得很，你别多想。"

电梯合上，他看都没有多看她一眼。

接下来的行程大家玩得很开心，她和解煜凡也相安无事，用餐的时候，领队和导游在一起与客人分开吃，安排的都是再简单不过的菜色。这次行程里的餐厅大多是法国的中餐馆，口味怪怪的，没有国内中餐的烟火气息，吃得赵佳晴食欲不振。

解煜凡坐在她旁边，眉眼抬都不抬，两个人安静地吃着饭，一句话都没有。

除了必须交流的公事，解煜凡没有和她多说一句话，他尽职尽责地担任着导游的角色，每个客人都喜欢他，他甚至跟大家全都加了微信。

团里有一位二十出头的女生，长得很漂亮，人开朗活泼，大家都叫她小朱，大四在读，她和母亲一起参加了这次行程。很明显，母女俩对解煜凡十分有兴趣，她母亲时常拉着解煜凡问长问短，无外乎都是家庭的一些事情，在埃菲尔铁塔下，她单刀直入地问他："小解啊，你有对象没有？"

"没有，"解煜凡嘴角微微挑起一丝笑意，"我刚刚恢复单身。"

他话音刚落，那母亲就给自己女儿使了个眼色，小朱脸色绯红，笑得羞涩妩媚。

然后小朱就一直围在解煜凡身边转来转去，在塞纳河游船时，二层观景舱上，她站在解煜凡身边巧笑倩兮。赵佳晴离得远，只能看见解煜凡淡淡的笑意和柔和的目光，其他的什么都听不见。

在卢浮宫里，本来应该是游客自行游览，领队和导游两人结伴而行的，但这对母女硬是插了进来，小朱说自己年轻，什么都不懂，非要解煜凡陪着讲讲卢浮宫。他也不拒绝，四个人一起走在琳琅满目的艺术品之中，赵佳晴跟在那三个人身后，走着走着，小朱指着远处人头攒动的蒙娜丽莎像，兴奋地揽住了解煜凡的胳膊："解哥哥，我们去那边看看好吗？"

他竟也没有拒绝，就随着她过去看了。

赵佳晴憋着的一肚子火再也受不住，转过身就自己走了。

她像只没头苍蝇似的到处乱撞，卢浮宫里面极大，各个展馆十分复杂，她走着走着到了非洲展馆，这里人迹稀少，她对着一堆抽象的雕像就掉了眼泪。

虽然已经跟他离了婚，彻底断了联系，可是她还是没出息地吃着醋。

废话！因为她还爱着他啊！她有多怨恨他，就有多深爱他！因为太爱他，所以容不得一点杂质，他的欺骗背叛让她伤透了心，可他什么都没对她说，若无其事地出现在她面前，说："初次见面，请多指教。"

浑蛋！太浑蛋了！

她对着墙角的雕像正哭着呢，身后传来脚步声，她也没理，过了一会儿，一个人蹲到她身边："这个雕像不错，象征着非洲的生殖图腾。"

赵佳晴忙把脸转到一边，心里狠狠地骂：被看到了被看到了！被他看到自己没出息地在这里偷偷哭了！

"迷路了吗？赵小姐。"

她不理他，转身就走，却被他从后面拉住了手："客人们都集合好了，就差你了领队大人。现在距离集合时间迟到了二十分钟，我是来找你的，为了大家的时间，请别再乱跑行吗？"

呵呵，原来如此。他要不是为了顾及整个团队，才不会跑过来找她吧？

她用力甩开他的手，吸吸鼻子，也不看他"你在前面走，我会跟着你。"

解煜凡清清冷冷地笑了："这回再跟丢，我就不找你了。"

说着，他自顾自地朝前方走了。

他的这句话无异于在她心底投下了一颗氢弹，一朵名为愤怒的蘑菇云轰炸上云端，她整个人气得直哆嗦，看着对方头也不回的背影，她转过身，朝着相反的方向奋力跑去！

我不会再跟着你了！也不会给你添麻烦了！我再也不想见到你！浑

蛋解煜凡！

　　她满脑子只想着逃离，往最偏僻的地方跑，跑丢了也没关系，回不去了也没关系，她此时此刻什么都不在乎了，她只想逃，逃开解煜凡的冷漠，逃开他的无所谓和满不在乎。

　　正在跑着，身后急促的脚步声越来越近，她的胳膊被人猛地抓住拉过去，她被拽回了头，正撞上解煜凡的怒容："你乱跑什么？"

　　"放开我！"她用尽全身力气，竟然都无法甩开他，"别碰我！你走好了！让我自己待在这儿，我不回去了，我不想再看见你。领队我不当了，工作我不干了，我什么都不要了行不行？"

　　怒火在解煜凡眼底一点一点地燃烧："不行！你什么都不要了？嗬，没门！"

　　"放开！放开！不然我喊警察了！"

　　"你这英语，会说警察吗？"

　　"police……"她刚开口要喊，解煜凡已经粗暴地抓住了她的双手抵在墙上，然后不容分说地堵住了她的嘴。

　　那是一个霸道的、充满掠夺性的吻。

　　他惩罚性地咬着她的嘴唇，又不容抗拒地与她的舌尖纠缠，他从未如此狂暴地席卷着她的一切，从前他的吻一向是温柔缠绵的，而此时此刻，他专注于征服与占有，不许她反抗，不许她逃离。

　　两人吻得正狠，忽然有警察走过来，用法语询问了一下什么，解煜凡放开了她，朝那边看去，警察似乎看到了两人之前的争执，便对赵佳晴问了一句话。

　　她没听懂，但对方询证的眼神明显是想询问她是否受到了侵犯。

　　她的脸红了，张开双臂抱住了解煜凡，用笨拙的英语说道："He's

my husband.（他是我的丈夫。）"

警察眼中闪过一丝了然，脸上露出笑容做了个让他们继续的手势，四周很快再次陷入安静，只剩下他们两人。

"我是你丈夫？"解煜凡任由她抱着，嘴角挑着笑意戏谑道。

"我不会说'前夫'这个词。"她放开了他就要走。

他哪里肯放她走，抓住她的手再次抓在墙上欺身过来："我们还没完呢。"

他炙热的吻再次掠夺了她，接吻的间隙，她的脑子糊里糊涂，嘟哝道："客人……在等我们……"

"他们怎样，关我什么事。"说完这句话，他再次专注地吻住了她。

好吧，在法国的公共场所，浪漫的艺术殿堂，他们来了一次浪漫的法式热吻。

她想，她会永远记得这里的。

两个人不知吻了多久，解煜凡终于放开了她，将她整个人揉进怀里："该死。"

她不明所以："你说谁？"

"没有谁。"他的声音气呼呼的。

他此时此刻很是懊恼，他本想漠视她，晾着她，故意气她，可是看到她哭的那一刻为什么自己会方寸大乱？原本的计划全都落空，他这辈子，是不是注定了就只能被这个赵佳晴牵着鼻子走？

"你不是说我再走丢就不找我了吗？"她眼泪汪汪地看着他，声音里带着哭腔。

他看着她，咬牙说道："别用这种表情看我，再看我，我真的要熟人作案了。"

　　两个人沉默地手牵着手走出了卢浮宫，载着客人的大巴车早已经不在那里，停在那儿的是一辆奔驰商务车，看到解煜凡，司机忙从驾驶室里出来，为他们打开了车门。

　　"客人们呢？"赵佳晴坐在宽大的轿车后座里，解煜凡紧紧地挨着她，明明地方很宽阔，他干吗离她这么近？

　　"我在找你的时候已经安排了别的导游接待。"他的视线看着已经暗下来的窗外夜景。

　　"那你早就想甩团了？带着我把客人甩了？"

　　"哼。让我从头到尾带一个团，伺候别人，我可做不到。"

　　"那你还带团？"

　　"还不是为了你！"他有些不悦地转过视线，目光锋利得像箭镞，直直地插进她心底。

　　"你不是……只是公事？"她言辞中有点酸酸的，"你舍得放下小朱？"

　　他看着她，嘴角挑起一丝轻佻的笑意："哟，吃醋啦？我还以为你这位砸场子的怪兽是铁石心肠呢。"

　　"你才是铁石心肠！"她不服，气呼呼的。

　　"我要是铁石心肠就不来了。让我做导游，简直是在凌迟我。"解煜凡解开了白衬衫的第一颗扣子，"我放下了几千万的单子来这里伺候别人，你说我是铁石心肠？"

　　"那你为什么来？"她不爽地噘起嘴。

　　解煜凡的眸色一瞬间深了起来，他愤愤道了一声："你这人怎么话这么多！"然后就覆上了她的嘴唇。

这一吻一直持续到车子停在酒店门口，他结束了这个吻之后，好像什么都没发生过似的打开了车门："到地方了，下车。"

一切都方寸大乱。按照解煜凡原本的打算，他是想要晾她几天，让她生气，让她吃醋，让她为他黯然神伤，引着她对自己告白，让她承认自己爱着他，然后他再对她解释一切，然后……

去他妈的然后，全盘皆乱了还谈什么然后！

解煜凡一边暗暗生着自己的气，一边脱了外套，又暴躁地一一解开衣服扣子，露出光洁的上身，他很想洗个澡，很想让自己纷乱的情绪安静下来。然而当他开始解开腰带的时候，身边的赵佳晴拉住了他的手，脸红得像只熟透的番茄："你就这么急吗？能温柔一点吗？"

看着对方欲说还休的表情，他很快就明白了这丫头此时的所思所想。她在想什么！她难道以为自己想要对她……

好吧！都这样了要是不按照她的意愿发展下去，他还算什么男人！

解煜凡索性什么都不想，上前一步抱住了她深吻起来，两个人一起倒在柔软的大床上。

不过是一个转身的距离，再相逢，在他面前，她仍然是这样容易沦陷。她想，她这辈子最大的天敌应该就是解煜凡了吧？小时候给他做跟班，长大了给他做媳妇儿，就算他有了别人，她仍然离不开他，没准，为了这个蓝颜祸水，她会心甘情愿为他当小三做地下情人也说不定……

"醒了？"

赵佳晴正在愣愣地发着呆，身畔的男子动了动，睁开惺忪的睡眼看她，似笑非笑，似醒非醒似的，好像清晨阳光下的一缕薄雾，有点朦朦胧胧的，明明如此近，却好像那么远，正应了那句诗——美人如花隔云端。

解煜凡懒，生平最爱的事情是睡觉，结婚之后他的爱好变成和她睡觉，都是在床上进行的事情，倒也一气呵成件件不落。

"想什么呢？"他握住了她的手，把她的手指一根一根地掰开，再将他的手指尖搭在她的掌心轻轻弹着，好像跳舞一般。

不，不会。赵佳晴自嘲地摇了摇头，她此时更加确定了自己的心意，她不会爱他爱到无所求，不会爱他爱到心甘情愿做小三的地步。

她绝对、绝对不会让面前这个男人有别人，如果可以留下他，如果要他只有她，她会选择玉石俱焚，毁掉他再自毁，让他这一生一世，让他的全部，都归于寂静，与她一起。

"你想知道吗？"赵佳晴转过头对他笑了。

"嗯。"

她笑吟吟地将他的手掌扣上："我在想如何杀了你，然后再杀了我自己。"

他听了，竟然没有任何不快，反而笑吟吟地靠过来，近距离看着她："哦，已经这么爱我了？"

她紧紧地握住了他的手："是的，我很爱你。"

似乎是被她直白的表白震惊了，解煜凡脸上的表情变得十分微妙，他沉默了一会儿，开口说道："我没想到，有生之年，还能听到你对我的告白。"

"我也没想到。"

"投桃报李，我要向你解释，你现在可以听了吗？"

"你说吧。"

解煜凡目光柔柔地望着她："我没有跟凌雯订婚。那天订婚仪式上，我是打算跟大家宣布跟她取消婚约，而和凌雯订婚的，是我表哥易文博。"

"那天来我家……被我揍了一顿的色狼？"

他忍住想笑的表情"对，就是那个色狼。他那天受凌雯拜托去试探你，他身上的手机是开着的，而他的通话对象，是我和凌雯。"

"你知道？"

"我取消与凌雯婚约这件事，凌雯一直不同意，但她突然改变主意，要我不能跟你联系，对此绝口不提，如果你通过了易文博的考验，就答应取消。"

"浑蛋……你竟然不告诉我！"

"老婆！疼疼疼……我当年回盛阳，资金不足，凌雯的父亲答应给我投资，但要求我和凌雯订婚。那老头子怕我壮大之后影响他的地位。而我现在，已经把他的股份用高于市价两倍的价格收购，就在订婚仪式的前一天，那老头子已经退出股东会，彻底出局了。"

"你离开我就是做这件事？"

"是的。我必须亲自回去解决，一天也不能拖。我也不能跟你联系，不然我会分心。你知道易文博去你家的那天晚上我就在那层楼的消防楼梯里吗？万一你把持不住……我马上就会出现在你面前。"

"那样你就输了是吗？"

"我不在乎输赢。只是如果你发生了什么，我的心就乱了。当时我不知道能不能算计得过那老东西，我不知道能不能逃脱凌氏集团，我不知道要用什么砝码跟凌雯解除婚约……谢谢你，谢谢你如此爱我，谢谢你让我清空了一切杂念，全力以赴。"

"解煜凡，我……"

"你不知道我那时有多紧张。"他自嘲着说道，"我知道你不是爱钱的女孩，但我……可能是我对自己不够自信吧，我那时候把额头抵在大门上，想，如果你变心了怎么办？感情怎么可以拿来试验？我是不是在做这辈子最蠢的事情？"

"你不要乱想，我……"

"没错。我确实是做了这世上最蠢的一件事，我冒着失去你的危险答应了凌雯的赌注。凌雯是女人，她比我更了解女人，现在想想，真是后怕。如果那时我输了你，会不会满盘皆输一败涂地？"

"不会的，我心里只有你……"

"然后你把易文博狠狠揍了一顿。你知道你出手多狠吗？他被你揍成了脑震荡，鼻梁骨折了，肋骨断了两根，皮外伤瘀青无数，他那个样子躺在病床上足足三天，凌雯看得都直掉眼泪。拜你所赐，凌雯被感动了，易文博为了她跟女朋友分手，为了她试验你而被打惨了……这一切终于让她回心转意了。"

"跟凌雯说不用谢，我叫雷锋。"

"但也因为被打得太重了，易文博本人无法亲自参加订婚礼，而由他的堂弟代为出席。"

"哦。"

"我解释完了，你的解释呢？"

"我……有什么好解释的？"

"一个人大闹订婚现场，在众目睽睽之下把易子诚甩了的女人，想不让大家记住你都难。也是呢，如果不来这么一招，有谁能记得赵佳晴？虽然不知来历，但如此美艳动人却也如此凶神恶煞，定然是个狠角色。"

"解煜凡……你不会……连这个都是故意设计好的吧？"

"没啊。被个醋坛子砸场子这种事，其实，我心里十分受用。"

"你根本是故意的！故意不跟我解释！你你你……"

　　"现在人人都知道易子诚被赵佳晴修理一顿甩掉了，这世上能把易子诚当备胎，吃干抹净甩得干净利落的人，也只有你赵佳晴。"

　　"你别以为这样我就会原谅你，你知情不报……"

　　"亲爱的，你现在既然已经恢复单身，能不能……请你嫁给解煜凡？"他忽然极认真地看着她，"我现在跪在你面前，可好？"

　　赵佳晴一时间常得眼眶有点湿热，下一刻，她笑着用手捂住了眼睛·"把衣服先穿上好吗？老公。"

　　他笑了，满心欢喜地揽过她，紧紧地嵌在怀抱中，再也不放开。

　　相爱的两个人相拥依偎，好像就拥有了整个世界。赵佳晴把解煜凡又找回来了，这一次她决定，一辈子赖着他，再不放开。

第七章
记得那年十秒心动

RUGUO　ZONGHUIZAIYIQI
WANDIAN MEIGUANXI

　　赵佳晴和解煜凡在巴黎住了三天，吃马卡龙吃得都要吐了。解煜凡又把她带去了普罗旺斯，满地紫色的薰衣草让她想起了高三那年暑假，她和解煜凡爬山受了伤，他背她走过了一条落英缤纷的小路，彼时满眼飞紫，缤纷馥郁，时间都好像凝滞了一般，那情那景极美，真想多停留一会儿。

　　"你也想起那年受伤我背你走过的小路了？"解煜凡在她身前转过头来看她，笑意比明媚的阳光更暖，"那时我真想一直背着你，走一辈子。"

　　"那时候你就喜欢我了吗？"她站在他面前，踮起脚在他唇上啄了一口，"回来在车上我做了个梦，梦见你吻我了。"

　　"那不是梦。"解煜凡笑了笑，拉着她的手转身就走。

　　"不是……梦？"她在他身后喊了起来，"什么！你趁我睡觉偷吻我？"

　　"只是未来老公提前预支权利而已。"他笑道，"那时我就认定要娶你了，早亲晚亲有什么区别？"

　　"被人看见了没有？"

　　"我们当时在最后一排哎，啊，想起来了，被陈慕白看见了。"

“不是凌雯就好。”

“凌雯看见我背着你下山，就气得搭自己家车走了。”

“听说那天我们班成了好几对，好像那天……陈慕白也吻了郑绮虹。”

“什么？！”

“这种郊游就应该多搞嘛……哎！”

解煜凡被身后的力量拉了回去，他顺着那力道站在赵佳晴面前，低下头看她，似笑非笑：“干吗？”

“那年你偷吻我要付的代价！”她噘起嘴，“我要连本带利地讨回来！”

他笑意更深：“你要怎么……”

话还来不及说完，他的脖子已经被她紧紧搂住，娇嫩的樱唇覆盖了他的。

唷，这样连本带利的讨债方式，他很乐意接受呢。

赵佳晴和解煜凡在欧洲待了半个月，法国、瑞士、意大利的美景都看遍了。在水上名城威尼斯，解煜凡在叹息之桥边再次单膝跪倒向她求婚，这次他准备了一枚精巧的铂金戒指为她套上，赵佳晴站在蔚蓝的海边，身畔划过一艘艘月牙似的贡多拉小船，碧蓝的天空好像洗过一样，她笑着问：“为什么在叹息之桥旁边求婚？”

“都说婚姻是坟墓，为了你，我愿意被判一辈子死刑。”他笑起来特别好看，眼窝下弯弯的卧蚕显得眼睛明亮又温柔。

“嗯。你既然都变成我爱的解煜凡，那回去就再领个证吧。”

经此求婚，赵佳晴听解煜凡口述，知道了上次他求婚的戒指是货真价实的大钻戒，她在心里暗自庆幸：幸亏当时没有扔，不然现在她不得悔青了肠子？

现在想想，结婚证明明有两本她却只烧了一本，其实她在心里，根本没有对解煜凡死心呢。

他们俩回国之后火速又去民政局办了结婚证，办理的工作人员看着他们两人一脸无奈："两个月来三趟，你俩挺会玩啊！"

解煜凡正色道："我们是认真的。"

领了证，解煜凡带她又去了当年一起登过的玉灵山，当年的小路如今被上了锁，旁边有保安把守，山底下有一台小小的缆车。

解煜凡走过去，保安马上向他行礼，打开了缆车的门，启动开关，他拉着她的手上了缆车："爬山多累，有缆车就好多了。"

"老公，你别告诉我……缆车是你修的。"

"这座山都被我承包了。只有这条路是我的私人专属，其他风景区都向游人开放。"

赵佳晴决定不再说话了，她不知道她这位无所不能的老公还会给她什么惊喜，所以她决定静观其变。

缆车抵达半山腰处，正好是当年赵佳晴摔跤的地方，解煜凡在她面前蹲下去："上来吧，我再背你一次。"

她满心欢喜地被他背着，他满意地说道："不错，你终于胖了一点。"

他慢慢地背着她，不知不觉又走到了那条紫色小径，紫色的小花扑簌簌地落下来，沾得人满身满脸。

"后来我才知道，这花叫紫荆，象征着家庭和美幸福，果然在六年前，这些树木就暗示着我们应该组建家庭呢。"

"解煜凡，如果我再早一点发觉自己喜欢你就好了。"

那样，我就不会一个人孤孤单单地蹉跎了那么多年，不会在梦里见到你遥不可及的背影，然后一个人枯坐到天明。

"现在也不晚。"

她从他背上下来，两个人坐在石阶上，肩并着肩，仰着头看那些紫团云雾，美得如梦似幻，一起沐浴在香气四溢的花雨之中，逍遥事外，忘却了一切烦扰。

从玉灵山回来，赵佳晴问正在开车的解煜凡，"你还记得以前我家住的小区吗？"

"记得，怎么了？"

"我想过去看看。"

解煜凡一手扶着方向盘，一手覆上了她的手。他没有说话，但她知道，他在担心她。

"放心吧。"她笑了笑。

高三那年，父母离婚，原因是父亲跟月姨有染。月姨有了身孕，母亲不同意离婚要求，硬是游说了月姨去做了人流，可人流手术失败了，月姨终身不育，月姨的家人大闹，甚至还因此闹上法庭，但因为流产手术书上的签字是月姨自己签的，这只能归于一场医疗事故。月姨的家人将此事闹得满城风雨，一夜之间，所有人都知道赵佳晴是她父母的养女，她不过是一场强奸案的结晶而已。

原来何舒萍口中所说的"熟人作案"事例，就是她的亲生父母的事情。

那场撕破脸的大闹之后，父母最终还是离婚了，何舒萍也丢了工作，带着她搬了出去，之后就再也没有回来。

车子停在了楼下，赵佳晴站在昔日生活了十几年的小区里，抬头看着曾经的家。

父母离婚之后，她再也没见过爸爸。

楼上窗户里有个影子一晃而过，她又在楼下站了一会儿，想回到车里离开的时候，却听见有人在身边含混不清地说话，起初她没听清，后来她转过头去，竟然看到了父亲。

赵振霆老了很多，脸瘦得只剩下骨头的轮廓，头发几乎全都白了，他左边脸颊明显不协调，看起来就像是中风的后遗症。

在家附近的小吃摊上，她和父亲要了两份关东煮，父女二人面对而坐，解煜凡坐在旁边，赵佳晴说道："爸爸，解煜凡你见过的，他现在是我老公。"

父亲点头，眼中有晶莹的泪花。

父亲半比画半用囫囵不清的语言跟她讲自己的事情，他离婚之后跟月姨结了婚，婚后的月姨也不似从前那般温柔，时常将自己不能生育的火发在他身上。两年后他们的批发部也难以维持了，他又跟亲戚做了钢材的买卖，却赔得精光，这几年一直靠打零工维持生计。三年前父亲得了脑梗，差点死掉，幸亏抢救及时活了一命，但却留下了左边身子不太听使唤、言语不清的后遗症。

赵佳晴觉得眼眶热热的，她问赵振霆是否需要她的帮助，他却拼命摆手摇头，颤颤巍巍地看了看时间，口齿不清地说必须回去了，月姨要是看到他跟女儿来往，一定又要唠叨他了。

回去的路上，赵佳晴倚靠在车窗边看着外面出神，窗外的景色不停变换，渐渐地四处的建筑物变得稀少，车子驶上了河上的吊桥，她这才意识到不对。

"喂，解煜凡，你往哪儿开呢？"

解煜凡一只手扶着方向盘，一只手肘支在车窗边，手指抚着额头，听她发问，嘴边浮起促狭的笑意："哟，才发现啊？"

"这不是回家的路！"她抗议道。

"嗯，是人口贩卖市场的路，我要把你卖了。"他的视线一直在正前方，脸上的笑意却更深了。

"你可别栽我手里。"她轻嗤一声。

"你打扮一下也挺不错的。你砸场子那天，有很多人问你是什么来头，想要抱你回家的接盘侠可不少呢。"

"那你给我挑个价高的买家。"

"哟，你还挺乐意？"

"正好我对你腻了，换换口味也不错。"

车子驶入一处别墅区，沿着安静的林荫小路前行，在一幢独门独院的别墅门口停下，接着缓缓驶入了别墅的车库。

"赵佳晴你想把我甩了？你想得美！"车子刚刚停稳，解煜凡就解开安全带把她按倒在座椅上，"你这辈子都休想！"

两个人闹了一阵，他拉着她的手走进别墅里，这座别墅地上三层，地下一层，装饰得大气敞亮，古色古香，走进去好像瞬间穿越了时空，与古色古香装修风格不符的，就是那台供内部使用的电梯了。

"夫人，请。"解煜凡挑起主卧室大床的红色流苏，"这是你夫君的宅邸之一，这几日为夫会带你一一参观的。"

她忍不住嘲笑他："你的口味也太老气了，怎么装修得跟兰景轩似的？"

从家具风格到装饰细节，这里也太像兰景轩了吧！

"就是兰景轩的风格啊。"他不以为意，"高中那几年让我很是怀念，所以把别墅装修成了这个样子。周末的时候我会过来，回想以前的日子。"

"你怀念的那几年里，有没有我？"她舒舒服服地躺在宽敞的榻上，发觉这床榻虽然古朴,但乳胶床垫可是时尚舒服得很呢。

他躺在她身边,用胳膊给她做枕头,手指轻轻地缠绕着她的长发,一圈一圈地绕紧,再一圈一圈地松开:"我怀念的那些日子里,只有你。"

他说,他只有她。

她伸出手臂拥抱住了他,对她而言,开心的那几年,她又何尝不是只有他。

笑过,哭过;打过,闹过;迷失过,失去过……终是爱过。

第二天赵佳晴醒来,身边已经没有了解煜凡的影子,她懒懒地起身下楼,看见厨房里忙碌的美男子,以及桌上冒着热气的美食。她藏在楼梯后面偷偷看着眼前的一切,却听得解煜凡在厨房里背对着她开口:"傻站什么呢,还不过来帮忙?"

她也不知道怎么就被发现了,只好笑呵呵地走过来,从身后抱住了他温暖的窄腰,结实、紧绷,没有一丝赘肉。

解煜凡这个人是造物主的宠儿,他的长相可以进军娱乐圈做偶像明星,而他的身材可以担当名模,也是国际水准的。

"老公。"她轻声唤他。

"嗯。"他应了一声,一只手按在她的胳膊上。

"我想辞职。"

他没有回头,就那么任她抱着:"为什么呢?"

"工作方面,我不想搞特例,我不想做这份让人羡慕的工作被人说是借着老公上位。前一阵子包子跟我说他们公司缺个前台,我去面试过了,他们的 HR(人事经理)通知我去上班呢。"

"你就是不上班,也会借着老公上位,分享他婚后的每笔薪水。你想辞就辞吧，不开心的话，大不了不干，只要你想，这座城市有几百个职位等着你呢。"

"好啦，你就别炫耀你公司大职位多了……"

解煜凡实在是很开明的人，他虽然在感情方面霸道，但是对于赵佳晴个人的选择，他一向都是随她心意。对于她的新工作，他表示会一天打二次电话查岗，不许她跟公司男同事单独出去，其他的，她爱怎样怎样，就算她把公司砸了，他也会说：我有钱赔，想砸哪儿砸哪儿。

这么好的老公哪儿找去啊？

两天之后，赵佳晴就去了郑绮虹的公司，这是一家餐饮连锁公司，她在总部担任前台，郑绮虹是策划，两个人很开心又能过上手拉手上厕所加中午一起吃饭的日子了。这天中午吃饭的时候，郑绮虹在食堂的角落里指着一个人影兴奋地喊道："是他是他！咱们公司的总经理！高帅富！年轻英俊的小鲜肉啊！今天难得他来食堂！他可是我们公司所有女员工心中的男神。"

赵佳晴也偷偷地望过去，看到一个身材高挑的男人一手插兜，一手漫不经心地拿着食堂餐盘，他的侧脸生动精致，打完饭转过来，一双神采飞扬的大眼睛好像会放电似的，看得人心里一阵酥麻。

好漂亮的男人。精致的五官连女人都难以比得上，尤其那双大眼，浅笑时眼窝外出现两个卧蚕，看起来分外有神，好像能把人吸进去似的。

赵佳晴看了一会儿，就悄声问包子："他眼睛大还是我眼睛大？"

郑包子懒得理她："你跟人比这个干吗？"

"我觉得那双眼睛跟我有点像呢。"

"别臭美了。"

"包子，我觉得这位总经理往我这儿看呢。"

"你够了啊。"

"他在对我笑……"

"你啥时候这么自作多情了？"

"他走过来了！"

"赵佳晴，你一个已婚妇女是不是太过分了？"郑包子瞪她一眼，"别饱汉不知饿汉饥，给我们留几个偶像行吗？"

她刚说完，那边响起十分动听的声音："请问，这里有人吗？"

郑包子抬头看见对方的那刻，眼睛立马就直了："解总！请坐！没人！你坐下就有人了！"

解总？

赵佳晴瞪着来人笑眯眯的眼睛，脑海中迅速搜索到了一位似曾相识的故人，她失声喊了一句："解成轩？"

解成轩仍是意味深长地笑着，漂亮的大眼睛弯成两泓月牙泉水："这可好久没见啦，嫂子。"

嫂子？虽然她已经接受了结婚的角色转换，但被人这么赤裸裸地叫着"嫂子"，她心里一时间还是不能适应。

"别，叫姐就行了。"

"嗯，佳佳姐。"解成轩的语气中带着撒娇的意味，身边坐着的包子忍不住娇躯一颤，捂住了嘴，才没让满口的鱼香茄子喷出来。

"别这么叫，怪肉麻的。"赵佳晴被他叫得脸都红了，"这公司里你最大，你就叫我小赵吧。"

解成轩双手托着下巴，目光闪烁得如同湖面上的粼粼波光："那怎么行？你一日为姐，终身为姐。你在我最饥饿的时候施舍给我一个面包，我一直都记得，从今往后，佳姐你的午餐费全免！我再送你一张贵宾卡，以后到我们公司旗下的所有饭店就餐你都不需要付钱，上不封顶！"

"不不不，一个菠萝包而已，值不了什么钱。"她连忙推拒。

"别人给我的帮助，我必将千百倍地报答，同样的，"解成轩笑意更浓，"别人给我的伤害，我也要千百倍地报复哦！"

赵佳晴记起旧日她为解煜凡出气，曾经路见不平暴打过解成轩的屁股，这么想着，一滴冷汗不由得划过脸颊。

她现在辞职，还来得及吗？

赵佳晴战战兢兢地过了几天，每天解成轩从前台经过时，总是笑意盈盈地跟她打招呼，一口一个"佳姐"叫得甜得很。而很明显他对公司其他人并不是这样，平日里态度疏离冷漠端架子，那臭脾气跟解煜凡一样一样的，时常有新员工在办公室里被他训斥，然后哭着夺门而出。

这么一位魔鬼上司竟然会对她笑颜以对，她真是浑身起一层鸡皮疙瘩退不下去。

跟解煜凡提起他这么个问题弟弟，他每次都一副懒得搭理的样子："我烦他。要不是你非要去工作，我真是要跟他们老死不相往来。那破公司，解成轩是总经理，他妈是董事长。我烦这对母子烦到改姓改名的地步，要不是因为你，我还能把这破名改回来？"

算了，不跟他说了。这个浑球儿一看就不是能够提供建议的专家。

转眼过了两个月，赵佳晴在新公司里顺风顺水，因为总经理对她太过恩宠，整个公司的人都在偷偷议论她的来历，每个人都对她尊敬有加，每天进进出出都对她点头问候，让她有种自己是公司偶像明星的错觉。

尤其有几个新人实习生，对她更是围前围后，其中有两个妹子不但人长得漂亮，嘴更是甜得跟蜜饯一样，天天都黏着她一起吃午饭，撵都撵不走。

这天赵佳晴收到了一份解成轩的快递，一般人的快递都是放在前台桌上，这份快递比较特殊，她怕是什么重要资料，就把它锁在了抽屉里，钥匙挂在桌子背面的挂钩上。

一下午的时间，她上了一次厕所，临下班的时候，跟她熟络的一个实习生妹子阿白敲敲前台，说道："姐，解总让你去楼下接一下他。"

她有点奇怪："有什么重要的事情必须要我去的吗？"

阿白耸了耸肩："不知道呢，刚才他给我打电话交代工作，顺便说让你下去一趟。"

赵佳晴犹豫了一下，还是起身下了楼，在楼下等了一阵也不见人，她索性给解成轩打了电话："喂。到了吗？我在写字楼大堂等你呢，你在哪里？"

电话那边的解成轩愣了一阵，两个人沉默了几秒钟，赵佳晴还以为是电话出了故障，可这时对方开口了："你等我……干吗？嫂子，你难道对我有什么不该有的非分之想吗？"

赵佳晴心底一沉："糟糕！"

虽然不知道为什么，但一切不合理的破绽顿时在她眼前爆发开来：不过是个来公司没多久的实习生，总经理怎么会亲自给她打电话交代工作？如果真是有事，总经理为何不亲自给自己打电话？一个公司的总经理手下有那么多人，有什么特别的理由，需要一个前台的女孩子去接他？

忽感不妙的赵佳晴慌慌张张地往楼上跑，出了电梯直接奔向自己的座位，座位上一切无恙，好像什么都没有发生过。

她做的第一件事就是用钥匙打开抽屉，颤抖着拿出那轻薄的快递信封时，发现这份快递已经被打开过了。

这份快递被人轻松地撕开了，里面的文件似乎还在，赵佳晴连忙取出文件一页一页地看，发现那是一份项目报价书，虽然没有多少页，但每页都加盖了公司公章，足见这份文件的重要性。

她对了对页码，文件应该是一页不少，只是，它却被人打开了。

心像是一下子跌到了空洞无底的深渊里去，她就那么呆呆地握着文件，不知道应该怎么办。

她在想，这件事的影响会有多大？

她是现在报告给总经理，还是再想一下这事的前因后果？

这时解成轩阴沉着脸走进来，他看见她手里拿着的文件，低吼一声："你……怎么把文件给拿出来了？"

"不，不是我……是有人打开了……"

"你知道这是什么吗？这是公司给一位大客户的报价书！这里的价目涉及公司最核心的机密，一旦泄密出去，被竞争对手得到……我们丢了这笔生意，损失可是上亿！"

这些公司机密，这些商业规则，她不懂，她此时此刻，只是知道，她被陷害了。

"解总，我刚才被人叫出去，回来之后您的快递就被拆开了。叫我的人是阿白，公司有监控录像，到底是谁捣鬼，总是跑不了的。"

解成轩看她一眼，没再说什么，他转过身握着电话拨了一个号码，然后低低地说着什么走开了。

第二天，赵佳晴惴惴不安地来上班，直接被秘书叫到了解成轩的办公室。

解成轩坐在宽大的办工桌后面，眼中有燃烧的愤怒："昨天那份文件已经被竞争对手得到，他们以低我们十万元的价格竞标成功！我是不是要谢谢你，让我们失去这么一笔生意？"

"我对此事确有失职，但并不是我有意失误的。"

"监控视频我自然会去取证，但是现在我已经有了两个证据：第一，董事长那边已经收到了一张邮件截图，上面清楚地显示是以你的邮箱发送出去的，邮件内容是这份文件的照片；再有，就是有人给你个人账户上打了五万块钱。我想，这些证据，已经很充分了。"

当时赵佳晴脑中警铃大作，大片大片的空白中冒出红色的报警大字：有人故意陷害她！

到底是谁？她到底得罪了谁，要如此置她于死地？

不过她相信，真相不会被掩藏，她相信事实会还她一个公道，不管陷害她的那人是谁，她都有理由相信，邪不胜正，那人虽然让她吃尽苦头，但自己也决计不会荣光收场。

此事惊动了董事长，徐凤暴怒，她发誓绝不能放过这次的罪魁祸首，公司报了警，警察来调取监控录像，发现下班前四十分钟的视频，全都被彻底删除了，而删除者很老到，即使使用硬盘恢复技术也无法复原。

警察当然也约谈了阿白，阿白矢口否认找过赵佳晴，她坚称那天自己除了上厕所之外并没有离开过座位，而赵佳晴在楼下等人的时候虽然有大厦物业公司工作人员的证词，但对于她有没有开启快递和给竞争对手发送邮件的嫌疑，并没有实际的洗清作用。

赵佳晴几次三番地被传唤，几轮调查下来，并没有找到帮助她洗清嫌疑的实质性证据，董事长徐凤誓要严办此事，拒绝接受调解，执意要走司法程序。

时隔多年，赵佳晴再次见到了这位被解煜凡称为"老巫婆"的铁腕女性徐凤。这些年的岁月在她脸上增加了几分风霜沧桑，但她并没有变成灰姑娘的后妈，她仍是漂亮的，一双堪称漂亮的大眼睛，并没有因为岁月的打磨而黯然失色，正相反，那双眼睛之中，暗暗藏了些许圆滑的世故和见惯了无常的波澜不惊。

徐凤在自己的办公室里约见了赵佳晴，见到她来，这位五十多岁的女人站起来，对她鞠了一躬："我们又见面了。但很抱歉，无论你是否赔偿我们的损失，我都要起诉你。而且这次，我拒绝和解，我一定要你进监牢，如果要怨，就怨你那位呼风唤雨的老公吧，谁让他报复心那么重，这些年把我们打击得濒临倒闭。"

"你起诉我，只是因为解煜凡？"赵佳晴苦笑一声。

"是的。所以无论他给多少钱，我都不会撤诉。"徐凤微微笑了一下，眼中掠过一丝不动声色的阴狠。

"所以，那件事是不是我做的，对你而言，都没分别吧？"赵佳晴心中了然，一片澄明，"你要的只是一个机会，一个打击报复解煜凡的机会。"

"你喜欢他，是因为你不了解他。"徐凤嘴角挑起一丝不在乎的轻蔑，"他对成轩做了很多残忍的事情，不管我当年怎样夺取了他的财产，他这些年的打击也都早该扯平了。可是你知道，他曾经绑架自己的亲弟弟吗？为了逼我就范，他竟然连这种事情都做得出来！"

赵佳晴不由得一惊。她觉得自己足够了解解煜凡，她对他在商场上的杀伐果断只是略有耳闻，但不知道，他竟然会不择手段到如此地步。

"谢谢你告诉我这些。不过，这是你们之间的事情，与我无关。你为了打击他而牵连我，我也不会就这样认栽，因为在这件事上我是无辜的，我会一直申诉到底。"赵佳晴站起身来，说完这些话，转身就走。

　　既然话已经谈到这地步，也没有再继续说下去的必要了。这次谈话她已经录了音，虽然不足以洗清她的嫌疑，但她认为，如果警察调查徐凤，或许会有新的进展。

　　"赵小姐，别太天真了。看你的年纪也是做我女儿的岁数，这种谈话录音，对于洗清你的嫌疑并没有任何作用。让警察转移注意来调查我，这是个很蠢的主意。我不会牺牲公司的利益只为让你入瓮，证据是怎样就是怎样，我觉得，你应该把精力放在更有用的方面。"

　　她心底不由得一惊——竟然如此就被看穿了？

　　徐凤冷冷地笑了："解煜凡千不该万不该，不该对成轩下手。我这个人这把岁数，世上没什么可在乎的了，我最在乎的，只有自己孩子的安危。"

　　"是啊，你的儿子是儿子，别人的儿子就不是儿子了。"赵佳晴厌恶地看她一眼，"当年解煜凡被你扫地出门，你可曾为他想过一分半点？你这种极度狭隘自私的女人，也配谈母子感情？"

　　"你凭什么说我……"

　　"谁有你这样的母亲，可真是天大的不幸！"她抛下这句话，头也不回地走出办公室，狠狠地摔上了门。

　　走出大厦的时候，赵佳晴看着头顶的太阳，竟然有一丝眩晕。法院的传票不知道什么时候会送到，应该是送到妈妈的住所了吧？如果被妈妈看到，她会担心的吧？

　　这件事怎么也是瞒不住的，想到这里，赵佳晴决定去找何舒萍谈一谈。

　　刚到家门口，解煜凡的电话就来了，她气喘吁吁地正在上楼"喂……我快到娘家了……你什么事？"

　　"别回家了，你妈不在家里。"

　　"啊？"

"下楼，等我，五分钟后见。"

解煜凡十分简洁地挂了电话。

最近发生了这件大事，按理说解煜凡应该非常慌张才对，但他好像对这件事完全漫不关心似的，当赵佳晴最开始哭着跟他说这件事的时候，起初他十分紧张，后来听清了事情原委，声音缓了许多："哦，这件事啊。商业机密泄露又不是什么大事，不必放在心上。"

当大解煜凡带着惊魂未定的她去狠狠地吃了一顿大餐，抱着她在城中高层别墅的大客厅里翩翩起舞的时候，他一边微笑一边对她说："不必为这点小事放在心上，你这几天吃好喝好就行，可别因为这个坏了心情。"

这么大的事情，他竟然如此轻描淡写几句话就敷衍过去了！

虽然心里还是有点惴惴不安，不过有解煜凡在身边，跟她说这种事情不必放在心上，她忽然就觉得，这也没什么大不了的，就算要坐几年牢也没什么，又不是死刑嘛……

于是她为自己的心太大感到了骄傲。

不过今天在电话里解煜凡的声音中有点紧促的味道，让她一时间也开始紧张起来了。

不过几分钟而已，解煜凡的车就到了，她来不及问他什么就被拉上了车，然后他娴熟地将方向盘转了个弯，油门直踩到底，车子在几秒钟内迅速加速——这么着急干什么？

好像是窥透了她心里的想法，解煜凡一边开车一边说道："最新消息，有场好戏，不看太可惜了。"

"啥？"

"我认为你有权知晓，所以邀你一起。"

"到底看什么呀？"

　　"到了，一会儿可别说话哦。"

　　解煜凡灵巧地把车子停在闹市区的车位里，拉着赵佳晴匆匆走进了一家茶楼的后门。

　　本来赵佳晴还在奇怪为什么解煜凡能够进出自如，后来她从茶楼经理对他恭敬有加就猜出来了：这也是解煜凡的买卖之一吧……

　　这家伙到底还有多少产业是她不知道的！

　　二人从消防通道走上了二楼，悄悄走进一间包厢，包厢里空无一人，赵佳晴正想问他这里有什么好看的，却被解煜凡用修长的手指按住了嘴唇。

　　"嘘——稍等。"他在她耳边低声说道，让她瞬间涨红了耳根，浑身上下的毛孔都燥热起来。

　　新婚夫妻在如此安静封闭的空间里，四处装潢得幽静古朴，环境这么好，氛围这么好，难免让她有些心猿意马起来，她轻轻地挪开了他的手指，扶住他的肩膀，在他的脸颊上轻轻地啃了一口。

　　解煜凡原本注意力都放在四周的环境里，被她这么一弄，他愣了愣，然后露出了有点狡黠的笑意，他捧住她的脸就吻上来。

　　她索性抱住他的脖子和他纠缠，正吻得在兴头上呢，就听见隔壁传来了清晰人声："我想，那些事情，我跟你女儿已经讲得很清楚了。"

　　这个声音很耳熟！赵佳晴一惊，眼前是解煜凡含笑的脸，他慢慢离开了她的唇，手指放在她唇上，做了一个噤声的手势。

　　"不。我收到了贵公司的传票，我知道你们要起诉佳佳，我觉得这一切都是误会。"何舒萍的声音有些颤抖。

　　"没什么误会。"隔壁的声音传过来异常地响，好像近在耳边一般，赵佳晴想起来了，这声音的主人不就是今天和她见过面的徐凤吗！

　　"证据非常充足，你女儿没有被冤枉。"徐凤冰冷的声音近乎残忍。

"你知道她是被冤枉的。"

"我不知道你在说什么。"

何舒萍顿了顿，也冷笑了："如果你执意要告我女儿，那么，我发给你的报纸那页，复印件要多少有多少，你敢栽赃我女儿坐牢，我就让你声名扫地。"

"那么多年前的事情了，你以为我会在意？"

"你不在意就不会来见我。"

"别蠢了，我来只是看看你有什么花样。如果只是这点事情，那我就告辞了。"徐凤的声音清冷无波，好像冬天里一节铁管，冻得硬邦邦的，想用手去焐热，只会沾下一层鲜血淋漓的皮罢了。

"别走！"何舒萍的声音忽然软下来了，只听见"扑通"一声响，"我求求你！佳佳一辈子没吃过什么苦头，她肠胃不好，监狱里伙食不好……她不能坐牢的！进去了就什么都毁了！"

"你的女儿，与我何干？"

"求求你，我求求你，求求你网开一面，真的，你放过她，不然你会后悔的……"

赵佳晴听得眼泪当时就涌出来了。她的妈妈，从她记事起就是个强硬女子，她外冷心热，嘴上不饶人。她小时候，家住在平房，和一大堆邻居挤在很小的院子里，在那种空间有限的地方，只要哪家哪户软一点就会总被欺负。她记忆很深刻，有一次她的自行车放在院子里忘了锁，不过转眼的工夫就被人推走了，妈妈得知之后火冒三丈，叉着腰站在大门口，声音能穿透三条街，足足骂了一个钟头，当天晚上，赵佳晴刷牙的时候发现车子已经被送还回来放在门口了。妈妈的泼辣在当时是出了名的，牙尖嘴利和几个对手同时骂街都无人能及。

妈妈一向是不服软的性格，即使和爸爸离婚那年，她也没有说过半句挽留爸爸的软话。

可是今天，妈妈竟然为了她，向那种高傲的女人求饶？

"我带了存折来。这些年，我独自带着佳佳，只攒了这些钱。"从隔壁传来掏出东西的窸窸窣窣声音。

"钱不多，只有这六十万。其中的五十万还是女婿给我的，我自己只有十万块，虽然少，但却是我的一点心意，求求你大人不记小人过，只要你撤诉，后半辈子我当牛做马也……"

"妈！"赵佳晴一脚踢翻了屏风，面前两个女人显露在眼前，何舒萍跪在地上满脸泪痕地揪着徐凤的裙子，见到她来，慌乱地擦了眼泪："浑丫头，你来做什么？"

"不要求她！这个女人根本没有心没有感情！"赵佳晴把何舒萍扶了起来，恶狠狠地瞪着对面的徐凤。

徐凤坐在座位上，慢条斯理地喝了一口茶："你这粗鲁的丫头，去监狱里好好改造再出来吧。"

解煜凡也从另外一个屋子里走出来："话不是这么说的，妈。"

徐凤放下茶杯，看他一眼，冷笑了："哟？今天太阳从西边出来了？我嫁到解家这么多年，你可从来没叫过我一声妈？解煜凡，你这孩子不会以为，你叫我一声妈，我就会放过你妻子吧？"

解煜凡脸上仍是泛着笑意，白皙修长的手指从西服里掏出一摞纸来，随手甩在徐凤的面前。

徐凤蹙眉，伸手打开了那摞纸，何舒萍在看见了那摞纸第一页的内容之后脸色大变："不！不要！不要看！"

何舒萍刚要劈手抢夺，却被徐凤躲了过去，徐凤推开她的手，脸色瞬间也变了。

那是一张出生证明。

出生证明是复印件，但很清晰，上面写着徐凤的名字和孩子的性别以及出生日期，再往下翻，是赵佳晴的领养证，还有一张照片是何舒萍怀里抱着个小小的婴儿，婴儿一双大大的眼睛神采飞扬，穿着一件看起来蛮土气的花衣服。

看到最后那张照片的时候，徐凤捂住了嘴，一向严厉的她此时竟然控制不住自己的眼泪，她慢慢地倒在地上，捂着嘴无声地抽泣了起来。

"我请侦探只能拿到这一点资料而已，不过那件花衣服，是你亲手做给素未谋面的孩子的吧？孩子出生之后，你只知道是女孩，连看都不看一眼，生下孩子的当天就离开了医院，可能你不记得了，当时为你接生的护士，就是赵佳晴的养母，何舒萍。"解煜凡弯下腰，从她身边捡起了散落一地的资料。

"生佳晴那年你才二十岁，因为被同学强奸，你放弃了那年的高考，你的人生因此而彻底改变。后来你遇到了我父亲，他对你很好，你们有了成轩，你对成轩简直是溺爱到了偏执的地步，你是在弥补对上一个孩子的亏欠吗？"

"我没有！我恨她！她是我的污点、我的耻辱！"徐凤用手撑起身子，却仍然是站不起来，她的脸因为激动而涨得通红，泪水冲垮了这个女人最后的防线。

赵佳晴如同遭了雷劈一般，虽然她早知道自己是领养的，也曾在心里偷偷地想象过亲生母亲的样子，却从来没有想到，自己的认亲之路竟然是如此的展开方式。

"对于佳晴，你抛弃了她，错过了她最重要的成长。她在学校里被人指指点点，被人攻击说是强奸犯的女儿，同学们瞧不起她，可是，她有什么错？她一出生就没有父母，她也是和你一样的受害者，你比谁都清楚，她不是你的污点，她的存在只是在提醒你曾经的苦痛，你不敢面对她，不敢面对当年的伤痛，你从来就没有从那片阴影里走出来。"

"你闭嘴！不要装作什么都懂的样子！"徐凤捂住了脸，激动的怒吼声和颤抖的哭泣声合在一起，像一匹失去幼崽哀号的雌兽。

比起徐凤的激动，何舒萍的反应十分平淡，她微微垂着头，仍是保持刚才的姿势跪在地上，她的视线虚无缥缈地飘向某处地方，直到赵佳晴把她搀扶起来："妈，我们回家吧。"

何舒萍没有言语，默默地跟着她走出了茶楼的包房。

在车上，赵佳晴和何舒萍一起坐在后排，沉默许久的何舒萍忽然开口说道："你什么时候认回你的亲妈？"

赵佳晴被她说得一愣，然后摇头："我的妈妈只有一个。"

"可她是大公司的总裁。"何舒萍说道。

"嗬……"赵佳晴笑了，"妈，我老公也是大公司的总裁，比她还有钱呢。"

"佳佳，你要是想认，就去吧。血缘是不能阻隔的……"

"妈，"正在开车的解煜凡开口说话了，"你为了劝徐凤撤销起诉不惜下跪，但你为什么不直接把佳晴的身份告诉她？单就亲生女儿这一条，难道不是你最大的撒手锏吗？"

何舒萍没吭声。

"妈，那我替你说了吧。"解煜凡嘴角轻轻挑起一丝若有似无的弧度，"你是害怕佳晴知道了自己身份，去认亲生母亲而忘了你这个养母吧？你怕养亲不如血亲，你怕永远失去佳晴。即使是女儿的这份亲情，你也不想跟任何人分享。"

何舒萍一言不发，微垂了头，看着自己扶在膝盖上的手指。

赵佳晴察觉到母亲的沉默就是承认了解煜凡的那番话，她忙说道："妈，我不会认徐凤的，她虽然给了我生命，但你才是我的母亲，我很清楚谁才是我的亲人，妈，你不必担心。"

何舒萍没有回答，她仍旧默默地看着自己的千指。那双千沧桑累累，因为干燥结了一层薄薄的皮，好像结了一层霜雪。

赵佳晴不放心，一直把何舒萍送上了楼，何舒萍把她拦在门外："你回去吧，我想一个人待几天。"

赵佳晴实在拗不过她，只能下楼回家。

这次回的是解煜凡的城中豪宅，这房子位于盛阳最高的大厦的顶层，有独家专用的电梯直达玄关。屋子的装修风格是现代简约风，处处透露着精明的文艺范儿。这房子有多大赵佳晴不知道，反正走一圈她是挺累的，一个房子洗手间就有四个，其中一个浴盆比她的大床还大！是要游泳的节奏吗？屋子装成这样有什么意义啊！

她一边泡澡一边跟解煜凡抱怨了一下，谁想他眯着眼睛挪过来抱住了她："老婆说得对，挤一点才有情趣。要不，我们去那个小浴盆泡泡？"

"别闹，我心里有点烦。"她闷闷地说道，却没推开他。

他微微笑了："很正常。任谁知道了一个特别讨厌的人是自己亲娘都挺烦的。因为这个，我一直没找你，因为我不知道应该是叫你妹妹呢还是老婆呢……我亲弟弟也是你亲弟弟，我有点混乱。"

赵佳晴被他这么一说也点破了：确实啊，他们俩之间有那么点违背伦理的意思。

解成轩跟他是同父异母的兄弟，跟她是同母异父，解煜凡又那么讨厌徐凤，结果他爱上了继母的私生女，这对于高傲得不可一世的解大少爷来说，是无法容忍的吧？

"你离开之后，我通过私家侦探找过你，无意中发现了你的身世，这可真把我惊到了。我本来想放弃你，在欧洲那几年，我强迫自己不去想你，却仍是默默关注你的微博，当我看到你恋爱的消息之后我再也忍不住了……"

"啊，我跟他没多久就分手了，他再也不找我了，好奇怪……难道……"

"一万块。"

"什么？"

"那个穷酸学生，我只用一万块打发他，他就从你身边消失了。真是便宜。"

"喂，你这家伙……"

"我们早说好了，你就应该是我老婆。于是我一边找人监视你，一边把生意重心转移回来，然后我看到你要去塞班岛追求小鲜肉，所以当机立断地让你过不了关！"

"你竟然！"赵佳晴咬着嘴唇瞪他，可是……她心里完全没有一点不高兴的情绪，反而还很开心是怎么回事？

一定是解煜凡太好看太性感的关系……

"所以，别瞎想了。"他把她紧紧地抱在怀里，"这世上，有一个我傻乎乎地爱着你呢。我会一直在你身边，治愈你所有伤痛。佳晴，放心吧。"

他说，放心吧。

世界再大，周遭再烦扰，这世上终有一个人执着地守在你身边，即使他不能为你遮去所有风雨，纵然他不能扫除你一切痛苦，但有这么一个人在，他用他的温柔收藏了你的伤痛，用他的爱意填满了你的无助，让你被幸福包围，有他在的地方，遇到再大的困难也会觉得不值一提。

世上有这样一个人如此深爱着你，是多么幸福的事情啊。

她一直以为，她是拯救了落难王子的马里奥小姐，却不想自己却被他救赎了——他用满腔柔情收藏了她一切痛苦，无论遇到什么事情，他都一直在她身边陪伴着她，帮她化解了一切伤心。

过了几天，徐凤撤诉了，但这并不是最反转的，更反转的是，赵佳晴从被告变成原告。她起诉了凌氏集团的总经理凌雯，没人知道她从哪里弄来的视频记录，上面清晰地录下了阿白偷拆快递，并把文件拍照发送邮件的事情全都录了下来，更有一段通话录音暴露了凌雯是幕后指使，于是转瞬间，长枪短炮全都对准了风口浪尖上的豪门千金凌雯。

"别问我！我什么都不知道！"赵佳晴恨恨地挂掉了电话。

呵呵，这都多亏了她的那位好老公。怪不得解煜凡总说不必担心，一直不把这件风波当成事，原来他早有准备！

"我哥的为人我还是很有信心的。"解成轩不拿自己当外人，躺在解煜凡豪宅的真皮沙发上，"当年我自己绑架自己跟我妈要钱的时候，就是他帮我圆回来的……"

"你还好意思说！"赵佳晴一个栗暴打在他肩膀上。

解成轩之前也不知道赵佳晴是自己老姐，但他很快就接受了这个现实。而赵佳晴，自从知道解成轩也是自己的弟弟之后，她对他之前的敬畏荡然无存，每天都是恨铁不成钢的恼怒——这小子也太不懂事了！哪怕像他哥一点半点都比现在有出息啊！

他不但不像他哥，非得要像他姐！

不不不，他姐基因不好，还是像他哥吧，他这孩子还是像他哥吧……

赵佳晴心里翻江倒海的。

"姐，凌雯不会坐牢的，她只能赔给我们一大笔钱，然后名誉扫地遗臭万年……被易文博接盘了，就是她最好的结局。"

"文博也太命苦了吧。算了，他苦中作乐。"解煜凡从厨房里走出来，手里捧着一碗红糖银耳大枣羹放在了赵佳晴手里。

"哥，这样不好啊。我的呢？"解成轩撒起娇来。

"滚。"解煜凡只给他一个字。

虽然解煜凡嘴上说不待见这个弟弟，但赵佳晴知道他还是很宠成轩的，他不动声色地维护这个弟弟，竟然连徐凤都不知道。

所以这对兄弟的私交还算不错，只是看起来，有点热脸贴冷屁股。

是的，解成轩的热脸贴解煜凡的冷屁股。

"哈哈。"赵佳晴一想到这个比喻就忍不住笑了出来。解煜凡好像察觉到她的心思，瞪了她一眼。

电话声忽然响起，解煜凡接了过来，通话大概十几秒之后，他淡淡地回应了一句："嗯，知道了。"

赵佳晴看他脸色冷冷的，便问道："什么事？"

"两件事，我先说好消息：凌雯答应庭外和解，贡献了凌氏一年的营业额之后，又被徐凤起诉了，目测又是一笔巨款。"

赵佳晴心里没什么特别的感触："坏消息呢？"

解煜凡的脸色阴沉："你爸……病情恶化住院了。"

赵振霆安静地躺在病床之上，病房里的仪器发出单调而规律的声音，月姨守在身边，神情枯槁。

月姨看到来访的赵佳晴，连忙惊惶地起身，点头弯腰地问候她："啊，你来啦？快快，坐这边……"

月姨年纪其实并不大，只比赵佳晴年长十二岁，她上高中那年，月姨正是风华正茂的年纪，年轻、漂亮、气盛，眼中有目空一切的自信，眉眼中都飞扬着一股锐气。

可是现在的月姨，还不到四十岁，头发几乎全白，眼角爬上了皱纹，双目中总是闪着惊惧的眼神，惊惶不安的样子，好像心里面有头猛兽在追逐她似的。

看来有些事情，徐凤说得对——解煜凡并不是什么善男信女，他在生意场上杀伐果断，对待敌人从不留情，他不轻易树敌，但如果有人一旦被他列为"敌人"的范畴，那一定是那人最大的噩梦。

他在盛阳市崛起也不过几年光景，但这几年里，很明显，他并没有忘记月姨曾经对赵佳晴所做过的一切。这些年，赵振霆工作不顺，月姨更是悲惨，她处处碰壁，就连一份保洁的工作都很难找。为了生计，她不得不拉下尊严四处奔走，最后只能在解煜凡集团下的分公司某商场里做厕所清洁员，钱给得不少，甚至可以说得上是丰厚，但其中饱受的艰辛和挖苦斥责，被所有同事白眼羞辱……这种事情，好像永远也熬不到头似的。

为了这份薪水，她不得不做下去，因为她一旦辞职，就一定不会再找到工作。

"你……一定有办法救他的……"月姨笨拙地措辞，"他毕竟是你爸爸……求求你……求求你给他转院……最好的医院……他不能死，他死了……我就真的什么都没有了……"

赵佳晴惊愕地看着月姨，她没有想到，这么多年，月姨对父亲的感情，不仅仅是当年的不甘和赌气，月姨对他，是真的付出了感情。

赵佳晴愣住了，默默地看着病床上的父亲，没有说话。

月姨"扑通"一声跪了下去，她的头重重地磕在赵佳晴面前的地砖上，一下一下，咚咚作响，每一声都听得疼到了人心里去。

"我知道你是盛阳市数一数二的大人物！你一定能救得了他！我去了大医院，可是他们不收……这家医院太小了，医生说没把握能让他醒过来，搞不好……今晚都熬不过去！我求求你！佳晴……我知道我不配，当年我做了那样伤害你的事情，都是我不对，我那时就是一时糊涂，你大人不记小人过，你原谅我，原谅你爸爸吧……这些年……我们一直过得不好，但只要他不死，我什么都可以不要，我只要他，好好活着……"

赵佳晴什么都没有说，转身就离开了病房。她身后，月姨还在不停地磕着头。

出了病房，她的眼泪再也止不住地汹涌而出。

解煜凡跟了上来，无声地跟她走了一段路。两个人出了医院大门，站在院子中央，那里有一处陈旧的花坛，花坛里栽着几棵丁香，在月夜下摇曳生姿，暗暗送来幽幽的香气。

赵佳晴仍在哭着，解煜凡把她抱在怀里，她就埋在他的胸口，哭得更大声了。

解煜凡掏出手机拨了个号码："喂。嗯，转院，马上。小心一些，不计代价，一定把病人抢救过来。"

挂掉了电话，他伸出双手抱住了她。

他知道她心里的所思所想，他知道她对赵振霆和月姨的恨，而此时此刻，他也知道，她已经原谅了他们。

赵佳晴不必对他说什么，他就已经了然。这许多年的默契和了解，他已经是这个世界上最懂她的人，他们两人之间，有时无须太多语言，只不过一个眼神一个动作，便已经足够。

　　第二天，转院的赵振霆脱离了危险，病情趋于稳定，月姨千恩万谢地对赵佳晴点头哈腰、热泪盈眶的样子，竟然让她在心底里生出一丝不忍。

　　赵振霆是她的养父啊，父亲虽然抛弃了她们母女，但她在心底，对父亲是没有恨意的。平心而论，她确实怨过、怒过，可她更多地是对父亲昔日疼爱的心怀感激——她不是他亲生的女儿，可他宠她疼她，如亲生女儿无异。

　　她从养父母那里，得到了最真、最纯的亲情，她从他们那里学会了如何爱人，她庆幸她拥有一个没有阴影的童年以及少年时代，这让她在今后的日子里，无论遇到多大风浪，始终坚信世上有真诚的爱，始终相信阴影背后，一定有阳光。

　　这些满满的信赖感，都是父母给予她的。

　　而后来得知了她和父母没有血缘关系，她也没有想寻找亲生父母的打算。她感谢养父母的爱与关怀，感谢他们养育自己这么多年，而她的一颗寸草之心，却回报不了他们的三春光辉。

　　对于父亲，她也曾经去找过他，哭着喊着想要见他，但是月姨断绝了他们一切往来，任凭她在门外哭喊就是不许父亲开门。父亲性格懦弱，或许他也觉得自己亏欠月姨的吧，和母亲离婚之后，他竟然也没来找过赵佳晴。

　　他只觉得亏欠月姨，就不觉得亏欠她们母女吗？离婚后他只象征性地给她们三万块钱之后，就将她们扫地出门。那些年她和母亲一直住在外婆家，后来外婆去世，她们母女就在外婆的房子里生活。母亲失去工作曾经一度做什么都不顺，赵佳晴经常去亲戚家蹭饭吃被人指指点点，即使这样母亲还是咬牙扛下来让她复读念更好的学校，那些年的苦，真是说也说不完……

所以这些年，她也憋着口气，既然父亲断绝了一切往来，她也不再厚着脸皮去找他，直到前阵子她回到旧宅徘徊，这许多年不见的父亲，竟然主动从家里跑出来找她。

也许，他心里也有着无法言说的苦处吧。

在病房里，赵佳晴一直守候到父亲醒来，赵振霆睁开眼睛看到她，嘴张了又合，终是一句话也说不出，他看着她，慢慢地，眼睛里就渗出了泪。

她知道，以后父亲也不会再说话了，两次中风能抢救过来已经是奇迹，他的语言能力将永远丧失。

但还好，他还在。在以后的日子里，她可以经常探望他，她会给他讲她的生活，她的见闻，告诉他这么多年以来，她都过得很好，而现在，更是幸福。

他不必说什么，从他安慰的目光中，她知道，他很欣慰。

一个月后，赵佳晴和解煜凡的婚礼在马尔代夫的一个小岛上举行，亲朋好友都来参加见证了他们的婚礼仪式。亲朋之中，解煜凡的表哥易文博没有来，凌雯刚刚从巨额赔偿的丑闻中抽出身来，他陪她去澳大利亚散心，那边的气候实在舒适宜人，两个人打算在那边居住一年之后，再回来举办婚礼。

凌雯最近气焰收敛了很多，赵佳晴最后一次见她是在庭外和解时，凌雯低垂着睫毛不看她，一双美眸暗淡无光："赵佳晴，为什么……我明明什么都比你强，但总是赢不了你呢？"

那时在一边的解煜凡笑了笑说道："抱歉。在我看来，佳晴可是处处都比你强呢。"

凌雯低下头咬紧了嘴唇，没有说话。

赵佳晴握住了解煜凡的手，他也有力地回握过来。她知道，她和凌雯的联系永远不会中断，或许以后还有许多风云波折，但没关系，有解煜凡在她身边就好。

有他在，她什么都不必担心。

婚礼上没有凌雯和易文博真是太好了，赵佳晴不必虚伪地应付那一对极品伴侣。让人满意的是郑绮虹是她的伴娘，伴郎是陈慕白，这对伴娘伴郎的人选安排，赵佳晴颇费了一阵口舌才说服解煜凡。

虽然昔日同学大多知道赵佳晴对陈慕白一直有着如同偶像般的仰慕之情，但解煜凡对陈慕白的戒备等级一直是最高级情敌状态，他始终认为让陈慕白担任伴郎无异于引狼入室，但在赵佳晴的威逼利诱之下，他只能妥协了。

"你今天如果看他还露出像开学第一天看见他的表情，我保证他死定了。"解煜凡恨恨地说。

"如果开学那年我先看到了你，也许我看陈慕白，就不是那种眼神了。"赵佳晴身穿一袭洁白的婚纱，长长的裙摆如雪莲花一般绽放在大红色的地毯上。

解煜凡脸上绽放出微微的笑意："赵佳晴，当年你站在我身边的时候，在你没有露出对陈慕白花痴表情之前，我对你，一见钟情了十秒钟。"

赵佳晴惊讶地睁大了眼睛，解煜凡却早已将戒指套在她的无名指上，拥住了她，温柔的吻便落了下来。

赵佳晴，你知道也好，不知道也罢，那年的解煜凡，百无聊赖地站在操场上参加新生典礼，一转头，一个娇俏可爱的女孩子映入眼帘，他的心漏跳了一拍——

她……就是我想要寻找的那种女孩。

那年，十秒钟的心动，定下一生的缘分。

他们之间，曾经有那六年的空当。

有时候，解煜凡时常因为那次擦肩而过懊恼，如果那时他开口叫住了她，如果那时他给了她支撑的力量，或许她不会复读，或许他们那时就会在一起。

那天，只要他问她一句话，她就不会如此干脆利落地离开他。

最终，他眼睁睁地看着她从自己的世界里离开，而他却连一句安慰，都不曾给予。

在她最需要他的时刻，他缺席了。

再见，就是六年之后。

解煜凡在机场不时地看着表，汹涌的人群朝他拥来，他第一眼就看见了她，这些年不见，她一点都没有变胖，眼窝处有憔悴的黑眼圈，看得他一阵心疼。

这些年，她过得并不好。

他们的重逢，虽然晚了一些，但还好，终于是再遇见了。

他整理了一下衣服迎了上去，嗓子处似乎涌动着澎湃的感情，六年了，她不知道他有多想她；六年了，他终于确定了自己的感情，那些年那些陪伴，他是真的爱她。

走上前去，他竟然有些紧张，却仍是对她微笑道：

"赵佳晴，好久不见。"

/ 全文完 /